WARCRAFT™

Outras obras da Blizzard Entertainment publicadas pela Galera Record:

World of WarCraft – Jaina Proudmore: Marés da guerra
World of WarCraft – A ruptura: Prelúdio de Cataclismo
World of WarCraft – Vol'Jin: Sombras da horda
World of WarCraft – Alvorada dos aspectos
World of WarCraft – Crimes de Guerra
World of WarCraft – Thrall: Crepúsculo dos aspectos
WarCraft: Durotan
WarCraft

Diablo III – A ordem
Diablo III – Livro de Cain
Diablo III – Livro de Tyrael
Diablo III – Tempestade de luz

StarCraft II – Ponto crítico
StarCraft II – Demônios do paraíso

LIVRO DO FILME OFICIAL

WARCRAFT™

DIRIGIDO POR DUNCAN JONES
HISTÓRIA PARA AS TELAS DE CHRIS METZEN
ROMANCE DE CHRISTIE GOLDEN

Tradução
Alves Calado

2ª edição

— Galera —
RIO DE JANEIRO
2018

CIP-BRASIL. CATALOGAÇÃO NA PUBLICAÇÃO
SINDICATO NACIONAL DOS EDITORES DE LIVROS, RJ

G566w Golden, Christie
2ª. ed. Warcraft / Christie Golden; tradução Alves Calado. – 2. ed. – Rio de Janeiro: Galera, 2018.

Tradução de: Warcraft
Sequência de: Warcraft: Durotan
ISBN 978-85-01-05202-5

1. Ficção americana. I. Calado, Alves. II. Título.

16-31736 CDD: 813
CDU: 821.111(73)-3

Título original: *WarCraft*

Publicado mediante acordo com Titan Publishing Group Ltda.

Texto revisado segundo o novo Acordo Ortográfico da Língua Portuguesa.

Composição de miolo: Abreu's System
Adaptação de capa original: Renata Vidal da Cunha

Direitos exclusivos de publicação em língua portuguesa somente para o Brasil
adquiridos pela
EDITORA RECORD LTDA.
Rua Argentina, 171 – Rio de Janeiro, RJ – 20921-380 – Tel.: (21) 2585-2000,
que se reserva a propriedade literária desta tradução.

Impresso no Brasil

ISBN: 978-85-01-05202-5

Seja um leitor preferencial Record.
Cadastre-se e receba informações sobre nossos
lançamentos e nossas promoções.

Atendimento e venda direta ao leitor:
mdireto@record.com.br ou (21) 2585-2002.

PRÓLOGO

O luar banhava a sala do trono em Ventobravo, fazendo a pedra branca do assento real vazio brilhar, como se tivesse um fulgor próprio, e transformando os leões de ouro agachados na base em feras de prata, com olhos fundos. A luz fria, leitosa, captava os contornos nítidos das armas expostas e transformava as sombras nos cantos, onde seus dedos pálidos não alcançavam, em poços de escuridão infinita. Sob aquela luminosidade sinistra, alguém com muita imaginação poderia ter a impressão de que as armaduras decorativas, montando sentinela, não estavam assim tão vazias, afinal.

A claridade da lua era desafiada pela luz de um único lampião, que lançava seu brilho quente e avermelhado no rosto atento de um garoto, que segurava dois brinquedos esculpidos. Um era um soldado vestido com uma versão pintada das armaduras que assomavam em vários pontos da sala silenciosa; o outro, uma fera curvada — verde, com presas se projetando da boca e um machado com metade do tamanho de seu adversário de madeira.

No chão havia outros soldados e feras. A maioria dos monstros de brinquedo ainda estava de pé.

A maioria dos soldados de brinquedo fora derrubada.

A sala clareou quando a porta foi aberta. O garoto se virou, insatisfeito com a interrupção, e momentaneamente encarou, irritado, a figura que entrou, antes de voltar à brincadeira.

— Então — disse o homem com voz jovial — era aqui que você estava escondido.

Um príncipe não se esconde, pensou o garoto. *Vai aonde quer quando deseja ficar sozinho. Isso não é se esconder.*

O homem caminhou até seu lado. À luz fraca do lampião, seu cabelo não parecia tão grisalho, e a cicatriz que ia do queixo ao olho não parecia tão feia quanto à luz do dia. Ele olhou para o embate que o menino encenava.

— Como vai a batalha?

Como se ele não pudesse ver. Como se não lembrasse.

A princípio o garoto ficou em silêncio, fitando os pequenos brinquedos verdes, depois disse com raiva na voz:

— Todo orc merece morrer. Quando eu for rei, serei igual a Lothar, e vou matar *todos*!

— Lothar é um soldado — disse o homem, cuidadoso. — Ele luta porque esse é seu dever. *Você* vai ser um rei. *Seu* dever será encontrar a paz justa. Não acha que já tivemos guerra suficiente?

O garoto não respondeu. Uma paz justa. Basta de guerra.

Impossível.

— Eu *odeio* todos eles! — gritou. A voz ressoou, alta demais no silêncio da noite. Lágrimas arderam subitamente em seus olhos.

— Eu sei — disse o homem baixinho, e a ausência de julgamento diante da explosão acalmou um pouco o garoto. — Mas nem sempre a guerra é a resposta. Você precisa entender que nem todos os orcs são maus, mesmo que assim pareça.

O garoto franziu a testa e lançou um olhar cético para o homem. Hadggar era muito sábio, mas o que ele estava dizendo parecia inacreditável.

— Sabe — continuou Hadggar —, os orcs vêm de outro mundo, muito distante do nosso.

Ele levantou a mão e mexeu os dedos. Uma bola laranja-avermelhada apareceu. O garoto olhou, agora interessado. Adorava ver o outro fazer mágica. O globo girou, com energia verde vibrando ao redor.

— O mundo estava morrendo — continuou Hadggar. — Foi consumido por uma magia escura chamada "vileza".

Os olhos do príncipe se arregalaram enquanto o estranho brilho esverdeado parecia consumir o mundo marrom de aparência empoeirada.

— Os orcs precisavam escapar. Se não conseguissem... morreriam com ele.

O príncipe não tinha interesse em poupar os orcs de seu mundo agonizante. Seus dedos se apertaram na fera de brinquedo.

— Então esses monstros verdes invadiram *nosso* mundo!

— Eles não eram todos verdes quando chegaram a Azeroth. Aposto que você não sabia.

O príncipe ficou em silêncio para não admitir a ignorância, mas agora estava curioso.

— Só os que foram envenenados pela magia vil — continuou Hadggar. — Ela os mudou. Mas nós conhecíamos um orc que resistiu. Que quase impediu que essa guerra acontecesse. O nome dele... era Durotan.

Não eram necessárias janelas na Câmara do Ar. Como o nome dizia, era uma câmara de ar: dentro dele, feita dele.

Pessoas estranhas ao local poderiam ficar maravilhadas com a visão e pasmas com a beleza e o medo, perguntando-se como o Conselho dos Seis podia permanecer ali sem se preocupar com a própria segurança. Mas não haveria estranhos, jamais, na Cidadela Violeta do Kirin Tor.

Como a magia, a Câmara não era para os não magos.

O céu azul e as nuvens brancas, que serviam como paredes e teto, destacavam os tons de ouro e púrpura que decoravam o piso de pedra, no qual jazia um símbolo incrustado: um olho estilizado, atento. O garoto que entrou e parou no centro da sala o considerou especialmente adequado naquele dia.

Tinha 11 anos, estatura mediana, cabelos castanhos e olhos que mudavam de azul para verde, dependendo da luz. Vestia uma túnica branca e era o único foco de atenção de todo o Conselho do Kirin Tor.

Os membros do Conselho se encontravam bem acima do garoto, numa plataforma circular, vestindo mantos violeta bordados com o mesmo Olho que encarava do chão. Eles e os Olhos em suas roupas o encaravam como ele próprio espiaria um inseto. O garoto não estava preocupado com a opinião dos magos, sentindo-se mais curioso que qualquer coisa, e os olhava com ousadia, arqueando uma sobrancelha.

Uma das figuras, um homem alto e magro com barba branca como a magia que fluía pelas paredes da torre, encarou o garoto e assentiu quase imperceptivelmente. Começou a falar, e sua voz ecoou de modo impressionante na enorme câmara.

— Há uma teoria de que cada estrela no céu é um mundo — disse o arquimago Antônidas. — E que cada um desses mundos está cheio de suas próprias criaturas. O que diz nosso Noviço a respeito desse conceito?

O Noviço respondeu imediatamente:

— Nenhum mundo pode se igualar a Azeroth. A beleza de Azeroth, sua vitalidade e abundância são únicas.

— Em quem podemos confiar para cuidar desse tesouro?

— Em alguém que possa controlar as forças da magia para manter nosso mundo em segurança. O Guardião.

— Entendo. — Havia uma levíssima sugestão de sorriso nos lábios finos de Antônidas. O Noviço se perguntou se deveria modular a voz. Soar um pouquinho mais humilde. Porém, honestamente, ele decorara tudo aquilo havia *séculos*.

— *Todas* as forças? — continuou Antônidas.

— Não — respondeu imediatamente o Noviço. — As forças sombrias são proibidas. As forças sombrias são o espelho da corrupção.

Ele percebeu que estava começando a falar meio cantarolado, então mordeu o lábio com força. Não seria bom que pensassem que ele estava levando aquilo a sério.

— As forças sombrias — continuou, solene dessa vez — colocam o usuário contra suas próprias intenções.

— E o que aprendemos com isso?

— Que a magia é perigosa, e deve ser mantida longe de quem não tem instrução. Nenhuma raça de homens, anões, gnomos ou elfos, ninguém a não ser o Kirin Tor, deve usar magia.

Isso tudo é só para nós, pensou o Noviço, fitando o fluxo de líquido branco-prateado que se perseguia pelas paredes e teto da Câmara do Ar. *Não porque somos gananciosos, mas porque sabemos controlar essa magia.*

Observou Antônidas atentamente e viu os ombros do arquimago relaxarem. Tinham terminado a primeira parte, e ele não havia feito bobagem. Bom.

O mago idoso, com olhos gentis, exibiu um pequeno sorriso.

— Sentimos seu poder, Medivh — disse ao Noviço. — Admiramos sua concentração, seu apetite de conhecimento. Nós o sondamos e testamos do melhor modo possível, mas infelizmente a pergunta mais importante não pode ser respondida até que seja tarde demais.

Medivh se enrijeceu. Tarde demais? O que Antônidas queria dizer?

— A vida de um Guardião exige sacrifícios que você ainda é incapaz sequer de entender. Mas pedimos que você, um menino, se amarre para sempre à roda dessa vocação.

Os olhos de Antônidas se estreitaram, e sua voz ficou mais dura. *Lá vamos nós*, pensou Medivh.

— Está disposto a se preparar, em todos os sentidos, para o dia em que irá se tornar o senhor da Torre de Karazhan?

Medivh não hesitou.

— Estou.

— Então *prove*!

A criatura nasceu das sombras que a magia de luz não conseguia alcançar. Transformou-se de uma fatia de escuridão em uma *coisa* totalmente pronta, preta, distorcida, que se erguia alta acima do garoto. Medivh se abaixou instantaneamente numa postura de combate, movimento praticado tão rigorosamente que ele reagiu mesmo tendo sido tomado completamente de surpresa. A criatura abriu a boca atulhada de dentes compridos como o braço do rapaz e emitiu uma série de sons que fez suas entranhas se comprimirem. Enquanto a coisa assomava sobre ele, Medivh viu que ela não tinha profundidade nem contornos naturais, o que só a tornava mais aterrorizante. Era algo saído de pesadelos, com as mãos de sombra terminando em garras que pareciam afiadas como navalhas...

Nenhuma profundidade ou contorno natural.

Ela não era real. Claro que não era real. Medivh lançou um olhar rápido ao redor e... ali, o mago Finden murmurando atrás da barba grossa, branca e farta. O garoto lutou para conter um riso.

Levantou a mão. Um pequeno globo de energia branca se formou na palma, e Medivh o atirou... diretamente contra Finden. A bola branca se achatou num pequeno retângulo que se enrolou no maxilar de Finden com tanta força que o bruxo idoso tropeçou. Seus colegas o seguraram; o único dano causado atingiu o ego, talvez inflado, do mago.

A coisa feita de sombra desapareceu. Medivh olhou para Antônidas, permitindo que um sorriso minúsculo lhe retorcesse a boca. Os olhos do arquimago dançaram quando o olhar dos dois se encontrou.

— Não era o que eu havia esperado — admitiu Antônidas. — Mas, ainda assim... eficaz.

A superfície sob os pés de Medivh começou a se mover. Espantado, ele saltou para trás, observando a pupila incrustada do Olho do Kirin Tor começar a se abrir como uma íris. Medivh não se mexeu, fascinado, enquanto um poço de água borbulhante brotava pela abertura; em seguida, ofegou com força ao perceber que o que havia pensado ser água era, na verdade, uma chama branca queimando, impossivelmente, nas profundezas líquidas.

Acima dele, Antônidas murmurou um encantamento e flutuou suavemente, descendo do círculo acima até parar ao lado do aluno. Sorriu para o garoto com algo que lhe pareceu orgulho.

— Me dê sua mão, Medivh — pediu o arquimago. Sem dizer nada, o garoto obedeceu, pondo a mão pequena e pálida na pele do mestre, que parecia de papel. Antônidas virou a palma da mão de Medivh para cima. — Chegará o dia em que você será chamado a servir.

O olhar de Medivh foi do rosto sério e enrugado de Antônidas até a chama branca, e depois voltou.

— O juramento que está fazendo é forjado em luz — continuou o mago. Uma de suas mãos continuou a segurar a de Medivh, enquanto a outra, com uma habilidade talvez surpreendente em mãos tão idosas, enrolou a manga da túnica branca do garoto até o cotovelo. Gentilmente Antônidas virou Medivh até que ficasse de frente para o fogo que ardia nas profundezas do poço. O garoto se encolheu; o fogo branco, anormal, mas lindo, era mais quente do que previa. Seu olhar pousou no braço estendido, e ele sentiu um nó de inquietação na boca do estômago, um frio calombo diante de tal calor impossível.

— Nenhum mago será igual a você; nenhum será seu senhor. Sua responsabilidade será absoluta.

Antônidas soltou a mão de Medivh e começou a empurrá-lo para a frente. Os olhos do garoto se arregalaram, sua respiração ficou acelerada. O que quer que acontecesse, ele sabia que não o mataria. O Conselho não o mataria.

Não é?

Será que deixariam que morresse caso fosse de algum modo considerado incapaz? Tal pensamento jamais havia lhe ocorrido até o momento, e o frio que sentia por dentro aumentou, espalhando-se a cada batida acelerada de seu coração e gelando-o enquanto que seu maior desejo era afastar o rosto do calor daquele fogo mágico. Seus instintos gritavam para que puxasse a mão, mas a pressão em suas costas o levava inexoravelmente adiante. Com a boca seca, Medivh tentou engolir saliva conforme seu braço chegava mais perto da labareda branca.

De repente a chama serpenteou para fora, enrolando-se em seu braço estendido num abraço agonizante. Lágrimas se formaram nos olhos do garoto conforme a chama queimava um padrão em sua pele. Ele conteve um grito e puxou o braço. O cheiro de sua própria carne queimada encheu-lhe as narinas enquanto ele voltava o olhar para a pele que antes não tinha qualquer marca.

O Olho do Kirin Tor, ainda fumegante, o fitava de volta. Fora aceito. Marcado.

A dor continuava dilacerando-o, mas o espanto a expulsava. Lentamente, Medivh levantou o olhar para os homens e mulheres que o haviam julgado apenas alguns instantes antes. Todos os seis agora estavam de cabeça baixa, num gesto de aceitação... e respeito.

Nenhum mago será igual a você; nenhum será seu senhor.

— Guardião — disse Antônidas, e sua voz vibrava de orgulho.

1

A jornada tinha sido longa e brutal, mais árdua que Durotan, filho de Garad, que era filho de Durkosh, jamais havia previsto.

O clã dos orcs Lobo do Gelo fora um dos últimos a atender ao chamado do bruxo Gul'dan. Ainda que histórias antigas contassem que o clã já tinha sido nômade, havia muito tempo que um chefe, quase tão leal à Serra do Fogofrio quanto Durotan era ao seu clã, implorara aos Espíritos permissão para ficar. O apelo fora concedido, e, por um tempo quase tão longo quanto a existência de sua guardiã, a Montanha do Grande Pai, o clã permaneceu no norte; separado, orgulhoso, forte diante dos desafios.

Mas a Montanha do Grande Pai tinha se rachado, sangrando fogo líquido sobre a aldeia, e o clã Lobo do Gelo se vira obrigado a se tornar nômade outra vez. De lugar em lugar, eles vagaram. Ainda que o clã enfrentasse grandes dificuldades, o bruxo Gul'dan — uma figura encurvada e agourenta, cuja pele tinha um estranho tom verde — fora obrigado a pedir duas vezes que eles se unissem a sua Horda, antes que finalmente, sem encontrar outra alternativa, Durotan aceitasse.

Gul'dan tinha recorrido aos sofridos Lobo do Gelo com promessas que Durotan estava decidido a fazer com que o bruxo honrasse. Draenor, o lar deles e dos Espíritos da Terra, do Ar, da Água, do Fogo e da Vida, estava morrendo. Mas Gul'dan afirmava conhecer outro mundo, onde a orgulhosa raça dos orcs poderia caçar presas gordas, beber o quanto quisesse de água fresca e limpa, e viver como haviam nascido para viver: com paixão e orgulho. Não se arrastando na poeira, vítimas do desespero, definhando enquanto tudo mais murchava e morria ao seu redor.

Mas, agora, empoeirados e definhados, os orcs Lobo do Gelo percorriam os últimos quilômetros de sua exaustiva jornada. Durante mais de um ciclo inteiro da lua, seu clã estivera em marcha desde o norte até aquele lugar ressecado, escaldante. Tinham conseguido pouca água e também menos comida. Alguns haviam morrido, incapazes de suportar as exigências físicas de caminhar tantas léguas. Durotan se perguntava se o sofrimento valeria a pena. Rezava aos Espíritos, tão fracos que mal podiam ouvi-lo, para que valesse.

Em sua marcha, Durotan carregava duas armas que herdara do pai. Uma era Golpeforte, uma lança esculpida com runas e adornada com tiras de couro. Ranhuras tinham sido feitas na superfície de madeira, cada uma representando uma vida que havia tirado. Um corte horizontal significava a de um animal; um vertical, a de um orc. Ainda que as marcas horizontais praticamente cobrissem o cabo, também existiam várias verticais.

Outra arma também usada por seu pai, e por Durkosh, o pai deste, era o machado Talho. Durotan se certificava de que ele estivesse sempre afiado como quando havia saído da forja, e a arma era mais que digna de seu nome.

Durotan viajava a pé, permitindo que outros mais fracos ou doentes montassem os grandes lobos do gelo brancos que serviam ao clã como montarias e companheiros de toda a vida. Seu segundo em comando, Orgrim Martelo da Perdição, viajava ao lado, com a enorme arma que dava nome a sua linhagem pendurada nas largas costas marrons. Orgrim era um dos poucos que conheciam Durotan profundamente, e a quem ele confiava não somente sua vida, mas a de sua companheira e a do futuro filho.

Draka, guerreira, companheira e futura mãe, montava o próprio lobo, Gelo, ao lado de Durotan. Durante a maior parte da jornada, como era adequado, ela havia caminhado junto ao companheiro. Depois de um tempo, porém, Durotan pediu que montasse no lobo.

— Se não pela criança, faça isso por mim — dissera. — É exaustivo ficar pensando se você não vai cair na poeira.

Ela sorriu, os lábios se curvando sobre as presas pequenas, os olhos escuros brilhando com o humor que ele tanto amava.

— É — concordou ela. — Vou montar, nem que seja porque tenho medo de você despencar tentando me levantar.

No início os ânimos estiveram elevados. O clã tinha enfrentado e derrotado um inimigo terrível, os Andarilhos Vermelhos, mas também aprendido que não podia mais esperar a ajuda dos Espíritos enfraquecidos.

Durotan havia garantido que sempre permaneceriam sendo orcs Lobo do Gelo, mesmo caso se juntassem aos outros, na Horda. A perspectiva de carne, frutas, água e ar limpo — coisas de que precisavam tremendamente — era animador. O problema, percebeu Durotan, era que o clã — e, para dizer a verdade, ele próprio — havia partido achando que seus problemas terminariam em pouco tempo. As dificuldades da viagem tinham afastado tal crença.

Olhou para o clã por cima do ombro. Todos arrastavam os pés, em passos incertos; havia em todos uma exaustão que fazia seu coração pesar.

O toque leve da mão da companheira atraiu sua atenção. Durotan deu um sorriso forçado, cansado.

— Parece que você é quem deveria estar montando, e não eu — brincou ela, com gentileza.

— Haverá tempo suficiente para todos montarmos, quando tivermos carne suficiente para que os lobos fiquem barrigudos ao nosso lado.

O olhar dela foi da própria barriga para a dele, e seus olhos se estreitaram em provocação. Ele riu, surpreso com o humor, quase convencido de que tinha se esquecido de como fazê-lo. Draka sempre sabia acalmá-lo, fosse com risos, amor ou um soco ocasional para ajudá-lo a colocar a cabeça de volta no lugar. E o filho deles...

Era o verdadeiro motivo para ter saído da Serra do Fogofrio, ele sabia. Draka era a única Lobo do Gelo grávida. E, no fim das contas, Durotan não conseguia encontrar um modo de justificar a vinda de seu filho — de *qualquer* criança orc — a um mundo que não pudesse alimentá-lo.

Estendeu o braço para tocar na barriga da qual havia falado em tom de provocação, pondo a mão enorme e marrom sobre ela e a pequena vida ali dentro. As palavras que tinha dito ao clã na véspera da partida lhe voltaram à mente: *Independentemente do que os pergaminhos digam sobre o que era feito no passado, independentemente do que os rituais estipulem, independentemente das regras, leis ou tradições que possam existir, há uma lei, uma tradição, que não deve ser violada. A de que um chefe deve fazer tudo que seja realmente melhor para o clã.*

Sentiu uma pressão forte, rápida, contra a palma da mão e riu, deliciado, quando seu filho pareceu concordar com a decisão.

— Esse aí já gostaria de caminhar ao seu lado — comentou Draka.

Antes que Durotan pudesse responder, alguém gritou para ele.

— Chefe! Lá estão eles!

Com uma última carícia Durotan voltou a atenção a Kurvorsh, um dos batedores que tinha mandado à frente. A maioria do clã Lobo do Gelo mantinha os cabelos crescidos; isso era questão de prudência no norte gelado. Mas Kurvorsh, como muitos outros, tinha optado por raspar o crânio assim que começaram a viajar para o sul, deixando apenas uma única mecha, que ele amarrava. Sua loba parou diante do chefe, a língua pendendo devido ao calor.

Durotan jogou um odre de água para o batedor.

— Primeiro beba, depois informe.

Kurvorsh tomou alguns goles, sedento, para em seguida devolver o odre ao chefe.

— Vi uma fileira de estruturas no horizonte — revelou, ofegando um pouco enquanto recuperava o fôlego. — Tendas, como as nossas. Um número enorme! Vi a fumaça de dezenas... não, de centenas de fogueiras, além de torres de vigia posicionadas para ver nossa chegada. — Ele balançou a cabeça, pasmo. — Gul'dan não mentiu quando disse que juntaria todos os orcs de Draenor.

Um peso cuja existência ele jamais havia ao menos reconhecido deixou o peito de Durotan. Não tinha se permitido demorar-se na possibilidade de estarem atrasados demais, ou mesmo de que todo o agrupamento fosse somente um exagero do bruxo. As palavras de Kurvorsh eram mais reconfortantes para o chefe cansado do que ele poderia imaginar.

— A que distância? — perguntou.

— Cerca de meio sol de caminhada. Devemos chegar com tempo suficiente para montar o acampamento para a noite.

— Talvez eles tenham comida — disse Orgrim. — Alguma coisa morta recentemente, assando num espeto. Os fenocerontes não chegam tão ao sul, não é? O que esses sulistas comem, afinal?

— O que quer que seja, se tiver sido morto recentemente e estiver assando num espeto, não duvido de que você vá comer, Orgrim. Nem ninguém deste grupo iria recusar. Mas não devemos esperar isso. Não devemos esperar nada.

— Foi pedido que nos juntássemos à Horda, e assim fizemos. — A voz era de Draka e vinha do lado dele, não de cima. Ela havia descido de Gelo. — Estamos trazendo nossas armas, desde lanças até flechas e martelos, e nossas habilidades de caça e sobrevivência. Viemos servir à Horda, ajudar todos a ficar fortes e comer. Somos Lobo do Gelo. Eles ficarão felizes por nossa vinda.

Os olhos dela relampejaram, e seu queixo se levantou ligeiramente. Draka tinha sido uma Exilada quando era jovem e frágil, apenas para retornar como um dos guerreiros mais ferozes que Durotan já vira. Trouxera para os Lobo do Gelo, além disso, o conhecimento de outras culturas, outros modos de vida que agora, sem dúvida, se mostrariam mais valiosos que nunca.

— Minha companheira está certa — disse Durotan. Em seguida fez menção de colocá-la de novo nas costas de Gelo, mas Draka estendeu a mão, recusando.

— Ela está mesmo certa — concordou ela, sorrindo um pouco. — E vai caminhar ao lado do chefe e companheiro para essa aglomeração da Horda.

Durotan olhou para o sul. Durante tempo demais o céu estivera com uma claridade implacável, sem qualquer chance de chuva num futuro próximo. Mas agora viu a mancha de uma nuvem cinza. Enquanto a olhava, a nebulosidade crescente foi iluminada de súbito por um raio que reluziu num tom agourento de verde.

Kurvorsh tinha calculado bem a velocidade da viagem. O sol estava baixo no horizonte quando chegaram ao acampamento, mas ainda haveria luz suficiente para o clã preparar a refeição noturna e montar as tendas.

O som de tantas vozes era estranho para Durotan, e naquele lugar havia tantos elementos a ele exóticos que logo se sentiu exausto. Seu olhar varreu as grandes tendas circulares, parecidas com a que ele e Draka compartilhavam, e pousou no campo que fora cercado com cordas para que crianças de diferentes clãs pudessem brincar lado a lado. Durotan captou todos os cheiros e sons — conversas, risos, a música áspera de um lok'vadnod sendo cantado, batidas de tambores, tantos que ele sentia a terra tremer sob os pés. Cheiros de fogueiras, de bolos de grãos cozinhando e chamas assando carnes, de cozidos borbulhando e o odor forte, mas não desagradável, de pelo de lobo e de orc provocavam suas narinas.

Kurvorsh não tinha exagerado; pelo contrário: havia minimizado a vastidão absoluta daquela área aparentemente interminável de estruturas de couro e madeira. Os orcs Lobo do Gelo estavam entre os menores daqueles clãs, Durotan sabia. Mas, por um momento, ficou tão espantado que lhe faltaram palavras. Por fim, conseguiu falar:

— Tantos clãs num lugar só, Orgrim. Gargaveiras, Rocha Negra, Brado Guerreiro... todos foram chamados.

— Será um poderoso bando de guerra — disse o segundo em comando. — Só fico pensando quem sobrou para ser enfrentado.

— Lobo do Gelo.

A entonação da voz não era modulada, parecendo quase com tédio. Durotan e Orgrim se viraram e viram dois orcs altos e corpulentos marchando na direção deles. Tinham tamanho e musculatura incomuns, já que a terra estava agonizando e muitos orcs se alimentavam mal. Diferentemente do clã Lobo do Gelo, que possuía apenas algumas poucas cotas de malha ou armadura de placas, contando principalmente com o couro cravejado de espetos para protegê-los, esses orcs usavam peças de placa reluzente, sem amassados, nos ombros e até mesmo no peito. Seguravam lanças e se moviam com um senso de objetividade único.

Mas não foram seus corpos saudáveis e musculosos nem as armaduras novas e reluzentes que atraíram o olhar de Durotan.

Esses orcs eram *verdes*.

Era um tom sutil, muito menos óbvio que a cor quase de folha da pele de Gul'dan, líder da Horda, que tinha se aventurado até o norte com sua escrava igualmente verde, Garona. Essa tonalidade era mais escura, mais parecida com a típica cor marrom dos orcs. O matiz, porém, aquele matiz estranho, nada natural, estava ali.

— Quem de vocês é o chefe? — perguntou um deles.

— Tenho a honra de comandar os Lobo do Gelo — trovejou Durotan, avançando.

Os orcs o olharam de cima a baixo, depois avaliaram Orgrim.

— Vocês dois. Sigam-me. Mão Negra quer vê-los.

— Quem é Mão Negra? — perguntou Durotan.

Um deles parou no meio do passo e se virou. Sorriu. Era uma visão feia.

— Ora, filhotinho de Lobo do Gelo. Mão Negra é o líder da Horda.

— Está mentindo — disse Durotan, com rispidez. — Gul'dan é o líder da Horda.

— Foi Gul'dan que nos trouxe todos para cá — disse o segundo orc. — É ele que sabe como nos levar a uma terra nova. Gul'dan escolheu Mão Negra para comandar a Horda em batalha, de modo a triunfarmos sobre nossos inimigos.

Orgrim e Durotan trocaram olhares. Não houvera qualquer menção a uma batalha por essa "terra nova" quando Gul'dan falou com seu pai, Garad, ou com ele. Durotan era um orc; e, mais que orc, era um chefe dos Lobo do Gelo. Lutaria com quem fosse preciso para garantir o futuro de seu povo, de seu filho não nascido. Mas o fato de Gul'dan não ter achado necessário mencionar a questão lhe trazia maus pressentimentos.

Ele e Orgrim eram amigos desde a infância e praticamente podiam ler os pensamentos um do outro. Os dois seguraram a língua.

— Foi Mão Negra que deixou instruções para quando vocês chegassem — revelou o primeiro orc, acrescentando com um risinho de desprezo: — Caso vocês tivessem coragem de deixar a Serra do Fogofrio.

— Nosso lar não existe mais — reagiu Durotan sem rodeios. — Assim como o de vocês, qualquer que seja seu clã.

— Somos Rocha Negra — explicou o segundo orc, com o peito inchando de orgulho. — Mão Negra era nosso chefe antes que Gul'dan decidisse lhe dar a glória de liderar a Horda. Venha conosco, Lobo do Gelo. Deixe sua fêmea. Aonde vamos, só guerreiros podem passar.

As sobrancelhas de Durotan se uniram, e ele se viu prestes a dar uma resposta rude quando a voz de Draka chegou, enganosamente afável:

— Vá com seu segundo em comando se encontrar com Mão Negra, meu querido. O clã vai esperar sua volta. — E sorriu.

Draka sabia quando entrar em brigas. Era tão guerreira quanto ele, mas percebeu que, em sua situação atual, seria dispensada pelos que pareciam ansiar mais por conflito que por comida para seu povo.

— Então encontre um lugar para acamparmos — disse ele. — Vou falar com esse tal de Mão Negra, do clã Rocha Negra.

Os guardas guiaram a ele e a Orgrim pelo acampamento. Famílias com crianças, cercadas por instrumentos de cozinha e peles de dormir, deram lugar a orcs com cicatrizes e olhares duros limpando, consertando e forjando armas e armaduras. O retinir de marretas em metal vinha de uma tenda de ferreiro. Outros orcs faziam rodas de pedra. Outros ainda emplumavam flechas e afiavam facas. Todos olhavam de relance para os dois Lobo do Gelo, e seus olhares percorriam Durotan como se fossem algo físico.

O som de aço em aço e o grito de "Lok'tar ogar!" alcançaram os ouvidos de Durotan. *Vitória ou morte.* O que estava acontecendo ali? Sem se incomodar com a escolta, Durotan desviou na direção da fonte do som, abrindo caminho até uma grande área cercada, onde orcs lutavam entre si.

Enquanto ele observava, uma fêmea ágil, armada somente com duas facas de aparência perversa, saltou por baixo do braço de um macho que brandia um mangual, e suas lâminas riscaram uma linha dupla de preto-avermelhado nas costelas dele. A fêmea tinha a chance de causar uma morte limpa, mas não a aproveitou. O olhar de Durotan foi até outro grupo de orcs: quatro contra um aqui, outra luta de um contra um ali.

— Treino — disse a Orgrim, seu corpo relaxando ligeiramente. Franziu a testa. Um terço dos orcs que treinavam diante dele tinha o mesmo matiz de verde opaco na pele marrom.

— Lobo do Gelo, é? — Soou uma voz trovejante detrás dele. — Não são exatamente os monstros que eu esperava.

Os dois se viraram e se depararam com um dos maiores orcs que Durotan já havia encarado. Nem ele nem Orgrim eram espécimes pequenos — na verdade, Orgrim era o Lobo do Gelo mais corpulento em várias gerações —, mas aquele obrigou Durotan a olhar para cima. Sua pele, de um marrom-escuro, verdadeiro, sem qualquer sugestão de verde, brilhava de suor, ou óleo, e era adornada com tatuagens. As mãos enormes estavam completamente cobertas de preto, e os olhos reluziam com um ar de avaliação entretida.

— Você verá que estamos à altura de nossa reputação — disse Durotan, tranquilo. — Não terá caçadores melhores em sua nova Horda, Mão Negra do clã Rocha Negra.

Mão Negra inclinou a cabeça para trás e gargalhou.

— Não vamos precisar de caçadores, mas de guerreiros. Vocês são como os que vieram antes, Durotan, filho de Garad?

O chefe Lobo do Gelo voltou o olhar para o orc que ainda sangrava após ter sido apanhado desprevenido.

— Melhores — disse, e era verdade. — Quando Gul'dan foi pedir que os orcs Lobo do Gelo se juntassem à Horda... *duas vezes*... não fez nenhuma menção a lutar por essa tal terra prometida.

— Ah — reagiu Mão Negra —, mas o que há de saboroso em simplesmente entrar num campo? Somos orcs. Agora somos uma *Horda* de orcs! E vamos conquistar esse novo mundo. Pelo menos aqueles de nós que tiverem coragem de lutar por ele. Você não está com medo, está?

Durotan se permitiu um sorriso levíssimo, os lábios se curvando em volta das presas inferiores.

— As únicas coisas de que tenho medo são promessas vazias.

— Ousado — aprovou Mão Negra. — Direto. Bom. Não há lugares para lambe-botas no meu exército. Você chegou bem a tempo, Lobo do Gelo. Mais um sol e seria tarde demais. Seria deixado para trás junto dos velhos e dos frágeis.

Durotan franziu a testa.

— Vocês vão deixar alguns para trás?

— A princípio, sim. Ordens de Gul'dan.

Durotan pensou em sua mãe, Geyah, a Erudita do clã, no idoso xamã Drek'Thar, nas crianças... e em sua esposa, pesada com o filho na barriga.

— Eu jamais concordei com isso!

— Se tiver algum problema, eu teria um grande prazer em lutar um mak'gora.

O mak'gora era uma tradição antiga, conhecida e praticada por todos os orcs. Era uma batalha de honra, um contra um, um desafio lançado e aceito. Até a morte. Poucos meses antes, pensando em como seu clã estava diminuindo, Durotan tinha se recusado a matar um companheiro Lobo do Gelo que derrotara num mak'gora. Obviamente Mão Negra não tinha esse tipo de escrúpulo.

— Amanhã, ao nascer do sol, Gul'dan vai nos guiar até o novo lar — disse Mão Negra. — A primeira onda, que vai varrer nossos inimigos, será composta apenas por guerreiros. O melhor que a Horda tem a oferecer. Você pode trazer os membros do seu clã que sejam jovens, saudáveis, rápidos e ferozes, seus melhores guerreiros.

Durotan e Orgrim trocaram olhares. Se de fato essa terra tinha perigos que poderiam ameaçar os mais vulneráveis, era uma estratégia sensata. Era o que os fortes deveriam fazer.

— O que você fala faz sentido, Mão Negra — admitiu Durotan, com relutância. — Os orcs Lobo do Gelo vão obedecer.

— Ótimo. Seu clã pode não parecer repleto de monstros, mas eu odiaria ter de matá-los sem ao menos ser capaz de vê-los lutarem primeiro. Venham; vou mostrar a força que os orcs levarão ao baixar sobre essa terra que nem desconfia do que está por vir.

2

O sol já havia se posto quando Orgrim e Durotan retornaram. Sob a orientação de Draka, o clã tinha montado as tendas de viagem improvisadas. Estandartes do clã Lobo do Gelo com seu símbolo — um lobo branco em fundo azul — pendiam frouxos no ar imóvel e seco do lado de fora de cada uma delas. Durotan olhou para o verdadeiro mar de estruturas ao redor; não somente deles, mas também dos outros clãs. Aqueles também tinham estandartes que pareciam tão desgastados quanto ele se sentia.

Abruptamente os estandartes se agitaram, e uma brisa leve trouxe o cheiro bem-vindo de carne assada às narinas de Durotan. Ele deu um tapa nas costas de Orgrim.

— Seja lá o que nos espera amanhã, esta noite temos comida!

— Minha barriga agradece — respondeu Orgrim. — Quando foi a última vez que comemos alguma coisa maior que uma lebre?

— Não lembro. — Durotan ficou sério quase imediatamente. A caça tinha sido mais rara durante a viagem que no norte congelado. A maioria das fontes de carne eram pequenos roedores. Pensou nos talbuques, as criaturas parecidas com gazelas, delicadas, porém ferozes, e nos enormes fenocerontes que representavam mais que um desafio para caçar, mas que um dia haviam alimentado bem o clã. Imaginou que tipo de animais Gul'dan teria encontrado ali, no deserto, e decidiu que não queria saber.

Foram recebidos com o som bem-vindo de risos conforme se aproximavam do acampamento dos Lobo do Gelo. Durotan avançou e encontrou Draka, Geyah e Drek'Thar sentados em volta de uma fogueira. Junto a Orgrim Martelo da Perdição, esses três compunham o conselho de Durotan. Sempre haviam lhe dado boas orientações, e Durotan sentiu o ressentimento brotar ao se lembrar das ordens de Mão Negra. Se as ordens do comandante orc tatuado fossem cumpridas, todos, menos Orgrim, seriam obrigados a ficar para trás. Outras famílias se agrupavam ao redor de pequenas fogueiras parecidas. Crianças cochilavam por perto, exaustas. Durotan viu que estavam com a barriga redonda de comida pela primeira vez em meses, contudo, e por isso ficou satisfeito.

No centro da fogueira havia vários espetos com animais menores. Ele lançou um olhar pesaroso para Orgrim. Parecia que ainda iriam se alimentar de animais que não eram maiores que o tamanho de seus punhos. Mas era carne, carne fresca, e Durotan não iria reclamar.

Draka entregou um espeto tirado do fogo, e Durotan começou a devorá-lo. Ainda estava quente e queimou sua boca, mas ele não se importou. Não tinha percebido quanto tempo fazia desde que comera carne fresca. Quando o primeiro gume da fome se aplacou, contou o que tinha testemunhado com Orgrim e o que fora dito por Mão Negra. Por um momento, houve silêncio.

— Quem você vai levar? — perguntou Drek'Thar baixinho. Orgrim desviou o olhar diante da pergunta. Sua expressão disse a Durotan que o amigo estava aliviado por não ser chefe e, portanto, não ser obrigado a dar a má notícia.

Durotan citou a lista que estivera montando na mente desde que ele e Orgrim tinham saído da reunião com Mão Negra. Draka, Geyah e Drek'Thar não estavam nela. Houve um silêncio demorado. Por fim, Geyah falou:

— Não vou questionar sua decisão, meu chefe. De minha parte, fico para trás. Quando Drek'Thar e eu fomos visitados pelo Espírito da Vida, ele me disse que eu precisaria ficar com o clã. Agora entendo o que isso significava. Sou xamã e luto bem, mas há outros que são mais jovens, mais fortes e mais rápidos que eu. E sou a Erudita. Que os Espíritos protejam você, mas, se essa vanguarda fracassar, pelo menos a história de nosso povo permanecerá viva.

Durotan sorriu para ela, agradecido. Geyah parecia resignada, mas ele sabia como ela gostaria de lutar ao lado do filho.

— Obrigado. Você sabe que eu virei buscar todos assim que for seguro.

— Também entendo — disse Drek'Thar, com tristeza tingindo a voz. Em seguida indicou o pano que sempre usava sobre os olhos. — Sou cego e velho. Seria um estorvo.

— Não — interveio Draka, com a voz dura. — Meu coração, reconsidere a ideia de levar Drek'Thar. Ele é um xamã, e os Espíritos nos disseram que estariam lá, nesse mundo em que vamos entrar. Desde que exista Terra, Ar, Fogo, Água e Vida, você vai precisar de um xamã. Drek'Thar é o melhor que temos. É curandeiro, e você pode precisar das visões dele.

Um arrepio percorreu a pele de Durotan, eriçando os pelos do braço. Mais de uma vez as visões de Drek'Thar tinham salvado vidas. Certa vez, um aviso do Espírito do Fogo poupou todo o clã. Como ele não poderia levar Drek'Thar?

— Você não vai lutar conosco — disse. — Só curar e aconselhar. Tenho sua palavra?

— Sempre, meu chefe. Apenas ir já é honra o bastante.

Durotan olhou para Draka.

— Sei, meu coração, que você pode lutar, mas... — Ele parou, levantando-se, uma das mãos indo ao cabo de Talho.

O visitante era quase tão grande quanto Mão Negra. A luz da fogueira lançava sombras em um físico esculpido como se fosse em pedra. Mão Negra o havia impressionado, mas esse orc era, senão tão grande quanto ele, mais musculoso, de aparência mais poderosa. Como Mão Negra, também tinha tatuagens, mas, enquanto as mãos do comandante eram pintadas totalmente de preto, era a mandíbula desse orc que era escura como o céu da meia-noite. Seu comprido cabelo preto era preso num coque no alto da cabeça, e os olhos brilhavam à luz da fogueira.

— Sou Grom Grito Infernal, chefe do Brado Guerreiro — anunciou o orc, com o olhar varrendo os recém-chegados. — Mão Negra me disse que finalmente os Lobo do Gelo tinham chegado. — Ele grunhiu, como se achasse isso divertido, e largou um saco com alguma coisa aos pés de Durotan. — Comida — disse.

O saco estremeceu e se mexeu, encalombando aqui e ali.

— Insetos — disse Grom. — É melhor serem comidos vivos e crus. — Ele sorriu. — Ou secados e moídos para fazer farinha. O gosto não é ruim.

— Sou Durotan, filho de Garad, que era filho de Durkosh. E Grom Grito Infernal, chefe do Brado Guerreiro, é bem-vindo a nossa fogueira.

Durotan decidiu não apresentar os outros membros do clã reunidos em volta do fogo, pois não queria atrair atenção indevida para eles — principalmente já que planejava levar Drek'Thar consigo ao amanhecer. Captou o olhar de Draka, e ela assentiu. A companheira se levantou, silenciosamente tocando os ombros de Drek'Thar e Geyah, levando-os para outra fogueira.

Durotan indicou os lugares vazios, e Grom se sentou ao lado dele e de Orgrim. Grom aceitou um espeto tirado das brasas e mordeu com prazer a carne que pingava.

— Apesar de nunca termos nos encontrado — disse Durotan —, alguns membros de seu clã já caçaram com o meu, tempos atrás.

— Lembro que os membros de nosso clã diziam que os orcs Lobo do Gelo eram bons caçadores e justos — reconheceu Grom. — Ainda que talvez um pouquinho... — ele procurou a palavra — reservados.

Durotan conteve o impulso de dizer a Grom o que os Lobo do Gelo tinham achado dos orcs do Brado Guerreiro. As palavras *impulsivos, barulhentos, ferozes* e *malucos* tinham sido usadas. Às vezes com admiração, devia admitir, mas nem sempre. Em vez disso, falou:

— Parece que Gul'dan conseguiu unir todos os clãs.

Grom confirmou com a cabeça.

— Vocês foram os últimos a chegar. Havia um outro grupo, mas agora se foram. Pelo menos é o que Gul'dan diz.

Os orcs Lobo do Gelo se remexeram inquietos. Durotan se perguntou se Grom falava dos Andarilhos Vermelhos. Se, na verdade, o clã estivesse morto até o último membro, isso era bom, e ele não iria lamentar.

— Nós estivemos entre os primeiros — disse Grom com orgulho. — Quando Gul'dan contou que sabia de um modo de viajar para outras terras, terras ricas em caça, água limpa e inimigos para batalhar, concordamos imediatamente. — Ele gargalhou. — O que mais um orc poderia querer?

— Meu segundo em comando, Orgrim, e eu conhecemos Mão Negra assim que chegamos. Ele me falou do plano de levar primeiro uma onda de guerreiros para essa nova terra. Falamos sobre armas e quem iria usá-las, mas estou curioso com relação aos preparativos de Gul'dan.

Grom deu outra mordida, acabando com a carne. Jogou o espeto no fogo.

— Gul'dan encontrou um modo de entrarmos em outra terra — explicou. — Um artefato antigo, escondido há muito sob a terra. Sua mágica o guiou até ele, e, quando chegamos aqui, começamos a cavar. Finalmente o desenterramos; amanhã vamos usá-lo.

As sobrancelhas de Durotan subiram.

— Um buraco no chão?

— Você logo verá — garantiu Grom.

Quanto mais Durotan ficava sabendo sobre esses planos, menos gostava.

— Parece uma sepultura.

— Não — explicou Grom. — Pelo contrário, é um renascimento para nosso povo. É o caminho para um novo mundo!

— Você acredita nisso? — perguntou Orgrim. Parecia mais esperançoso que cético.

Grom olhou para Orgrim por um tempo. Então levantou um braço poderoso e se inclinou à frente, estendendo-o mais para perto do fogo. À luz da fogueira, Durotan enxergou o que as sombras vinham escondendo. Como muitos dos que ele e Orgrim tinham visto treinando, a pele de Grom Grito Infernal tinha um leve tom de verde. E, quando ele falou, suas palavras foram dirigidas a Orgrim, não a Durotan.

— Acredito em Gul'dan. Acredito na vileza. Sua magia de morte me tornou poderoso. — Ele flexionou o braço. O bíceps, grande como um melão, se avolumou. — Você vai ver. Vai sentir a força de cinco.

— Mão Negra parece bastante forte sem isso — argumentou Durotan sem rodeios.

Os olhos brilhantes de Grom se viraram para o chefe dos Lobo do Gelo.

— Por que ser suficientemente forte quando existe a chance de ser mais forte ainda? — Seus lábios se repuxaram para longe das presas num sorriso tão sinistro quanto selvagem, e Durotan não pôde deixar de se perguntar se algum dia "mais forte ainda" poderia se tornar "forte o bastante" para aplacar o orc Brado Guerreiro.

Quando Durotan se recolheu a sua tenda, Draka estava deitada, dormindo nas peles que haviam trazido do norte.

Em outros tempos, ela estaria descansando numa pilha de peles de fenoceronte, grossas e quentes, e sua cabana seria a do chefe: uma construção sólida, estável, feita de madeira e pedra. Ela teria comida boa e saudável suficiente para alimentar o corpo que abrigava não somente seu espírito de guerreira, mas também a pequena vida que arredondava sua barriga; a única parte macia do físico forte e duro. Agora tudo que separava sua carne da pedra dura eram peles de coelho, e o clã havia caminhado as últimas léguas sem comida alguma.

Geyah tinha insistido em que Durotan e Draka levassem o que fosse possível da Serra do Fogofrio para lembrá-los da herança do clã. Assim aquele abrigo improvisado, um pouco mais sólido que a maioria dos outros, continha o brasão Lobo do Gelo e objetos de proteção decorativos, feitos e abençoados pelos xamãs para aumentar a capacidade em batalha e afastar os perigos. Dentro havia uma variedade de armas ao alcance: lanças, machados, marretas, maças, arcos e flechas, espadas. E, claro, Golpeforte. Durotan soltou Talho das costas e o colocou ao lado das peles enquanto se sentava e olhava para a companheira.

Uma onda de ternura o varreu conforme seu olhar percorria o corpo de Draka, do rosto feroz e forte, o cabelo preto, ao volume da barriga à mostra enquanto ela permanecia deitada de lado, a respiração tranquila. Com as pálpebras ainda fechadas, ela estendeu uma das mãos para ele.

— Posso sentir seus olhos. — A voz de Draka saiu grave e gutural, quente de afeto e diversão.

— Achei que estivesse dormindo.

— E estava. — Ela virou o corpo volumoso para ficar deitada de costas, procurando sem sucesso uma posição confortável. A mão do marido foi até sua barriga, os dedos enormes e a palma quase cobrindo-a completamente, conectando-se em silêncio com o filho. — Sonhando com uma caçada na neve.

Durotan fechou os olhos e suspirou. Era quase doloroso lembrar a mordida aguda, familiar, do inverno, o frio levando os corpos ao limite enquanto eles atacavam presas que lutavam para sobreviver. Os gritos, o cheiro de sangue fresco, o gosto da carne nutritiva. Aqueles tinham sido anos bons. Durotan se deitou do lado dela, sobre as peles, lembrando-se da noite em que Draka tinha retornado do Exílio. Ele a havia pressionado para contar histórias de suas viagens, e os dois se deitaram juntos como agora, de costas, mas sem se tocar. Olhando para as estrelas, vendo a fumaça subir.

E ele ficara contente.

— Pensei num nome — continuou Draka.

Durotan grunhiu. Estava com raiva de si mesmo por causa da nostalgia. Enquanto o sonho de Draka era somente isso — um sonho verdadeiro, honesto, não uma lembrança desejosa e deliberada —, o tempo pelo qual ele ansiava tinha passado, para jamais retornar.

Pegou a mão dela, provocando:

— Bem, guarde isso para você, esposa. Vou escolher o nome quando o tiver conhecido... ou *a* tiver conhecido.

— É? — Havia diversão na voz dela. — E como o grande Durotan vai chamar seu filho se eu não viajar com ele?

— Um *filho*? — Ele se apoiou num cotovelo, fitando-a com a boca ligeiramente aberta. Desde sempre aceitara que poderia ter tanto um filho quanto uma filha. Para Durotan, o sexo do bebê era menos importante que garantir que fosse saudável. As fêmeas Lobo do Gelo eram guerreiras ferozes; Draka era um perfeito exemplo. Mas a tradição dizia que o posto de chefe só poderia ser passado para um macho. Piscou para ela. — Agora está tendo visões como Drek'Thar?

Ela sorriu e deu de ombros.

— Eu só... sinto.

Durotan pensou de novo naquela primeira noite e em todas as outras que tinham compartilhado desde então. Não queria pensar numa longa sequência de noites em que um estaria sem o outro; não queria pensar em seu filho nascendo sem a presença do pai.

— Você pode esconder sua barriga gorda? — perguntou ele, rindo com antecipação pela resposta.

Draka, que o conhecia até os ossos, deu-lhe um soco no ombro: amoroso, mas bastante firme.

— Melhor que você consegue esconder sua cabeça gorda.

Um riso caloroso explodiu nele, um bálsamo para o espírito, e a esposa o acompanhou. De novo os dois estavam deitados lado a lado, a mão de Durotan outra vez protetora, sobre o filho. Eles encarariam juntos esse mundo novo.

Não importando o que acontecesse.

3

Na manhã seguinte, enquanto prendia estrategicamente sobre a barriga um pequeno escudo circular adornado com presas, Draka atraiu o olhar de Durotan, e ele assentiu ligeiramente, um tanto tranquilizado ao ver que ela conseguia esconder a barriga volumosa e proteger o filho não nascido ao mesmo tempo. Os últimos anos tinham sido tão difíceis que Draka não pudera ganhar peso que não passasse imediatamente à criança que se desenvolvia. Nenhuma suavidade nos músculos, nenhuma linha redonda no rosto revelava a gravidez assim que a barriga estava coberta. No momento isso era útil, mas ele sentiu uma pontada de pesar por ela ter sido tão privada.

Drek'Thar usava uma capa com capuz, que escondia tanto os cabelos brancos quanto o pano sobre o rosto desfigurado. Outro xamã, Palkar, que cuidara dele durante anos, iria guiá-lo. Durotan foi até os dois enquanto seu grupo se reunia, esperando a chamada para marchar até o "buraco no chão".

— Não posso garantir que vocês não serão descobertos — disse o chefe. — Se esse é um risco que vocês não quiserem correr, ninguém vai culpá-los.

— Nós entendemos — respondeu Drek'Thar. — Tudo acontece como os Espíritos desejam.

Durotan confirmou com a cabeça. Draka já havia se despedido de Geyah e agora abriu espaço para que Durotan pusesse as mãos nos ombros da mãe.

— Você estará encarregada do clã enquanto Orgrim e eu estivermos fora — determinou Durotan. — Não consigo pensar em melhores mãos para deixar os Lobo do Gelo que não as da Erudita.

Os olhos de Geyah estavam secos, e ela se mantinha empertigada e forte.

— Vou protegê-los com minha vida, meu filho. E *quando* você retornar, ficaremos felizes em nos juntar a vocês nessa terra nova e verdejante.

Todo mundo sabia que poderia não haver um retorno. Muita coisa era desconhecida sobre aquele lugar prometido. Eles iriam chegar através de magia, sem qualquer ideia do que os esperava, a não ser o que Gul'dan tinha contado. E se ele estivesse errado? E se tivesse mentido? E se houvesse perigos tão grandes que nem mesmo um orc pudesse enfrentar? No fim das contas, isso não importava. O que existia ali não podia ser suportado.

— Tenho certeza de que vamos conquistá-la rapidamente — disse ele, esperando que sua voz estivesse tão sólida quanto desejava.

Trombetas soaram, chamando-os. Durotan abraçou Geyah. Ela se agarrou a ele por um momento, em seguida o soltou e deu um passo atrás. Durotan olhou para seu clã, para as crianças, para os orcs que eram artesãos e xamãs, e não guerreiros. Tinha feito tudo que podia por eles.

Agora era hora de descobrir se a palavra de Gul'dan era confiável.

Os orcs de Mão Negra os orientavam, afunilando os clãs num único canal composto de peles marrons e verdes, aço reluzente e opaco osso branco, andando pela poeira. Mas novamente Durotan se maravilhou ao ver tantos orcs marchando ombro a ombro, unidos num único objetivo. A esperança cresceu dentro dele. Eram orcs! O que *não* poderiam fazer? Quaisquer criaturas que os esperassem do outro lado cairiam embaixo dos pés correndo, armas golpeando e os gritos de "Lok'tar ogar!"

Olhou para Draka, que sorriu para ele. Ela apertou sua mão uma vez, rapidamente, depois a soltou. Ninguém a olhou duas vezes. Durotan caminhava segurando Golpeforte; Talho preso às costas.

Um orc de Mão Negra corria ao lado da fileira, gritando instruções.

— Virem à direita!

Durotan e Draka obedeceram.

E lá estava.

— Grito Infernal estava certo — murmurou Durotan. — Não é somente um buraco no chão.

Todo o clã de Durotan ocuparia apenas a menor fração da área que fora desenterrada, e todos poderiam correr ombro a ombro através da grande estrutura de pedra que estivera escondida na areia. Ela se erguia enorme e imponente; enrolada em seu topo, uma grande serpente alada, flanqueada por duas figuras encapuzadas esculpidas, cada uma da altura de cem orcs. A figura da direita e a coluna da qual era esculpida estavam totalmente desenterradas. O lado esquerdo do portão continuava conectado à terra. Andaimes envolviam partes dele, e mecanismos de elevação levavam orcs que não pareciam maiores que uma mosca, realizando suas tarefas, trabalhando até aquele momento no grande portal. Não houvera muita aparência de ordem, para começo de conversa, e, à medida que mais guerreiros viam aquela gigantesca edificação esculpida, a pouca ordem que existia começou a se dissolver. Todo mundo começou a falar. Durotan viu os orcs de Mão Negra com expressões de raiva, irritação, enquanto gritavam repetidamente ordens que não eram obedecidas. Orcs eram ferozes, selvagens e fortes. Obedeciam aos líderes de seus clãs, mas, sem dúvida, o comandante ficaria com as mãos tatuadas de preto tremendamente ocupadas com a tentativa de controlar tantos indivíduos.

— Durotan! — exclamou Draka. — Olhe! — Ela apontou para o degrau mais elevado do portal. Lá estava Gul'dan, com a peculiar pele verde. Ao vê-lo, Durotan sentiu que não havia se passado nenhum tempo desde a primeira visita do bruxo à Serra do Fogofrio. Sua aparência era a mesma: apoiava-se num cajado enfeitado com pequenos crânios e pedaços de ossos. O capuz escondia parcialmente o rosto enrugado, mas, mesmo a distância, Durotan conseguia ver a barba branca e os olhos inconfundíveis que reluziam naquele tom de verde luminoso e doentio. Espetos haviam sido fixados em sua capa, e havia mais crânios minúsculos empalados que outrora. Naquela ocasião, assim como agora, Durotan estremecera com um sentimento de intensa aversão. Lembrou-se das palavras de Drek'Thar ao sentir a presença do bruxo pela primeira vez: *Sombras se agarram a esse orc. A morte o acompanha.*

Caminhando atrás do bruxo encurvado, com uma corrente exageradamente pesada presa ao pescoço esguio, estava sua escrava, a mestiça Garona. Durotan se lembrava dela, também, de como estivera junto de Gul'dan nas duas vezes em que ele fizera a árdua viagem ao norte para falar com os Lobo do Gelo. Na segunda vez, ela fora capaz de dar um aviso ao clã de Durotan: *Meu senhor é sinistro e perigoso.* Para uma escrava, o modo como se portava não era obsequioso. Na verdade, se não fossem os olhares de desprezo que recebia quando qualquer orc se dignava a espreitá-la, Durotan poderia acreditar que era ela a mestra, em vez do bruxo.

Foi então que percebeu que os dois estavam passando por jaulas construídas com galhos de árvores retorcidos e mortos. As jaulas quase transbordavam com criaturas de pele azul.

Prisioneiros draeneis.

Um deles, uma fêmea, estendeu a mão em súplica e conseguiu fechá-la na de Garona. Parecia estar implorando algo à estranha meiorcen, mas a escrava se soltou e falou algo com Gul'dan.

— O que eles fizeram? — perguntou Draka. Sua voz estava carregada de dor e horror. Diferentemente da maioria dos orcs, que geralmente desprezavam os draeneis de pele azul e pés de bode, Draka tinha viajado com um grupo deles durante um tempo. Dissera a Durotan que eles não eram covardes; simplesmente evitavam confrontos. O próprio Durotan sabia da coragem dos draeneis: haviam salvado e devolvido, por puro altruísmo, três crianças Lobo do Gelo.

E, agora, Gul'dan os havia aprisionado.

— Isso importa? — Durotan odiou o tom mordaz na própria voz. — Gul'dan está nos mandando através desse portal para atacar o que quer que exista do outro lado, e tomar sua terra. Nós precisamos da terra... e precisamos dele. Neste momento, ele pode fazer o que bem entender.

Draka o encarou, inquisitiva, mas em seguida fechou os olhos. Não havia como questionar aquela feia verdade. Sem dúvida os draeneis não haviam feito absolutamente nada. Ele sabia que alguns clãs de orcs os matavam por puro esporte. Talvez fosse haver algum tipo de demonstração antes que Gul'dan permitisse que os orcs entrassem naquela tão alardeada terra nova.

Uma parte dos gritos da draenei chegou até ele, só uma palavra. Durotan não conhecia muito da língua deles, mas o significado daquilo ele sabia.

— *Detish!* — soluçou a fêmea, ainda estendendo as mãos para Garona, implorando.

Detish.

Criança.

Durotan e Draka trocaram olhares horrorizados.

Um trovão ribombou. O próprio tom do céu estava diferente, ficando com o verde-amarelado de um hematoma desbotado. Agora uma linha de esmeralda reluzente surgia no interior do portal enquanto raios verdes espocavam no céu.

— O que é aquilo? — perguntou Draka.

— A magia de Gul'dan — respondeu Durotan, carrancudo. E, enquanto ele dizia essas palavras, o bruxo abriu os braços ao examinar seu exército.

— Morte. Vida. Morte. Vida. Ouviram? — Ele levou uma das mãos ao ouvido, e seus lábios se curvaram num sorriso em volta das presas. — As batidas de um coração vivo. O combustível de minha magia é a vida. Talvez só tenhamos prisioneiros suficientes para mandar nossos guerreiros mais fortes, mas isso vai bastar. O inimigo é fraco. Quando chegarmos, vamos *os* usar como combustível! Vamos construir um novo portal, e, quando estiver pronto, vamos transportar *toda* a Horda!

Durotan olhou de novo para os draeneis aprisionados. Seu pai, Garad, havia falado sobre um tempo na juventude em que os Lobo do Gelo sacrificavam a vida de um animal para agradecer aos Espíritos por uma boa caçada. Gul'dan tinha dito que sua magia de morte era semelhante. *Vocês são alimentados com a carne da criatura, vestem-se com seu couro. Eu sou alimentado com força e conhecimento e me visto... de verde.*

Gul'dan se virou para o portão. Segurando o cajado coroado de crânios numa das mãos nodosas, abriu os braços e arqueou as costas. De toda parte e de lugar nenhum veio uma voz. Mas não era parecida com nenhuma voz que o chefe Lobo do Gelo já tivesse escutado. Era grave e vibrava nos ossos, raspando, áspera e penetrante; tudo em Durotan suplicava que ele cobrisse os ouvidos e parasse de ouvir aquilo. Retesou-se contra essa vontade e respirou fundo para se controlar, ainda que estivesse com o coração disparado. De medo? Raiva?

Expectativa?

Os prisioneiros draeneis dos dois lados do portão se arquearam em agonia, os corpos retesados. Durotan olhou, atônito, enquanto fiapos branco-azulados de névoa se estendiam dos prisioneiros e seguiam na direção de Gul'dan. O bruxo abriu a boca, bebendo as espirais nevoentas, deixando que elas o banhassem e acariciassem.

Os orcs de pele verde que estavam na frente pareceram enlouquecer. Rugiram, subindo correndo os degraus até o portal. Os draeneis, por sua vez, sofreram espasmos. Sua pele ficou mais pálida, os corpos, mais fracos e mais frágeis; mais velhos. Quando se tornaram somente pouco mais que cascas secas, a luz azul de seus olhos se apagou. O jorro de energia vital deixou de fluir deles, e os contornos verdes do portal estalaram e relampejaram com fogo, como se em antecipação de alguma coisa. Um ruído gigantesco despedaçou os ouvidos de Durotan quando um globo reluzente disparou das mãos de Gul'dan, foi até o portal e explodiu. Onde antes era possível enxergar as pedras e a terra do outro lado, agora o interior de toda a passagem retangular tinha uma cor pulsante, de um tom esmeralda e doentio. Então o redemoinho verde se tingiu com outras cores; o azul de um céu, os marrons intensos e as cores naturais de árvores.

Uma visão comprada com tantas vidas. Valia a pena, mesmo significando a sobrevivência de seu clã?

A resposta dolorosa era... sim.

— Pela Horda! — gritara alguém, e agora outros repetiam: — Pela Horda! Pela Horda! *Pela Horda!*

Orgrim sorriu para Durotan e passou correndo pelo chefe. O cântico ressoava nos ouvidos de Durotan como as batidas de seu coração, mas ele não partiu numa corrida frenética como tantos outros. Virou-se para observar sua companheira. Diante do olhar questionador de Draka, ele disse:

— Deixe que eu vá antes. — Se morresse na travessia, pelo menos sua morte serviria para alertá-la.

— *Pela Horda! Pela Horda!*

Draka andou mais devagar, obedecendo ao chefe. Durotan baixou a cabeça, apertou Golpeforte e murmurou baixinho:

— Pelo clã Lobo do Gelo.

E atravessou correndo.

Draka franziu a testa e firmou o maxilar quando seu amado desapareceu na entrada reluzente, azul-celeste e verde-árvore... do quê? O que Durotan tinha pensado em fazer? Outros passavam correndo, mas ninguém retornava. Ela não podia esperar que ele dissesse que tudo estava bem. Precisava se juntar a ele.

Apertou os punhos e, com um rosnado grave na garganta, avançou com o resto da massa de guerreiros que suavam e gritavam, impulsionados pela sede de sangue. Com os olhos fixos adiante, Draka, filha de Kelkar, que era filho de Rhakish, entrou no portal.

A terra sumiu de baixo de seus pés.

Ela flutuou numa luz verde e fraca, como se estivesse num lago, desorientada e com a respiração rápida. Atrás estava a luz do portal; à frente, uma crescente escuridão. Outros orcs passaram por Draka, caindo-nadando, enquanto finas tiras de luz se estendiam diante dela. Podia ouvir o estranho ribombar do lado de Draenor do portão, mas de forma abafada. De vez em quando, uma luz súbita queimava seus olhos. Afastou a ameaça do medo debilitante e se concentrou na única coisa que podia ver: um ponto minúsculo de luz, de esperança, na escuridão envolvente. Começou a tentar alcançá-lo. Sentia-se como se não pesasse nada. Então como chegar àquela luz?

Estendeu os braços à frente e os puxou para trás; assim, avançou flutuando. Sorriu consigo mesma e continuou. A terra nova ficava do outro lado daquele estranho túnel. Seu companheiro a esperava lá. A criança dentro dela chutava, como se protestasse.

Calma, pequenino, pensou Draka. *Logo vamos...*

A dor a golpeou, e sua barriga se contraiu com força, como um punho se fechando antes de um soco. Espantada, Draka ofegou. Nunca antes tivera um filho, mas havia falado com outras fêmeas. Sabia o que esperar. A vida dos orcs era de vigilância incessante, por isso os bebês chegavam rapidamente e com pouca dor, de modo que as mães estivessem preparadas para se mover ou fugir se necessário.

Mas isso...

Era cedo demais. A agonia que rasgava seu abdômen era um alerta, e não um arauto. O bebê precisava de pelo menos mais uma lua no corpo da mãe que o abrigava. Ofegando, com o suor brotando na pele escura, Draka se esforçou para tirar o escudo de camuflagem, jogando-o longe na escuridão. Agora a luz estava mais próxima; podia ver outras silhuetas de orcs ao redor, todas lutando para ir na direção da luz, e, por um momento, sentiu uma proximidade súbita com o filho. De certo modo, os dois estavam nascendo.

Outro orc passou por ela, girando sem peso. Durotan! Ele estendeu a mão, vendo que Draka sofria e tentando pegá-la, mas passou rolando, varrido inexoravelmente pela estranha correnteza. Outro objeto veio rolando na direção dela — uma árvore arrancada. Draka se encolheu apesar das dores horríveis, afiadas como adagas, fazendo o possível para proteger a criança.

Estendeu a mão enquanto a luz se intensificava, quase a cegando depois da escuridão da viagem. Seus dedos inquisidores roçaram em alguma coisa sólida. Terra! Rosnou frustrada, cravando as unhas afiadas no solo e se puxando para cima e para fora do portal.

Pés passaram trovejando, e ela se levantou, tropeçando na confusão de orcs ansiosos pela carnificina, sentindo terra encharcada... água, capim...

Draka berrou com uma dor tão forte que era como se seu filho rasgasse a barriga por dentro. Seus joelhos cederam, e ela desmoronou na terra pantanosa, os pulmões arfando e inalando o ar úmido.

— Draka! — Era Durotan. De quatro, Draka virou a cabeça e o viu correndo na sua direção. Então um orc enorme estendeu a mão enfeitada com tatuagens pretas e segurou seu companheiro.

— Grávida! — berrou o orc. — Você trouxe essa coisa inútil no meu bando de guerreiros?

— Me solte, Mão Negra! — implorou seu marido. — *Draka!*

Ela não pôde mais manter a cabeça levantada. Durotan não estaria ao seu lado, rugindo encorajamentos, enquanto o bebê escorregava para o mundo. Espíritos... será que ele ao menos sobreviveria, nascido tão cedo, envolto no tormento da mãe? Draka soluçou, não de dor, mas de raiva e fúria. Essa criança merecia coisa melhor! Merecia *viver*!

De repente havia alguém ali, murmurando baixinho.

— Shhh... shhh... você não está sozinha, Draka, filha de Kelkar, que era filho de Rhakish.

Ela ergueu os olhos através do emaranhado de cabelos encharcados de suor grudados no rosto e viu os olhos verdes e reluzentes de Gul'dan.

Não!

Tudo no ser de Durotan gritava ao pensar em Gul'dan, de pele verde e magia de morte, no seu lugar enquanto Draka dava à luz. Lutou para se soltar de Mão Negra, mas o comandante orc o segurava com firmeza.

— Empurre, pequenino — estava dizendo Gul'dan, a voz com uma gentileza pouco característica. — Empurre... — Impotente, Durotan olhava Draka, de quatro, inclinar a cabeça para trás e gritar enquanto seu filho entrava no mundo.

O bebê estava imóvel, imóvel demais, e silencioso. Durotan se afrouxou contra o aperto de ferro de Mão Negra, o coração rachando dentro do peito. *Meu filho...*

Mas Gul'dan segurou aquela coisa minúscula, que mal tinha o tamanho de sua mão verde, e se curvou sobre ele.

O peitinho estremeceu. Um instante depois, um gemido luxuriante encheu o ar, e Durotan ofegou, inundado pelo alívio. Seu filho estava vivo!

— Bem-vindo, pequenino! — Gul'dan gargalhou e levantou o bebê de Durotan e Draka para o céu. — Um novo guerreiro para a Horda! — gritou, e uma comemoração ensurdecedora brotou ao redor de Durotan. Ele não deu atenção. Olhava, atônito, para o ser pequenino que era seu filho.

A criança era verde.

4

A cidade era escura, barulhenta e quente. Fogo ardia em seu centro, como vinha acontecendo durante anos. O ar cheirava levemente a fumaça, ainda que a construção gigantesca garantisse que ele fosse sempre respirável. O nome dela refletia seu povo — direto, descritivo e ativo: Altaforja.

O rei da capital subterrânea dos anões, com barba ferozmente ruiva e nariz bulboso, acompanhou o convidado pela área principal da forja. Estava balançando a cabeça, como se ainda não acreditasse em alguma coisa, apesar de seus pés se moverem com firme intenção. Apontou um dedo grosso como uma salsicha para o companheiro.

— Você é o único homem para quem eu faria lâminas de arado, Anduin Lothar — resmungou em sua voz grave e melodiosa. — Você e seu exército de agricultores podem atacar o solo com aço dos anões, hein? Sinto um arrepio na coluna só de dizer. O que minhas esposas vão pensar?

Anduin Lothar, o único homem para quem o rei Magni Barbabronze faria lâminas de arado, sorriu para o velho amigo. Alto, com corpo forte, mas não volumoso, o "Leão de Ventobravo" se sentia à vontade na companhia de reis. Tinha passado a maior parte da vida lutando — e bebendo — ao lado do homem que atualmente ocupava o trono de Ventobravo e conhecia Magni bem.

— É a maldição do militar, senhor — disse. O afeto tornava calorosas as palavras irônicas. — Quanto melhor faço meu trabalho, menos pedem que eu o faça.

Magni bufou.

— Ora! — exclamou o anão, resignando-se à situação. — Mesmo assim é bom ver você, velho amigo. Suas carroças serão carregadas e estarão a caminho assim que tudo estiver pronto.

Lothar parou junto de um dos caixotes e passou a mão amorosamente — e cuidadosamente — pela superfície brilhante do que sem dúvida seriam as melhores lâminas de arado que existiam.

— Venha — prosseguiu Magni. — Tenho uma coisa para você.

Ela havia posto o martelo que estivera carregando numa mesa estreita perto de uma pequena caixa de madeira. Lothar se aproximou, curioso. Magni abriu a caixa, e Lothar olhou com interesse. Dentro, aninhado em um tecido branco e macio, estava um item diferente de tudo que ele já vira. Feito de metal, tinha uma boca larga numa das extremidades, quase como um instrumento de sopro. A outra extremidade era curva, e, ligando as duas, havia uma haste estreita. Num compartimento separado havia uma quantidade de esferas de metal do tamanho de unhas do polegar. Lothar não fazia ideia do que se tratava.

— O que é? — perguntou.

— Uma maravilha mecânica — exclamou Magni, pegando a coisa com o mesmo tipo de expressão carinhosa que alguns homens reservavam aos filhos recém-nascidos. — É um pau de fogo. — E o tirou da caixa, segurando a extremidade curva.

— Segure assim — instruiu Magni. — Ponha um pouco de pólvora aqui, soque rapidamente com a haste, coloque a bola depois, soque de novo, a pederneira vem aqui...

Ele ergueu o objeto e o apontou, olhando ao longo de sua extensão como um arqueiro mirando. A perplexidade juntou suas sobrancelhas escarlates e desgrenhadas, e ele baixou a arma.

— Estranho — murmurou, distraidamente entregando o presente a Lothar.

Lothar enfiou a arma no cinto, olhou para onde Magni estivera mirando e viu um dos mensageiros do rei correndo na direção deles. Sentiu a coluna se empertigar, os sentidos em alerta, todo o corpo se retesando; pronto para saltar em ação, caso necessário. Os anões caminhavam, pisavam firme, bamboleavam e às vezes saltavam. Raramente corriam. E certamente não daquela forma. Havia algo muito errado.

O rosto do anão estava quase tão vermelho quanto a barba do rei enquanto ele disparava, subindo os degraus sem diminuir a velocidade até se ajoelhar diante de Magni. Ofegante demais para falar, engoliu o ar com cheiro de metal enquanto estendia um pergaminho enrolado.

— Tome água — ordenou Magni ao mensageiro. Os dedos grossos do rei foram rápidos e ágeis desenrolando a carta. Enquanto Magni lia, Lothar apontou o pau de fogo como o rei havia feito, depois espiou curioso para a extremidade do cilindro de metal, estendendo o dedo para a pequena esfera dentro, e a tirou para examiná-la. Olhando de novo para Magni, viu o rosto afável do amigo endurecer. Lentamente o rei levantou os olhos e os cruzou com o olhar interrogativo de Lothar. Havia determinação e certa tristeza em seus olhos.

— É melhor você voltar para casa, homenzarrão. Parece que alguém atacou uma de suas guarnições.

Lothar abaixou o corpo sobre a fêmea de grifo que voava na direção de Ventobravo. A criatura, meio leão e meio águia, era uma das poucas que Sua Majestade, o rei Llane, possuía, e raramente elas eram montadas, a não ser em missões oficiais. A posição dele nas costas do grifo dizia ao animal que o viajante queria velocidade máxima, e era isso que a fêmea lhe proporcionava.

A mente de Lothar disparava rápida como as asas do grifo. Estavam sendo atacados? Por quem, ou o quê? A carta não dava detalhes. Não havia qualquer menção a baixas ou números — apenas os fatos simples de que houvera um ataque. Sem dúvida não eram os trolls. Ele, Medivh e Llane tinham expulsado as criaturas de pele azul e presas grandes na última vez em que vieram farejar ao redor de Ventobravo. Pela Luz, havia até mesmo uma estátua de Medivh por sua participação na vitória.

O grifo dobrou as asas para um mergulho íngreme, e Lothar se agarrou com força à sela. Lá embaixo, fora do alojamento dos soldados de Ventobravo, dois de seus tenentes — Karos, alto, de feições afiladas e rigidamente em posição de sentido, e o moreno Varis, sempre o mais paciente dos dois — o esperavam. Pareciam dignos e profissionais, os rostos calmos, mas Lothar tinha servido com eles e sabia que estivera certo: algo ali estava tremendamente errado.

Saltou do grifo assim que ela pousou do lado de fora do alojamento real. O animal lhe deu uma cabeçada de leve, e ele devolveu um tapinha afável em seu pescoço, entregando as rédeas a um ajudante. Lothar não perdeu tempo, empurrando o pergaminho contra o peito de Karos.

— Essa missiva diz que houve um ataque. Comecem a falar agora.

Varis assentiu enquanto entravam e desciam rapidamente a escada até a enfermaria. Lustres forneciam uma luz fraca, lançando um brilho fantasmagórico nas fileiras de formas silenciosas, amortalhadas em branco.

— Sim, senhor. Sabemos praticamente tanto quanto o senhor. A guarnição mandou uma mensagem pedindo reforços. Quando chegamos, nós... Bem, estavam todos mortos, senhor.

— Nenhum sobrevivente? — Lothar estava pasmo. — Nenhum? — Olhou para o rosto moreno e distinto de Varis e, em seguida, para a face pálida de Karos.

— Não, senhor. Só encontramos os mortos — respondeu este. — Trouxemos os corpos de volta para cá.

— Duas equipes de busca estão desaparecidas — disse Varis. — Nós... os corpos estão... — Os dois soldados trocaram olhares. Lothar tinha a reputação de inspirar homens a segui-lo, mas naquele momento ele queria somente bater a cabeça dos dois uma contra a outra. — É melhor vir ver, senhor.

Lothar os seguiu pelos corredores do alojamento, tentando desesperadamente entender o que estava sendo dito.

— Uma *guarnição* inteira? — perguntou. — E ninguém que possa nos dizer qualquer coisa?

Silêncio, rompido apenas pelo som de botas nas pedras. De novo, os dois soldados se entreolharam.

— Nós encontramos alguém — disse Varis.

— Ele estava revistando os corpos — completou Karos. Lothar o fitou de relance e viu suor escorrendo pela têmpora.

— Vocês o encontraram no local?

— N... não, senhor — respondeu Karos. — Foi depois de os trazermos de volta. Nós o encontramos aqui. No alojamento.

— *No* alojamento? — A voz de Lothar foi até longe no corredor, e ele não se importou. — Pela Luz, que idiota deixou de notar alguém saqueando os corpos de soldados bem ali no bendito *alojamento*?

— Achamos que é um mago, senhor! — disse Varis rapidamente.

Um mago. Alguém que podia se certificar de não ser visto. O passo de Lothar hesitou, mas ele foi em frente. Sem dúvida isso responderia à pergunta que ele tinha acabado de fazer aos seus homens, obviamente abalados, mas por outro lado provocava cerca de mil outras.

Manteve a voz calma.

— Vocês puderam prendê-lo, ou ele os transformou em ovelhas? — Nem tentou afastar a irritação da voz.

— Sim, senhor! — disse Karos. — Quero dizer, sim, nós o prendemos. Estamos levando o senhor até ele agora mesmo.

Tinham colocado o intruso, talvez mago, no escritório do alojamento e posto um guarda para vigiá-lo. O guarda prestou continência, ficou de lado e abriu a porta com uma chave mestra.

Lothar havia esperado confrontar um velho de barba branca e comprida, que iria encará-lo com expressão arrogante. Não estava preparado para o que parecia um adolescente bem sujo e maltrapilho. Estava dando uma olhada em um livro que fora deixado na mesa e levantou os enormes olhos castanhos quando Lothar entrou.

O garoto saltou de pé.

— Finalmente! — exclamou ele. — O senhor é o comandante...?

Lothar já havia agarrado o braço do jovem, segurando-o, e o empurrara sobre a mesa. Pegou o compasso e o golpeou, prendendo o braço esquerdo do garoto entre as pontas afiadas e o grudando à superfície de madeira escura. Puxou a manga do jovem intruso.

Varis estivera certo. Havia a imagem de um olho gravada em seu braço.

— Sha'la ros! — gritou o garoto, os olhos brilhando com uma luz azul. A mão livre de Lothar cobriu a boca do mago, abafando o encantamento. A magia luminosa, de um tom cerúleo, fez redemoinhos nos dedos da mão direita do intruso, desbotando-se com a ausência de poder de palavras para alimentá-la. Lothar aproximou o rosto da face do mago.

— Essa é a marca do Kirin Tor. O que está fazendo na minha cidade, cacarejador de feitiços?

O jovem mago afrouxou o corpo e baixou a mão. A magia que ele tinha invocado desapareceu. Com cautela, Lothar afastou a mão e deixou que ele falasse.

— Deixe que eu termine o exame do corpo que está do outro lado do corredor — disse ele com calma, como se seu pedido fizesse completo sentido.

Lothar deu um riso feroz.

— Ora... por que eu faria isso?

As sobrancelhas escuras do garoto se juntaram. Frustração? Preocupação?

— Naquele corpo está o segredo dos ataques que vocês sofreram. — Ele lambeu os lábios, de súbito parecendo outra vez um adolescente. — Eu posso ajudá-los.

Os olhos de Lothar se estreitaram enquanto ele examinava o rosto do garoto. Não tinha chegado aonde estava sem ser um bom juiz de caráter, e havia algo sincero no garoto. Lothar acompanhou o jovem mago até o cômodo que ele havia requisitado — mantendo um aperto firme do braço marcado com o olho.

Karos abriu a cortina, revelando o cadáver que o mago fora apanhado examinando. Lothar parou tão rapidamente que Varis, vindo atrás, quase trombou no comandante.

Sendo um soldado endurecido pelas batalhas, Lothar havia testemunhado mortes incontáveis, de civilizadas a brutais. Mas *isso*...

Os dois olhos e a boca estavam abertos. A pele estava cinza e estriada com riscos mais escuros, como gangrena, mas não tão familiar. As bochechas estavam fundas, e os olhos, com uma crosta do que parecia uma borda de sal, estavam duros e vítreos. Nada nessa... coisa, se é que ao menos poderia ser chamada de um corpo, era natural.

O jovem mago não respondeu. Ele também parecia sentir repulsa pelo que via, mas estava decidido a continuar a investigação. Analisou o corpo, observando tudo, então seu olhar foi inexoravelmente até o rosto que mal parecia humano. Firmando-se, o garoto se inclinou e cautelosamente inseriu dois dedos na boca aberta, puxando o maxilar para baixo. Lothar se inclinou para olhar, com nojo e fascínio, enquanto os dedos do mago sondavam.

Um tênue fio de névoa verde brotou para cima e sumiu. Os soldados — inclusive Lothar — ofegaram. O mago saltou para trás, cobrindo a boca e o nariz com a manga da túnica, obviamente não querendo que o estranho vapor verde o tocasse. Seu rosto estava pálido, e ele engoliu em seco antes de se virar para Lothar.

— O que foi isso? — perguntou Lothar.

O rapaz respirou fundo, tentando manter a calma.

— O senhor deve chamar o Guardião. Ele é que deve explicar.

Era uma declaração, não um pedido. Lothar piscou.

— Medivh? — perguntou Karos, olhando para o comandante.

— Estamos perdendo tempo! — insistiu o garoto.

Lothar o encarou com os olhos estreitados.

— Só o *rei* chama o Guardião. Não eu, e certamente não um moleque sarnento que nem começou a ter fiapos na cara. — Para Karos, disse: — Leve-o a Vila d'Ouro.

A noite já envelhecia, e o alvorecer não estava longe quando o grifo de Lothar pousou graciosamente perto da aconchegante estalagem Vila d'Ouro. O ar estava úmido e frio, e os sons da floresta eram os das criaturas noturnas cuidando da vida em vez das canções dos pássaros. A poucos metros dali, alguns moradores tinham se reunido apesar da hora, saindo para espiar o rei, sua guarda e toda aquela agitação.

— Feras, foi o que você disse? — A voz era calma, baixa, mas autoritária, e atravessava facilmente a cacofonia de várias outras, que falavam ao mesmo tempo. Era claro, por outro lado, que isso simplesmente poderia ser o que Lothar achava, considerando como a conhecia, pensava ele enquanto os Guardas Reais prestavam continência e lhe permitiam entrar na Estalagem do Leão Orgulhoso.

O rei Llane Wrynn era alto e tinha cabelos escuros, olhos sábios e gentis, e barba bem-aparada. Mesmo agora, vestido com roupas menos formais, parecia um rei da cabeça aos pés. A família real estivera desfrutando de um passeio na floresta de Elwynn quando Llane tinha recebido uma carta semelhante à que o mensageiro anão havia dado ao rei Magni. Assim, haviam retornado à estalagem para analisar a situação.

Lothar sentiu uma pontada de nostalgia equivocada. Até aquele momento, a estalagem localizada no pequeno povoado de Vila d'Ouro fora um lugar onde ele, Llane e Medivh haviam se reunido para rir, jogar e beber. Agora, tinha se tornado uma sala de guerra improvisada, com várias mesas colocadas umas coladas às outras; mapas, cartas e tinteiros as cobriam. Lothar teve de sorrir ao notar canecas de cerveja firmando as bordas dos pergaminhos no lugar.

— Que tipo de fera poderia fazer o que você informou? — prosseguiu Llane. Estava nitidamente se esforçando para permanecer calmo enquanto examinava um talho tão gigantesco no escudo de um soldado de Ventobravo que quase havia partido o revestimento de metal.

Um dos oficiais, com cabelos e olhos escuros, meneou a cabeça.

— São boatos, majestade.

— Vindos de *três* vales diferentes — observou Aloman, uma das melhores soldados de Lothar. Seus olhos cinza-azulados aparentavam severidade.

— Ouvi uma dúzia de descrições conflitantes — disse um terceiro oficial.

— É uma rebelião, senhor — contrapôs um terceiro.

— Rebeldes, feras — repetiu o primeiro oficial, exasperado. — Precisamos de mais informações.

Llane viu Lothar, e o franzido em sua testa se aliviou.

— Lothar — chamou ele. — *Você* ficou sabendo de alguma coisa que possa ajudar?

— Um pouco, talvez — respondeu o guerreiro. A rainha Taria, ao lado do marido, também levantou os olhos ao escutar a voz do irmão. Os olhares dos dois se encontraram, e ela lhe deu um sorriso tenso. Taria parecia tão régia quanto Llane, mas Lothar sabia muito bem que seus olhos de corça e a postura recatada escondiam uma inteligência feroz e um lado teimoso tão grande quanto... bem, o seu.

Lothar falou rapidamente, evitando suposições e se atendo aos fatos, contando sobre o jovem mago e o curioso fiapo de névoa verde que havia escapado dos lábios do morto. Terminou dizendo:

— Além disso, meu soberano, me foi dito para convocar o Guardião. Portanto, vamos lá, homem.

— Agora mesmo — disse Llane, com um sorriso maroto que logo sumiu.

— Ainda não veio nenhuma notícia de Aldeia Grande? — perguntou Taria baixinho. Aldeia Grande, uma cidade tão antiga e calma quanto Vila d'Ouro, era o lugar onde ela e Lothar haviam crescido. Ficava ao sul da floresta de Elwynn e tinha ficado misteriosamente silenciosa. Infelizmente, Lothar não tinha qualquer notícia tranquilizadora para a irmã. Ele balançou a cabeça.

Llane olhou para ele, absolutamente perplexo.

— Como uma guarnição de trinta homens desaparece sem um sussurro?

— É a vileza — disse uma voz jovem e forte. — Ou pelo menos sua influência.

A conversa parou. Llane, junto a todos os outros na sala, menos Lothar, olhou para a porta e para o recém-chegado que estava ali. O rei levantou uma sobrancelha.

— É ele? — perguntou a Lothar, inseguro.

— Ahã — respondeu o outro, distraído. Sua atenção fora atraída pelo jovem soldado que tinha sido escolhido para escoltar o mago e agora estava atrás dele, em rígida posição de sentido.

Maldição.

Lothar comprimiu os lábios, assentindo em resposta à pergunta de Lothar.

— Sargento Callan! — disse Taria, com o prazer aquecendo a voz.

Callan inclinou a cabeça.

— Majestade. — Sua voz de tenor saiu só um pouquinho demasiadamente formal. *Será que eu já fui tão jovem assim?*, pensou Lothar.

— Obrigado, sargento — disse rapidamente, estendendo a mão para pegar o jovem mago e guiá-lo na direção de Llane. Callan prestou continência e assumiu posição junto à porta, esperando novas ordens.

— Bem — começou Llane, com voz severa. — Quem é você, mago?

— Meu nome é Hadggar — respondeu o garoto. — Sou o Noviço de Guardião.

Se a sala havia silenciado quando Hadggar falou pela primeira vez, agora estava tão quieta que os estalos do fogo pareciam barulhentos. Ele olhou ao redor, desconfortável com a atenção, e continuou:

— Eu... bem, eu *era*. Renunciei aos meus votos. — Mais silêncio. — Existe, ah... não é realmente um protocolo, *oficialmente*, o senhor sabe. Foi mais uma... uma decisão pessoal. O resultado foi que eu saí de Dalaran, e do Kirin Tor, e... bem, não sou feito para ser Guardião — terminou sem graça.

— Quer dizer que você é um *fugitivo* — interpretou Lothar.

O garoto, Hadggar, virou-se para ele, eriçado pela acusação.

— Não estou me escondendo.

Lothar direcionou a atenção de Hadggar para o rei.

— Majestade — disse o jovem mago, dando um passo à frente. — Posso ter abandonado meu treinamento, mas não deixei minhas capacidades para trás. Assim como o senhor não poderia deixar de saber como usar uma espada caso decidisse não ser mais soldado. Entenda... — Ele passou a mão pelo cabelo castanho. — Eu *senti* alguma coisa. Forças sombrias. Quando está forte quase tem um *cheiro*.

Um arrepio se esgueirou na pele de Lothar; ele soube que o garoto não estava mentindo.

— Sabendo que havia uma coisa maligna tão próxima... não pude simplesmente ignorar. Acho...

Foi interrompido por um berro súbito lá fora, seguido por uma confusão de vozes apavoradas. Callan correu para a porta e a abriu, exigindo ordem.

— O que está acontecendo? — perguntou Lothar.

O sargento virou o rosto impossivelmente jovem para o comandante.

— Fumaça, senhor! A sudeste!

— Majestade — disse Hadggar, todo o corpo tenso. — Insisto que convoque o Guardião com a máxima urgência!

— Eles chegaram à floresta de Elwynn! — declarou um guarda. — Aldeia Grande está em chamas! — Lothar e Llane se entreolharam, e em seguida Lothar foi até a janela. O guarda estava certo. Na escuridão antes do alvorecer era fácil enxergar um brilho fraco, porém sinistro, vermelho-alaranjado, logo acima da linha das árvores. O vento mudou de direção, trazendo o cheiro acre a suas narinas.

Taria estava ao seu lado, uma das mãos no braço de Lothar.

— Um ataque? — Ela era de origem nobre e rainha pelo casamento. Manteve a voz firme. Somente Lothar, que a conhecia tão bem, era capaz de ouvir o leve tremor; sentir o medo na mão que apertava seu braço.

Não respondeu. Não precisava. Ela sabia. Sua expressão mudou ao analisar a dele.

— O quê? — perguntou ela.

Lothar falou baixinho, para que só ela ouvisse:

— Pare de requisitar Callan.

Ela o encarou, incapaz de fingir confusão nesse momento. Ele baixou a voz até um sussurro áspero:

— Fique fora de meus assuntos.

Taria não negou; apenas disse, como se as palavras explicassem tudo:

— Ele quer seguir os passos do pai.

Havia dez mil coisas erradas nisso, e Lothar queria abordar pelo menos três mil delas, mas não havia tempo. Em vez disso falou:

— Pare de ajudá-lo.

— Veja onde pisa — disse Taria. — Você está falando com sua rainha.

Isso provocou um sorriso irônico em Lothar, que se inclinou para perto dela.

— Você é minha irmã em primeiro lugar — lembrou. Ela não tinha como questionar isso. Llane chegou atrás deles, examinando Lothar com seriedade nos olhos castanhos.

— Quando foi sua última visita a Karazhan? — perguntou o rei.

— Com o senhor. Não sei... há seis anos? — Seis anos. Muito tempo. Como esses anos haviam passado tão depressa? Os três haviam sido tão íntimos, naqueles tempos...

Llane pareceu surpreso.

— Desde então você não teve contato com Medivh?

— Não por falta de tentativas — murmurou Lothar. — Sei que minhas cartas foram recebidas, mas poderia ter poupado o trabalho de contratar um mensageiro e simplesmente colocá-las no fogo depois de escrevê-las. Imagino que o senhor também não tenha tido notícias dele.

Llane meneou a cabeça.

— Bem — disse, sério, olhando para a mão —, agora ele não pode se esconder de nós. — Em seguida, tirou um anel com uma grande pedra azul brilhante e o colocou na palma da mão de Lothar.

Os olhares dos dois se encontraram.

— O Guardião está convocado — disse Llane.

5

Durotan, Orgrim e duas dúzias de outros orcs Lobo do Gelo estavam numa colina, olhando para o que se desdobrava abaixo. O chefe do clã acariciou lentamente o pelo espesso de Agudente, mal acreditando no que via. Orcs — os guerreiros poderosos, enormes e orgulhosos — estavam incendiando cabanas com tetos de palha, massacrando animais de criação e perseguindo criaturas menores, desarmadas, de aparência suave, que fugiam deles gritando. Gul'dan lhes tinha prometido comida e água limpa, e a promessa fora cumprida. Os campos abaixo eram dourados em sua plenitude de grãos, cobertos de legumes parecidos com cabaças, de um laranja brilhante.

As barrigas de seu povo estavam cheias, mas os espíritos continuavam famintos. O lábio de Durotan se retorceu com nojo enquanto a debandada — aquilo não poderia ser agraciado com o nome de "batalha" — continuava.

No caos lá embaixo, um lobo com seu orc montado se separou dos outros e subiu a colina na direção deles. Mão Negra, o chefe guerreiro, tinha uma expressão trovejante. Amarrada sobre os ombros poderosos de seu lobo estava uma prisioneira. Uma fêmea dos "humanos", como Gul'dan os havia chamado.

Parecia jovem e aterrorizada. O cabelo era da cor da palha que estalava e ardia no vale, e a pele tinha um estranho tom de cor-de-rosa alaranjado. Os olhos eram azuis como os do filho de Durotan. Apesar de ela estar chorando de medo, o bebê apertado junto ao seu corpo estava apavorado demais para sequer chorar. A fêmea olhou para Durotan e implorou em silêncio, mas ele soube o que era dito sem que palavras fossem necessárias. Era o que qualquer mãe ou pai diria. *Poupem meu filho.*

Detish...

— Os Lobo do Gelo não participam da caça? — perguntou Mão Negra.

Durotan manteve os olhos na fêmea que chorava, ao responder:

— Preferimos nossos inimigos armados com machados, não com crianças.

Uma emoção passou de relance no rosto de Mão Negra quando ele olhou a prisioneira. A expressão desapareceu num instante, mas Durotan a vira.

— Nós recebemos ordens, Durotan. — E a voz tinha um tom levíssimo de vergonha. — Respeite os costumes antigos. — Ele se ajeitou na montaria, arrepanhando as rédeas do lobo. Tão baixinho que Durotan quase não captou, o chefe guerreiro murmurou: — Deve haver algum inimigo digno em algum lugar desse monte de esterco.

Durotan não respondeu. Mão Negra rosnou, então puxou as rédeas e girou seu lobo.

— Encontrem-nos! — gritou para o resto dos guerreiros. — Tentem não matar um número grande demais. Precisamos deles vivos!

Baixinho, Orgrim disse, quase com tom de desculpas:

— Isso é guerra, meu chefe.

Durotan continuou olhando para o terror que se desdobrava adiante. Pensou nas jaulas, nos draeneis e balançou a cabeça.

— Não. Não é.

Era uma coisa mesquinha, Lothar sabia, porém, maldição, no momento estava se sentindo impotente, enraivecido e, sim, mesquinho, então não disse ao jovem mago aonde iam. Hadggar tinha perguntado, e Llane, obviamente sentindo algo semelhante, dissera:

— Aonde Lothar ordene.

Agora ele se agarrava atrás de Lothar, voando no grifo, esse mago quase Guardião, mais jovem até que Callan. Lothar podia senti-lo se mexendo de um lado para o outro, olhando para baixo com a curiosidade característica de gente do seu tipo, fazendo perguntas que, felizmente, eram levadas pelo vento. Lothar não estava disposto a bancar o guia turístico.

A fêmea de grifo havia saltado quase verticalmente para o céu, como se tivesse sentido o humor de Lothar e também quisesse jogar o rapaz longe. Tinha nivelado o voo enquanto passavam por cima das árvores verdes que agora mesmo eram tocadas pelo alvorecer. Estava frio a tamanha altitude, de forma que a respiração de Lothar saía em tufos brancos. Ele queria levar o grifo para servir como espião aéreo, diretamente em direção ao fogo, mas tinha recebido ordens e foi obrigado a ver a luz maligna das chamas recuar enquanto prosseguiam para o leste.

O sol nascente espalhou um brilho mais benévolo por cima da floresta que despertava, até que a luz do dia chegou por inteiro. Uma montanha se erguia à frente, um gigante solitário entre as colinas menores e uma mancha cinza contra os tons rosados do alvorecer. Algo se projetava para cima, mesmo naquele pico alto. Naquele momento, o sol bateu ali e a luz se refletiu nas janelas.

Não: era mais que a iluminação solar; havia outra luz, branco-azulada e bela, emanando de cima da câmara mais alta.

— Karazhan! — A exclamação de Hadggar não foi levada pelo vento, e todo o seu entusiasmo, espanto e nervosismo se embrulharam naquela única palavra. Mesmo se sentindo azedo, nem Lothar poderia se ressentir do momento com o garoto. Afinal de contas, aquele seria o lar do jovem, caso tivesse aceitado o fardo.

Os olhos de Lothar se estreitaram enquanto o sol continuava a iluminar a cena adiante. A luz do dia era cruel com aquele lugar. A superfície de pedra cinza da famosa Torre de Karazhan tinha rachaduras visíveis mesmo a distância, e quanto mais perto voavam, mais Lothar percebia que o local carecia de uma considerável manutenção. Havia hera crescendo nas paredes. A horta e o pasto, necessários para alimentar o Guardião e os que o serviam num lugar tão isolado, estavam embolados, sem a poda da qual precisavam. Em alguns estábulos, faltavam até mesmo partes do telhado. Os lábios de Lothar se apertaram. Se a torre em si estava tão malcuidada, o que isso significaria para o senhor do local? Seis anos era muito tempo para permanecer em silêncio.

Enquanto o grifo girava suavemente, preparando-se para descer, Lothar viu uma figura com as costas eretas, o rosto parecendo uma mancha pálida sobre a túnica esvoaçante com o emblema do Olho do Kirin Tor, esperando-os junto à base da torre. Apesar do nervosismo, ele sentiu a tensão no peito se aliviar um pouco.

O grifo pousou suavemente, e um sorriso se abriu no rosto do soldado enquanto ele descia da montaria e caminhava na direção da figura. Alto, magro, mas musculoso, o homem tinha pele e cabelos claros. Rugas riscavam seu rosto, porém os olhos do castelão eram jovens e brilhavam de prazer enquanto ele abraçava o velho amigo.

Lothar deu um tapa nas costas da figura sem idade aparente.

— Tristão, seu animal velho! Olhe para você! Não mudou nada! — Esse elogio não era da boca para fora. Tristão já lhe parecera velho quando Lothar era criança. Agora parecia muito mais jovem. Lothar percebeu, dando de ombros mentalmente, que era porque ele tinha envelhecido e Tristão não.

— Pudera eu dizer o mesmo de você, Anduin Lothar — retrucou Tristão. — Você se tornou um velho! O que é isso no seu cabelo, fios grisalhos?

— Talvez — admitiu Lothar. Certamente seriam, caso seus temores se confirmassem. O pensamento o deixou sério. Virou-se para Hadggar. Os olhos estavam do tamanho de dois ovos no rosto do garoto.

— Sigam-me, senhores — disse Tristão. Seus olhos velhos-jovens se demoraram apontados para Hadggar, mas ele não fez perguntas.

— Venha. — Lothar se virou para Hadggar, acrescentando de forma quase relutante: — Acho que você vai gostar disso.

Para Tristão, perguntou enquanto entravam:

— Onde estão todos?

A tristeza se acomodou nas feições eternas. Tristão não saciou a curiosidade de Lothar ao retrucar:

— Muitas coisas mudaram.

Mas uma coisa que havia permanecido igual era a sala onde entraram: a biblioteca. Tão altas quanto as paredes, fileiras de livros contornavam a escadaria em espiral no meio do aposento enorme, cobrindo cada centímetro da parede curva de pedra: prateleiras e mais prateleiras, volumes e mais volumes, incontáveis caixas cheias de rolos de pergaminho, todos raros, preciosos e provavelmente únicos, como sabia Lothar. Eram tantos que tinham sido postas escadas de mão ligando o aposento a um jirau acima, também cheio de livros. E, como se os livros nas prateleiras e no jirau não fossem suficientemente excessivos, havia pilhas de livros, altas como Lothar, espalhadas pelo chão. O conhecimento que repousava naquele lugar jamais poderia ser absorvido durante a vida de uma única pessoa.

Pelo menos de uma única pessoa *comum.*

Porém, mais espantosos que a fartura quase obscena de conhecimento inestimável eram os veios de magia que forneciam luz para leitura.

Eles fluíam para cima e ao longo das prateleiras, riachos brilhantes, brancos e reluzentes, que pareciam florescer no teto muito acima da cabeça dos três. Hadggar lembrava um menino numa loja de doces, pronto para devorar tudo, e Lothar percebeu que não podia culpá-lo.

— Isso leva à fonte do Guardião? — perguntou o garoto, o olhar grudado nos fiapos plumosos de iluminação. Sua voz tremia ligeiramente.

Os olhos de Tristão se arregalaram um pouquinho, e ele lançou um olhar inquisitivo para Lothar, como se indagasse: *que tipo de coisinha interessante você me trouxe?*

— Leva — respondeu. — Karazhan foi construído num ponto de confluência...

— ... em que as linhas dos meridianos se encontram, eu sei — disse Hadggar de um só fôlego. Em seguida, balançou a cabeça, obviamente impressionado. — Que poder deve estar trancado aqui... que conhecimento! — Ele gargalhou, um som surpreendentemente inocente. — Eu nem sabia que existiam tantos livros!

Tristão pareceu mais intrigado ainda. Lothar não estava disposto a responder às perguntas do castelão antes de ele próprio fazer uma:

— Onde ele está? — indagou bruscamente.

Tristão lançou um sorriso astuto para o velho amigo. Em seguida, apontou um indicador diretamente para cima.

Claro.

— Espere aqui — disse Lothar a Hadggar, olhando a escada sinuosa que subia... e *subia*... e se preparando para ir.

Tinha certeza de que o garoto iria obedecer a essa ordem específica. Magos. Os jovens comuns da idade de Hadggar ficariam mais empolgados em entrar num arsenal. Lothar entendia o valor dos livros, mas esse garoto era exatamente como Medivh fora um dia: ansioso pelo conhecimento, como se este fosse carne e bebida. Para eles, talvez fosse. Acrescentou:

— Tente não tocar em nada. — Mas não tinha ilusões de que essa segunda instrução seria seguida.

Tristão foi à frente. Lothar esperou até que tivessem dado algumas voltas na subida da escada e estivessem fora do alcance da audição de Hadggar.

— Ele não recebe ninguém?

Tristão deu de ombros.

— O mundo está em paz.

De novo, uma resposta que não respondia nada.

— Havia outras obrigações. As inundações em Lordaeron. Os casamentos do rei Magni. — Sorriu um pouco. Houvera um tempo em que ele, Medivh e Llane jamais perderiam a oportunidade de conseguir tanto da boa cerveja dos anões. O sorriso sumiu. — Ele esteve ausente de todas elas.

— É — confirmou Tristão. Permaneceu em silêncio durante alguns degraus, então disse: — Fico feliz porque você está aqui, Lothar. Será tremendamente bom para o Guardião ver um rosto amigo além desta cara velha.

— Ele poderia ter visto em qualquer momento dos últimos seis anos.

— É — disse Tristão outra vez, com aquele jeito irritante de evitar qualquer informação que servisse como esclarecimento verdadeiro.

Maldição; Lothar havia esquecido como a torre era alta.

— Diga o que puder, Tristão. Vamos começar com quem foi embora, e por quê.

Era um bom assunto, que permitia que Lothar conservasse o fôlego na subida aparentemente interminável pela curva apertada da escada. Tristão se movia com uma automação digna de gnomo, o ritmo regular, firme e irritantemente incansável.

Os funcionários responsáveis por atender aos hóspedes foram os primeiros a ter permissão de partir, informou Tristão; as criadas, os lacaios, boa parte do pessoal da cozinha. Como Medivh não planejava receber mais visitas, dissera que não havia necessidade de serviçais. Portanto não existia necessidade de cavalariços extras ou cães de caça. O senhor de Karazhan tinha deixado os cavalariços e cuidadores dos canis escolherem os animais que quisessem ao ir embora, e o pessoal que cuidava do terreno ao redor fora reduzido ao máximo. Até os animais foram mandados para longe; os habitantes que permaneceram contavam com umas poucas galinhas poedeiras e com legumes e verduras da horta.

E assim as saídas prosseguiram. Lothar escutava... tinha de escutar; estava ficando sem fôlego demais para responder — com um crescente sentimento de inquietação enquanto Tristão continuava com a litania dos que não estavam mais presentes na Torre de Karazhan.

— Os ilustradores foram os últimos a partir — terminou o velho amigo.

Os ilustradores. Não os que plantavam a comida ou a preparavam ou que faziam a manutenção da torre. Lothar não gostou da imagem que Tristão havia criado.

— Agora o Guardião fica sozinho na maior parte do tempo — completou ele. — Mas ele não pode se recusar a recebê-lo. Nem o rei Llane. Se for convocado.

Lothar havia se encostado sutilmente, ou pelo menos era o que pensava, na coluna central da escada espiralada, num esforço para recuperar o fôlego. Tristão o encarou. Respirava fundo, movendo as mãos para indicar que Lothar fizesse o mesmo. Disse:

— Vamos indo.

E continuou a subir rapidamente.

Lothar olhou para os andares aparentemente incontáveis que faltavam, e nesse momento tudo o que queria era jogar Tristão escada abaixo. Grunhindo baixinho e fitando com irritação as costas do homem muito mais velho, acompanhou seus passos com pernas feitas de borracha.

Finalmente chegaram à câmara mais alta da Torre de Karazhan. Era aberta e arejada. Alcovas com o Olho do Kirin Tor se alternavam com vitrais. A luz colorida que se filtrava era misturada com a iluminação fornecida pelo foco central da sala: a Fonte do Guardião. Como um caldeirão suavemente mexido, a fonte borbulhava e ocasionalmente lançava um jato de névoa azul-claro; era um poço de energia mágica tão poderosa que Lothar nem gostava de pensar nela. Uma plataforma cercava a sala, alcançável por duas escadas, e abrigava o dormitório particular de Medivh. Isso Lothar tinha visto em visitas anteriores a Karazhan.

Mas a estátua era nova.

Não era uma estátua, pelo menos por enquanto. No momento não passava de um bocado de argila em forma vagamente humana, erguendo-se de 5 a 7 metros sobre o poço reluzente. A luz lançava riscas móveis e brancas na massa marrom e cheia de calombos. A coisa era atarracada, os membros grossos como troncos de árvore, com um volume informe grudado no corpo gigantesco. Estava sustentada por um andaime, contra o qual estava apoiado um cajado com um corvo esculpido.

Em cima de uma escada estava o escultor.

O Guardião de Azeroth era menor que Lothar em altura e corpulência, e seu poder não vinha da capacidade de usar uma espada, mas, mesmo assim, era alto e proporcional. Suor e argila enfeitavam seu tronco nu enquanto ele trabalhava, usando tanto as ferramentas quanto as próprias mãos para moldar a figura de barro. Suas costas estavam viradas para o recém-chegado, e músculos se contraíam e relaxavam conforme ele continuava a trabalhar.

Sem se virar, Medivh perguntou:

— Você mandou chamá-lo, Tristão? — Sua voz era clara e forte, a pergunta aparentemente despreocupada, mas havia nela um leve tom de alerta.

— Ele não mandou — respondeu Lothar, tentando e não conseguindo não ofegar devido à subida insana.

Havia um bocado de argila na mesa, e, ainda recuperando o fôlego, Lothar a cutucou.

— Então — disse, de forma a preencher o silêncio — você virou escultor?

Medivh se virou. Lothar não tinha certeza do que havia esperado. A falta de manutenção na antes magnífica Karazhan, a história de solidão contada por Tristão, seis anos sem nenhum contato... mas Medivh parecia... Medivh. O cabelo, comprido, solto e desalinhado, tinha o mesmo tom de castanho-areia; a barba, a mesma cor. Não havia nenhum risco súbito de branco ou sulcos profundos na testa, ainda que o rosto do Guardião, como o de Lothar, tivesse mais algumas rugas que em anos anteriores. Os olhos pareciam cansados, mas o corpo estava forte e em forma, como sempre.

— Na verdade, estou fazendo um golem — respondeu Medivh casualmente. Olhou para sua criação por um momento. Em seguida, usando um pedaço de fio preso entre dois cabos, cortou uma apara de argila no ombro da coisa.

— Um golem — repetiu Lothar, assentindo como se soubesse exatamente o que Medivh queria dizer.

— Um servo de argila — explicou Medivh. — Geralmente leva anos para que a magia penetre no barro, mas, aqui em cima... — Ele indicou a fonte de magia branca e líquida. — É muito mais rápido! Talvez Tristão tenha utilidade para ele. Para ajudar na casa.

— Não há mais ninguém para ajudá-lo — disse Lothar bruscamente, ao mesmo tempo em que aceitava um copo de vinho com água, oferecido pelo empregado.

Medivh encolheu os ombros, saltando com leveza da escada e estendendo a mão para uma toalha, que passou no tronco sujo de argila, sem efeito visível.

— Gosto do silêncio. — Os dois velhos amigos ficaram parados, entreolhando-se por um momento. O rosto de Medivh se suavizou num sorriso genuíno, e a voz saiu calorosa: — É bom vê-lo, Lothar.

— Sua falta foi sentida, velho amigo. Mas não vim compartilhar lembranças e colocar os assuntos em dia. Precisamos de orientação, Medivh.

Ele tirou o anel com o sinete real que Llane lhe dera. Era uma joia pesada. Segurou-o entre o polegar e o indicador, mostrando-o ao Guardião.

— Nosso rei o convoca.

Uma máscara de impassividade sutil endureceu as feições do Guardião quando ele pegou o anel por um momento, examinando-o na palma da mão. Em seguida, devolveu-o. Lothar notou que havia uma mancha de argila na joia, a qual limpou antes de recolocá-la no dedo.

— Quem é o garoto lá embaixo? — perguntou Medivh.

No momento o garoto lá embaixo estava mais feliz que um pinto no lixo.

Banhado na luz da magia, ele tinha passado o tempo contente, enfiado em livros. Estava fascinado com um, as mãos cobertas de poeira, quando captou um movimento com o canto do olho. Subitamente consciente de que estava lendo livros que não lhe pertenciam — livros que, na verdade, pertenciam ao *Guardião de Azeroth* —, fechou o volume com um estalo e o colocou no lugar, cheio de culpa.

Uma forma pairava, silenciosa, na outra extremidade da sala, suficientemente escura para também parecer uma sombra.

Hadggar engoliu em seco.

— Olá? — chamou. A figura não se mexeu. O garoto deu um passo hesitante à frente. — Guardião?

Então a forma se mexeu, virando-se um pouco para encarar uma fileira de livros e levantando a mão preta. Estendeu um dedo indicador; apontava. Andou para a frente, um passo, dois — e *desapareceu* na estante.

Hadggar inalou rapidamente, avançando e depois correndo. O que a figura estivera apontando e para onde teria ido? Derrapou até parar, seu olhar percorrendo os livros. Tinha de ser uma passagem, a não ser que a figura tivesse sido uma ilusão. Qual era mesmo o truque com livros, portas e salas secretas... Ah, sim. Um certo título costumava ser uma alavanca. Pelo menos era o que as antigas histórias diziam. Qual parecia mais provável?

Sonhando com Dragões: A verdadeira história dos Aspectos de Azeroth? Improvável... mas interessante. Puxou-o. *O que os titãs sabiam*? Provavelmente não... mesmo assim... Hadggar puxou esse também. *Caminhando através de mundos*... Bem, esse tinha potencial.

Acabava de alcançá-lo quando sentiu uma coceira na parte de baixo do braço. Franzindo a testa, recolocou os livros nos lugares e baixou a manga da túnica. A marca que um dia o havia indicado como futuro Guardião, o Olho do Kirin Tor, estava reluzindo!

Espantado, deu um passo atrás, e o brilho e a sensação quente, de coceira, desapareceram. Avançou de novo — sem dúvida, a marca estava começando a irradiar outra vez. Ela... estava *guiando-o*, de algum modo. O jovem mago moveu o braço pela fileira de livros, para um lado e para o outro... mais frio, mais quente; pela Luz, estava *esquentando*...

Pronto.

O penúltimo volume da prateleira, menor e mais grosso que a maioria que tinha visto. Metal adornava a lombada, e, quando o puxou, Hadggar notou que o desenho da capa era incrustado com pedras preciosas. Mas onde estava o título? Tinha acabado de começar a folheá-lo quando ouviu passos.

Rapidamente enfiou o livro num dos compartimentos costurados em seu manto. Respirou fundo, virou a esquina e...

— Deu uma boa olhada por aí? — perguntou o Guardião de Azeroth. E seus olhos chamejavam em azul.

6

Hadggar foi arrancado do chão, seguro por algo invisível e jogado no ar. Gritou, retorcendo-se, e bateu contra uma estante com tanta força que o móvel enorme escorregou mais de 1 metro para trás.

— Tomando medidas, talvez? — Era Medivh. Caminhava até Hadggar, os olhos relampejando de fúria, os punhos fechados. — Tendo algumas ideias do que fazer com o lugar assim que for seu?

Lothar deve ter contado a ele. E é claro que ele chegaria a essa conclusão, pensou Hadggar. Era terrivelmente inteligente, sabia. Mas às vezes também sabia que podia ser terrivelmente idiota.

— Guardião! — gritou ele. — Eu renunciei ao meu voto!

— Foi o que me disseram. — E parecia que Medivh simplesmente não se importava. O Guardião casualmente moveu o braço, e então Hadggar se viu com as costas apoiadas na grande escada central. Preso como um inseto numa tábua, o jovem mago pendia a mais de 1 metro do chão, os braços e as pernas se sacudindo. Lutava contra a força invisível, mas ela era implacável e o segurava com firmeza.

Medivh fungou com desprezo, observando-o.

— Fraco — disse, a voz pingando escárnio. Levantou uma das mãos de forma quase casual, e a pressão contra o peito de Hadggar aumentou. O medo do garoto cresceu à medida que se percebia incapaz de respirar.

No entanto, precisava dizer:

— Eu não queria vir aqui! Juro, Guardião, insisti para que eles encontrassem o senhor!

Olhava desesperado para Lothar. O grandalhão simplesmente continuou parado, braços cruzados, olhando. Por que não falava nada?

— Eu disse que o senhor é que deveria explicar...

— Explicar o quê?

Hadggar sentiu o coração martelando contra o peito. Sua visão estava começando a escurecer. Lutou por mais um pouquinho de ar e conseguiu dizer uma única palavra:

— *Vileza!*

A pressão sumiu. Hadggar despencou com força no chão de pedras e ofegou conforme o ar inundava seus pulmões.

— Em Azeroth? — perguntou Medivh, apressando-se até ele. Hadggar se moveu com cuidado, encolhendo o corpo. Nada estava quebrado, mas devia agora estar com hematomas gloriosos. Olhou para o Guardião que o encarava.

— No alojamento dos soldados — ofegou Hadggar, ainda recuperando o fôlego. — Num dos corpos.

— Guardião — perguntou Lothar —, o que é a vileza?

Medivh não afastou o olhar de Hadggar.

— Uma magia diferente de todas as outras — respondeu baixinho. — Ela se alimenta da própria vida. Polui quem a usa, deturpando tudo que toca. Promete grande poder. Mas cobra um preço terrível. Não há lugar para vileza em Azeroth.

Ficou em silêncio, e Hadggar teve um longo momento para pensar se a menção à vileza tinha sido uma tática certa, e outro para se perguntar se seria jogado da torre ou simplesmente transformado numa criatura pequena e dado de comer a um gato.

Então Medivh assentiu uma vez.

— Você fez a coisa certa. — A Lothar, disse: — Eu vou. — Com uma agitação nas dobras de seu manto carmim, ele passou por Hadggar, sem olhar uma segunda vez para o garoto. Lothar deu um passo e lhe estendeu a mão, mas, enquanto o jovem mago estendia a sua para pegá-la, Lothar a retirou e seguiu o Guardião. Hadggar pensou nos feitiços que gostaria de invocar nesse momento e nas coisas que eles fariam com Lothar. E, estremecendo, levantou-se por conta própria.

Lothar amarrou as rédeas da fêmea de grifo de modo a não se soltarem e as ajustou de modo a se prenderem firme, mas confortavelmente, no pescoço emplumado do animal. Acariciou-lhe a cabeça, arrancando um grasnado baixinho de prazer. Ela havia sido uma companheira confiável e tinha ajudado a dar um bom susto em Hadggar, e ele sentiria sua falta.

Tirou a mão, e ela abriu os olhos dourados interrogativamente.

— Volte para casa. — Lothar bateu duas vezes no bico do animal com gentileza. O grifo se sacudiu, afofando o pelo e as penas, contraiu o corpo como um felino e saltou para o céu, as asas captando o vento e a impelindo de volta a Ventobravo, em direção a uma merecida refeição seguida por um cochilo.

Observou-a por um momento, invejando a simplicidade da vida do animal quando a sua própria estava sendo virada de cabeça para baixo, depois deu meia-volta e foi na direção dos três magos. Medivh, agora vestindo uma capa com capuz e acabamento em penas de corvo, tinha desenhado símbolos em cada um dos quatro pontos cardeais e riscava um círculo na terra com a ponta do cajado. A luz pálida e azul da magia antiga se arrastava atrás deste, fazendo com que as runas também brilhassem com uma luz forte. Hadggar, inseguro, assistia ao Guardião trabalhando, e Tristão permanecia a uma ligeira distância, as mãos cruzadas às costas. Medivh levantou os olhos e sorriu diante da expressão do garoto.

— Eles não ensinam isso em Dalaran.

— Teletransporte? — Hadggar balançou a cabeça. — Não. — Seu olhar voltou aos símbolos.

— Eles estão certos em temer isso — continuou Medivh. Em seguida espiou Hadggar de novo e seus olhos brilharam. *Ele está adorando*, pensou Lothar. — É muito perigoso. — Preparou a magia com dedos delicados, levantou a mão acima da cabeça e então baixou o braço num movimento rápido e preciso. Os fios luminosos que tinha juntado saltaram e se uniram, formando uma cúpula de iluminação que estalava. Embaixo dela, com as feições destacadas num relevo nítido pelo brilho azul, Medivh fez um gesto para o garoto. — Ande. Entre.

Hadggar hesitou.

— Venha logo — zombou Medivh, animado. — Onde está todo aquele espírito rebelde? — As bochechas do garoto ficaram rosadas por trás dos fiapos esparsos de barba, e ele obedeceu, não sem um óbvio nervosismo.

Lothar também apagou um sorriso quando entrou no círculo atrás de Hadggar. Mesmo sendo mago — não, futuro Guardião, ou pelo menos treinado para isso —, era quase fácil demais deixá-lo abalado.

Assim que os dois pés de Lothar entraram no círculo, tudo — os estábulos, a torre, até a terra embaixo deles — desapareceu. Hadggar mal teve tempo de ofegar antes que outras imagens ocupassem seus lugares: pedra branca e polida em vez de terra marrom, o azul e o dourado dos estandartes, o brilho de armaduras metálicas...

— Pela Luz, o que... Alto!

A voz flutuou até eles, fraca a princípio, mas ficando mais alta. As pontas extremamente afiadas de lanças surgiram com luvas de armaduras e, em seguida, finalmente, surgiram os rostos raivosos e depois confusos da guarda real.

— Comandante? — O guarda se virou boquiaberto para Lothar, num reconhecimento confuso; depois, seu olhar foi até Medivh. — Guardião!

— Dispensados — ordenou Lothar, mas não sem gentileza. Imediatamente os guardas recuaram um passo, em posição de sentido, os cabos das lanças firmados no chão.

Llane havia se levantado do trono e agora descia, os olhos calorosos e um sorriso largo dividindo a barba bem-aparada. Medivh fez uma reverência profunda.

— Vossa Graça — disse o Guardião.

Mas Llane não aceitou isso. Estendeu os braços para envolver Medivh num abraço de urso. O Guardião entregou seu cajado ao assustado Hadggar, que examinou o objeto quase com reverência, para devolver o abraço, dando um tapa nas costas do velho amigo. Quando se separaram, os dois estavam sorrindo.

— Medivh... faz tanto tempo! — exclamou Llane. — Tempo demais. Venha. Ajude-nos a chegar à raiz desses problemas. — O rei e o Guardião saíram da sala do trono, as cabeças já inclinadas uma na direção da outra enquanto conversavam, depressa e ansiosos.

Hadggar fez menção de segui-los. Lothar apertou o ombro estreito do garoto.

— Ver e não ouvir — alertou Lothar. — Entendido?

O jovem assentiu, e os dois acompanharam o rei até outra sala. Lothar a conhecia bem. A sala do trono era para ocasiões formais e petições — para quando Llane precisava ser rei. A sala de guerra era para quando o rei precisava ser comandante.

Comparada com o tamanho e a formalidade da sala do trono, esse aposento era quase íntimo. Lothar sempre achara isso adequado. Um soldado podia se distanciar das estratégias, dos planos gerais, dos vastos números de legiões e das complexidades de distribuir homens e materiais. Mas ele — ou ela, já que mulheres lutavam no exército de Ventobravo — não podia se distanciar do fato de que a morte seria servida. Assim como o ato de criar a vida era íntimo, o ato de tirá-la, também.

O teto era baixo, e a luz vinha de umas poucas janelas e candelabros. A parte da frente da sala era dominada por uma mesa enorme onde estavam abertos mapas desenhados em pergaminho, e por uma segunda, povoada por pequenas figuras esculpidas representando armas, aliados ou inimigos. Mais adiante, os instrumentos da guerra estavam à mostra: escudos, espadas longas e curtas, manguais, lanças, machados. Com os olhos arregalados, Hadggar foi diretamente até eles, andando com cautela em volta das peças em exibição.

— Essas — disse Llane, apontando para vários grupos de pequenas figuras vermelhas — são as feras que vêm nos atacando tão violentamente.

— Que tipo de *feras*? — perguntou Medivh, olhando com irritação para os mapas.

Llane pareceu exasperado.

— Gigantes, gigantes armados. Carregados por lobos. Feras enormes e implacáveis...

— São os boatos que são realmente implacáveis — interrompeu Lothar.

— Não há muito que possamos fazer com relação a isso — disse Llane.

Medivh continuou a examinar a mesa, franzindo a testa. Uma das mãos se estendeu para tocar o símbolo esculpido do inimigo misterioso.

— E os outros reinos? Estão enfrentando a mesma coisa?

— Todos buscam nossa proteção, mas nenhum confia em nós a ponto de contar qualquer coisa. — Llane havia cruzado os braços e encarava a mesa como se sua vontade, apenas, pudesse mudar alguma coisa.

— Em outras palavras, pouca coisa mudou nos últimos seis anos — constatou Medivh secamente.

Lothar já estava farto.

— Não sabemos nada sobre esses supostos monstros. — Em seguida, pegou um dos objetos que simbolizavam o inimigo, sacudindo-o para dar ênfase. — Precisamos de prisioneiros. Até mesmo um cadáver revelaria alguma coisa.

Llane pegou a figura pequena com Lothar, virando-a nas mãos. Levantou os olhos para o Guardião.

— Não sei que perigo corremos, Medivh.

— Eu existo para proteger estas terras, senhor. É esse meu propósito. Sou o Guardião. — Os olhos verde-azulados de Medivh se voltaram para Hadggar, que segurava o bastão encimado pelo corvo, examinando as armas. — Pelo menos por enquanto.

O olhar de Llane acompanhou o de Medivh, e suas sobrancelhas se ergueram. *Ele havia esquecido*, percebeu Lothar.

— É — disse Llane, empertigando-se ligeiramente. Em seguida, recolocou a estatueta no mapa, na posição anterior. — O que vamos fazer com relação a... qual é mesmo o nome dele?

— *Hadggar*, senhor — respondeu calmamente o jovem mago, mas o efeito se arruinou quando o cajado acertou uma espada com um retinir metálico enquanto ele se virava. Hadggar ficou vermelho.

— Ele irá conosco — disse Medivh antes que Lothar pudesse falar alguma coisa.

Lothar revirou os olhos.

— Bem, então é melhor irmos logo.

* * *

Lothar requisitou três cavalos, uma companhia de soldados armados e protegidos e uma carroça forte, gradeada, para o transporte dos prisioneiros que esperavam fazer. Assim que chegou a notícia de que a companhia estava pronta, ele, Medivh e Hadggar seguiram pelo corredor principal da Bastilha Ventobravo. Lothar fez uma careta ao ver o sargento Callan prestar continência rigidamente.

— Estamos prontos para partir quando o senhor der a ordem.

— Primeiro vamos dar aos convidados a chance de montar nos cavalos, não é, sargento?

As bochechas de Callan ficaram rosadas, mas ele assentiu.

— Como quiser, senhor.

Lothar se sentiu mal quase imediatamente. O rapaz tinha feito tudo certo e de acordo com o manual, até o ponto de trazer Confiante, o garanhão de Lothar, e dois cavalos com bom temperamento para Hadggar e Medivh. Não merecia o comentário irônico de Lothar. O comandante montou na sela de Confiante e deu um tapinha no esguio pescoço castanho do animal. Os grifos eram bons, mas os cavalos eram melhores ainda.

Carrancudo, disse:

— Boa escolha para os outros.

— Obrigado, senhor! — A expressão de Callan não mudou, mas Lothar viu os ombros do filho relaxarem, ainda que apenas um pouquinho.

Seguiram a trote lento pelas ruas da cidade. Quando chegaram à praça do mercado, passaram por uma estátua altíssima com um rosto muito familiar. Hadggar teve uma hesitação impagável, olhando para a estátua, depois para Medivh, em seguida para a estátua outra vez e, finalmente, mantendo os olhos sensatamente adiante.

A sela de Medivh estalou quando ele se remexeu.

— Eu não pedi para colocarem isso aí. — Era verdade, Lothar sabia. Ela havia sido erguida por uma demanda popular, por um povo agradecido por não se tornar refeição de trolls.

— O senhor salvou a cidade — respondeu Hadggar educadamente.

O Guardião franziu a testa ligeiramente.

— Você acha que é uma coisa fútil?

— O povo ama o senhor — declarou Hadggar. Lothar se esforçou para conter um sorriso.

— Mas não foi isso que perguntei.

Hadggar olhou para o céu azul.

— Quando o sol está quente, ela gera uma sombra fantástica.

Medivh lançou um olhar impressionado para o velho amigo e, aparentemente a contragosto, não pôde esconder um sorriso.

Assim que tinham atravessado a ponte e o portão de Ventobravo, Lothar deu o sinal para que o grupo passasse a um meio galope tranquilo enquanto seguiam pela estrada. Uma multidão havia se reunido para saudar os soldados passando pela Estalagem do Leão Orgulhoso. Lothar fez questão de fazer contato visual e devolver as saudações de algumas crianças. Parte dessa batalha, ele já sabia, seria vencida mantendo os boatos no nível mínimo e passando à população uma sensação de segurança. E uma companhia inteira de cinquenta cavaleiros montados, com armaduras completas e passando de forma trovejante, certamente ajudava a alcançar esse objetivo.

A companhia era bem-treinada demais para ficar de conversa fiada, de forma que a viagem foi silenciosa a não ser pelo som ritmado dos cascos e pelas repreensão e agitação de pássaros e esquilos. Lothar pensou no que tinha visto; a névoa maligna saindo da boca de um morto. Fora rápido em acalmar Llane, mas na verdade não fazia mais ideia do que eram aquelas "feras" que um agricultor tomando cerveja na Estalagem do Leão Orgulhoso.

E Callan. Não gostava nada da ideia de vê-lo envolvido nisso, não pelo menos até saber o que enfrentavam. Maldita Taria. Sua irmã tinha boas intenções, mas não...

Franziu a testa. A floresta estava silenciosa. Medivh, que cavalgava um pouco à frente, havia contido o cavalo até um trote, depois parou. Lothar ergueu o punho, e o resto da companhia parou atrás dele. Fez Confiante avançar até a borda da clareira, ao lado do Guardião.

O que um dia já fora um caminho largo e comum através de uma parte agradável de Elwynn tinha se tornado um campo de batalha. Não um de verdade, composto de soldados e exércitos, mas um do pior tipo — do tipo em que as armas eram foices, forcados e machados pequenos, e os "soldados", agricultores e habitantes dos vilarejos. Havia carroças em toda parte, esmagadas e viradas. Algumas cargas, como as de linho e lã, tinham sido remexidas e descartadas. Outras carroças, presumivelmente levando comida, estavam totalmente esvaziadas. Várias árvores exibiam galhos cortados ou esmagados por armas tão grandes que Lothar sentia dificuldade em imaginar seu tamanho.

E havia sangue — tanto sangue vermelho, humano, como manchas, aqui e ali, de um líquido grosso e marrom. Lothar desceu do cavalo, tirando a luva e tocando no líquido, esfregando-o entre os dedos. Algo muito importante estava faltando: corpos. Medivh e Hadggar também desmontaram. Medivh avançou, fincando distraidamente o cajado no chão. Hadggar o pegou antes que ele tombasse na terra. O Guardião estava olhando para um tronco de árvore queimado, que soltava uma fumaça verde e doentia. Brasas reluzentes na madeira enegrecida piscavam como esmeraldas.

— Não pode ser. — Lothar pensou ter ouvido Medivh murmurar.

Viu a atenção de Hadggar ser puxada por algo atrás de uma carroça.

— Há um corpo aqui — disse o garoto, depois gritou: — Guardião!

Houve um borrão de movimento. A cabeça de Lothar girou a tempo de ver um de seus cavaleiros sair voando, a cota de malha e o peito esmagados por um martelo atirado, um martelo com um terço do tamanho do homem.

A floresta antes silenciosa se encheu de um rugido terrível, e as feras que eles estavam caçando jorraram na clareira, explodindo de lugar nenhum, caindo das árvores.

Gigantes — gigantes armados.

Carregados por lobos.

Feras enormes, implacáveis...

O primeiro pensamento de Lothar, absurdo, foi de que os boatos não estavam muito distantes da verdade.

7

— Mãe de... — sussurrou sir Evran. Ele, como os outros, como o próprio Lothar, estava imobilizado, enraizado na terra enquanto os monstros atacavam.

Como os trolls, eles eram altos, tinham presas e se adornavam com tatuagens, ossos e penas. Mas não eram somente altos; eram corpulentos. Os peitos eram enormes, as mãos tinham tamanho suficiente para envolver e esmagar o crânio de um homem sem esforço, e as armas pareciam projetadas para se ajustar a essas mãos...

O maior de todos silenciou sir Evran antes que ele ao menos pudesse terminar a frase. Erguendo-se acima dos outros, com tatuagens espraiando pelas mãos, a fera saltou com a velocidade e a força de um dos grandes felinos do Espinhaço, baixando um martelo enorme para esmagar o cavaleiro desamparado. Aquela coisa gigantesca se virou e, quase casualmente, levantou no ar um cavalo que relinchava, e o jogou como se fosse pouco mais que um saco de grãos. Dois soldados caíram, esmagados sob seu peso. Uma fêmea, com a pele mais verde que marrom, soltou uma gargalhada maníaca diante do espetáculo.

Tudo havia acontecido entre um batimento cardíaco e outro.

Sir Kyvan rugiu, reagindo, a voz parecendo fraca e aguda perto do rosnado das feras. Levantou sua espada num giro, derrubando a do monstro esverdeado. A criatura grunhiu com surpresa, depois... pareceu rir enquanto atacava Kyvan seriamente. Apesar de o inimigo ter o dobro da sua altura, Kyvan conseguiu se sustentar até que a criatura arrancou casualmente a roda de uma carroça e a acertou no crânio dele.

A coisa olhou para cima, um sorriso em volta daquelas presas hediondas, mas tropeçou quando o escudo de Lothar a acertou no rosto. A cabeça da fera foi lançada para trás, e Lothar girou sua espada, cortando-lhe a jugular. Sangue verde como a pele da criatura brotou, e ela caiu — morta.

Os boatos estavam errados pelo menos com relação a uma coisa. As feras *não* eram absolutamente invencíveis.

Hadggar olhou boquiaberto para a coisa enorme que tinha lançado um cavalo adulto a 5 metros de distância. Era obviamente o líder dos monstros. Ele andou com passos agressivos pela clareira, pegou um machado de batalha, quase do tamanho de Hadggar, e o girou num amplo arco baixo, cortando ao meio os corpos de dois cavaleiros com armadura. Sangue espirrou em toda parte, e a coisa inclinou a cabeça para trás, soltando um berro de júbilo. À toda volta, lobos quase do tamanho de ursos, brancos, cinzas e aterrorizantes, estavam matando com a mesma velocidade, força e ferocidade dos que os montavam.

Hadggar forçou o olhar horrorizado a se afastar da carnificina para ver o que Medivh estava fazendo, pensando que poderia ajudar. Suas entranhas se apertaram mais ainda quando percebeu que o Guardião de Azeroth não fazia absolutamente nada. Medivh simplesmente continuava parado, olhando.

Uma das feras partiu na direção de Hadggar. O jovem gritou um feitiço, e um relâmpago arcano saltou de sua mão. Acertou a criatura bem no peito e a mandou longe, voando. Hadggar se sacudiu e, falando rapidamente e com clareza, lançou um círculo de proteção em volta de si mesmo e de Medivh. O ar tremeluziu, envolvendo-os numa pequena bolha azul tremeluzente. Se o Guardião não estava pronto para atacar, pelo menos o ex-Noviço garantiria que aquelas coisas não os partissem ao meio.

Um ganido agudo atrás deles fez o jovem mago se virar...

... e ficar cara a cara com uma das feras.

Sangue marrom-esverdeado pingava da espada de Lothar enquanto seu olhar percorria a cena. Seus cavaleiros estavam em maior número que as feras, numa relação de quase quatro para um — mas os monstros os estavam dominando. Vários soldados bons tinham caído, mortos ou agonizantes, e...

Callan.

Callan não viu o machado que estava quase...

Lothar entrou em movimento antes mesmo que seu cérebro percebesse, saltou adiante, usando corpo, escudo e espada como armas. A fera foi apanhada totalmente desprevenida, e a espada de Lothar encontrou o alvo, mergulhando fundo no peito desprotegido daquela coisa.

Callan olhou agradecido para o pai.

— Não tente dominá-los com força bruta — ofegou Lothar. Em seguida chutou o cadáver da criatura, rolando-o para longe do filho. — Eles são mais fortes. Seja mais inteligente.

Estendeu a mão livre para o filho. Callan estendeu a sua para pegá-la. Mas, ao mesmo tempo que os olhos do rapaz se arregalavam num aviso, Lothar sentiu alguma coisa grossa e forte como um tronco de árvore envolver sua cintura, lançando-o para trás. Pousou com força e dolorosamente, a espada arrancada da mão, a armadura atrapalhando-o enquanto o monstro, líder daquele grupo horrível, avançava para ele com um olhar malicioso.

O machado gigantesco que instantes atrás havia cortado dois homens ao meio não estava à vista. A fera o havia atirado ou abandonado, talvez simplesmente decidindo que não o queria mais. Lothar não sabia e tampouco se importava. Saliva quente pingou em seu rosto quando o líder das feras levantou um martelo com a imensa mão direita, estendendo a outra para apanhar o comandante humano.

Recusando-se a aceitar o inevitável, Lothar baixou as mãos ao lado da cintura numa tentativa sem dúvida inútil de ficar de pé. A mão direita roçou em alguma coisa desconhecida, e por um momento ele não percebeu o que era. E então se lembrou.

É um pau de fogo.

Tinha-o enfiado no cinto e se esquecido completamente dele... até agora. Conseguiu pegar o presente de Magni tempo o suficiente para mirá-lo contra a mão que baixava. Os dedos enormes da fera interceptaram a arma. Lothar apertou a pequena peça móvel. A explosão resultante quase o ensurdeceu, mas o grito que veio em seguida ainda era audível. A fera cambaleou para trás, olhando a ruína enfumaçada de carne na extremidade do braço.

A fera era enorme, com pele marrom e duas presas amareladas se projetando para cima a partir da grande mandíbula. Duas tranças grossas pendiam dos lados das orelhas, e o resto dos cabelos pretos estava trançado ou solto. As orelhas do tamanho das mãos de Hadggar eram pontudas e furadas. Como as outras feras, esta usava joias primitivas feitas de ossos e contas. Segurava um martelo enorme numa das mãos. Com a outra tocou, com delicadeza surpreendente, o campo mágico que era tudo que havia entre ele e os magos.

Seus olhos eram límpidos, castanhos e calmos. Atrás daqueles olhos, percebeu Hadggar, havia um cérebro inteligente.

E *aquilo* era o mais apavorante de tudo.

— Guardião! — gritou Hadggar, subindo o volume da voz.

O grito pareceu arrancar Medivh do transe em que estava. Ele começou a entoar um canto, com luzes seguindo os movimentos de seus dedos, como tinta saindo de uma pena, até que havia um signo pairando no ar.

A fera baixou a mão, os olhos inteligentes demais se virando no mesmo instante para Medivh, olhando-o com atenção — e curiosidade.

Houve vários clarões de luz verde doentia. Hadggar ofegou, e a fera saltou para trás, ambos com os olhos focalizados na clareira.

Hadggar havia notado que algumas feras tinham tons de verde na pele — a cor da magia vil. Não tivera tempo para discutir... bem, nada com Medivh depois da chegada daquelas coisas, mas tinha certeza de que o Guardião também havia notado aquilo. Agora, enquanto olhava, todas as feras com aquela cor peculiar baixaram as armas e começaram a ter convulsões, gritando. Dedos serrilhados e pontudos de luz verde saltavam das criaturas golpeadas, voltando em arco diretamente para Medivh, que estava com as mãos estendidas, as palmas para cima. Diante dos olhos de Hadggar a pele das feras empalideceu, seus músculos se atrofiaram, e, uma a uma, elas caíram, desfazendo-se como torrões duros nas mãos de uma criança.

Um grito espontâneo de alívio brotou dos cavaleiros ao verem ali sua chance.

— Estão todos morrendo! — gritou alguém.

— Só os verdes! — gritou outro. Em seguida eles caíram sobre as feras que sofriam espasmos, empalando-as com espadas e depois se virando para os companheiros em choque.

— Matem aquele desgraçado! — gritou um oficial apontando para o líder. A fera com a mão arruinada olhou ao redor em óbvia confusão. Hadggar se encolheu quando outro estrondo da arma de Lothar soou. Um buraco apareceu no peito enorme de outro dos monstros, que olhou para aquilo por um instante e tombou, morto e imóvel.

A fera que estivera do lado de fora do círculo de proteção girou, pegando o companheiro. Aninhou a forma monstruosa, com sofrimento nítido no rosto feio. Hadggar piscou. De algum modo, isso o surpreendia. Mas a expressão da fera mudou de preocupada e atenta para friamente furiosa ao olhar o homem que havia matado seu amigo.

— Vamos cravar um bocado de aço nesses desgraçados! — ressoou a voz de Lothar.

A criatura se levantou, ao mesmo tempo soltando o cadáver com gentileza e se preparando para atacar Lothar. Mas, antes que Hadggar pudesse ao menos formar as palavras de um alerta, os companheiros da fera a agarraram e puxaram para longe. Com um último olhar furioso, a fera saltou no cavalo de Medivh, puxou as rédeas e galopou para a floresta. As outras foram atrás, na maioria montadas em seus lobos, mas muitas com cavalos roubados, e, num instante, a clareira estava tão vazia como quando os cavaleiros tinham chegado... a não ser pelos corpos espalhados.

Atrás de Hadggar, Medivh soltou um gemido baixo e fraco. Hadggar se virou e viu o Guardião de Azeroth apoiado num dos joelhos, pálido e exausto, com as mãos apertando as têmporas.

— Guardião! — gaguejou Hadggar. Em seguida fez menção de ir até Medivh, mas o outro o dispensou enquanto se levantava, um pouco trêmulo. — O que... o senhor fez?

Medivh o ignorou totalmente, concentrando a atenção em desenhar depressa outro círculo na terra. Frustrado, Hadggar insistiu:

— Vileza. Eu estava certo, não estava? Está aqui. — De novo pensou no tom verde da pele de algumas feras e nos raios que saltaram delas para Medivh enquanto se sacudiam e enfraqueciam.

Então reconheceu abruptamente os signos que o Guardião desenhava no solo. Outro teleporte!

— O que o senhor está fazendo? Aonde vai?

Medivh o espiou com os olhos verde-azulados penetrando direto na sua alma.

— Leve esses soldados em segurança a Ventobravo. — Em seguida entrou no círculo. — Preciso voltar a Karazhan. — Fez uma pausa. — Você se saiu bem, hoje.

Houve uma pulsação de luz branca. Hadggar ficou piscando com a claridade, olhando para exatamente coisa alguma.

— Aonde ele foi? — O grito de Lothar soou preocupado e raivoso enquanto seguia a meio galope até Hadggar.

Hadggar percebeu que estava com a boca seca. Apertou os punhos para impedir que as mãos tremessem. Sabia que não era a luta que o havia atordoado e assustado tanto.

— Karazhan — respondeu baixinho.

Lothar xingou, comprimiu os lábios e balançou a cabeça.

— Precisamos de um prisioneiro. Onde está seu cavalo?

— Eles *levaram* meu cavalo!

— Ah, é? — A expressão de desprezo de Lothar poderia murchar uma floresta inteira. — Só... fique aqui. — Lothar partiu galopando com dois cavaleiros. Hadggar lutou contra o ímpeto de derrubá-lo com um feitiço, olhou o espaço vazio onde o Guardião de Azeroth deveria estar e, suspirando, voltou a atenção para examinar o corpo de uma das feras.

Nada corria como Durotan havia esperado. Tinha recuado em seu embate anterior com Mão Negra, porém, quanto mais essa... essa *colheita* de criaturas que lhe disseram para chamar de "humanos" continuava, menos gostava daquilo. Naquele dia, pelo menos, não se sentia sujo por seus próprios atos. Naquele dia, os humanos tinham lutado de volta — até mesmo matando Kurvorsh e outros. Era inesperado, mas pelo menos Kurvorsh tinha morrido em batalha, e Durotan cantaria um lok'vadnod por ele.

Pelo menos cantaria se vivesse para isso. Os humanos tinham virado o combate depois do estranho ataque do mais velho, dentro do círculo intransponível. Até concordar em se juntar a Gul'dan na viagem a esse mundo de Azeroth, Durotan nunca tinha visto nada assim. E agora vira dois feitiços semelhantes. O que o xamã deles havia feito? Ou seria um bruxo? Talvez Drek'Thar pudesse ajudá-lo a entender.

Os orcs Lobo do Gelo haviam perdido apenas uns poucos guerreiros, mas os humanos continuavam na perseguição. Durotan não tinha desejo de acrescentar mais alguém de seu clã às fileiras dos mortos até que entendessem contra o que lutavam. Abaixou-se sobre o animal de montaria roubado, as mãos enormes na cabeça do bicho, direcionando-lhe a fuga desesperada.

Captou movimento com o canto do olho — alguma coisa verde. Era Garona, a escrava de Gul'dan. Ela ainda era prisioneira, só que agora estava atada aos mortos. O pedaço de corrente que saía de seu pescoço magricelo levava a um cadáver pálido — um dos orcs esverdeados que tinham sido mortos de modo tão misterioso. Ela estava lutando, tentando partir a corrente e olhando para o caminho por onde Durotan tinha vindo.

Sem armas, amarrada a um morto e muito mais fraca que um verdadeiro orc de sangue puro, ela era uma presa lamentavelmente fácil para os humanos. Iriam cortar seu corpo minúsculo com um único golpe de suas espadinhas. Durotan deveria simplesmente tê-la deixado; não valia a pena arriscar seu povo por uma coisa como aquela.

Mas Garona, a escrava, é que havia tentado alertá-lo contra Gul'dan na segunda vez que o bruxo visitara seu clã; e certamente, desde que os Lobo do Gelo haviam se juntado à Horda, Durotan tinha começado a lamentar não lhe ter dado ouvidos. Além disso, Draka havia sentido simpatia e gentileza por Garona, vendo na mestiça de orc um reflexo de seu Exílio temporário dos orcs Lobo do Gelo.

Tomou uma decisão. Virou a cabeça do animal na direção da fêmea, levantou Talho e baixou o grande machado de guerra sobre a corrente de ferro. Ela se partiu com facilidade, e ele estendeu a mão para a escrava, pronta para puxá-la para a garupa e levá-la à segurança.

Garona olhou a mão estendida. Seu olhar foi até o rosto dele, e por um momento ela hesitou.

Depois correu, partindo para dentro da floresta — de volta na direção de onde os dois tinham vindo. Ela preferiria morrer como orc que viver como escrava.

Era uma escolha que quase garantia sua morte, mas Durotan entendia. E descobriu que não podia culpá-la.

Vileza. Hadggar tinha quase certeza de que era isso que vira fluindo entre as feras e Medivh, mas não havia mais sinal da magia naquele cadáver. Nenhuma reveladora névoa verde brotou da boca quando, tendo cuidado com os dentes aparentemente afiados como navalha, abriu os lábios da criatura para procurar a contaminação.

Parou. Algo não estava certo. Levantou-se, olhando em volta. Os cavaleiros que restavam cuidavam dos feridos, preparando os cadáveres humanos para o transporte respeitoso até o lar, e os das feras para uma jornada um tanto menos respeitosa.

O jovem mago fechou os olhos por um momento, afinando-se ao mundo natural em volta. O farfalhar das folhas ao vento, o zumbido dos insetos. Canto de pássaros.

Nenhum canto de pássaro. Assim como não houvera canto de pássaros quando...

Girou, a mão estendida, os dedos abertos. A magia estalou na palma, e ele golpeou, com força.

O intruso que havia acabado de saltar de cima de Hadggar foi acertado pelo feitiço. A fera ficou presa no ar, as costas grudadas na casca grossa de uma árvore enorme, rosnando para ele e se retorcendo, impotente.

Os olhos do Noviço se arregalaram enquanto ele dava uma boa olhada na fera que tinha acabado de capturar.

— Aqui! — gritou, sem afastar o olhar do prisioneiro. Ouviu o som de cascos atrás de si, e, em seguida, Lothar estava ali. Com uma fera enorme, inconsciente e atravessada sobre um segundo cavalo.

— O senhor conseguiu um prisioneiro — disse Hadggar.

— Você também — respondeu Lothar. — Pegou-o sozinho?

— Sim.

Por um momento Lothar pareceu impressionado, mas então a expressão desapareceu. Ele espiou o cativo.

— Parece o filhote mais fraco da ninhada.

Hadggar suspirou.

8

O jovem humano havia parecido um alvo razoável. Garona não tinha percebido que ele conhecia magia — e que era tão eficiente com ela. O erro lhe havia custado. Agora chacoalhava numa carroça gradeada, com um guerreiro orc ferido e sangrando, acorrentado do lado oposto, encarando-a. No espaço fechado, ela se perguntou se deveria ter ido com Durotan. Talvez ele tivesse concordado em escondê-la de Gul'dan. Mas não — ele era honrado demais. Teria sentido a necessidade de falar sobre ela com o bruxo. E mais que qualquer coisa, Garona queria ficar longe daquele velho. Não importava o que os humanos fizessem com ela; seria melhor.

Acima do trovejar das rodas e dos sons dos cascos dos animais de montaria, um dos humanos, o homem que tinha usado a arma barulhenta dos pequenos projéteis, gritou para eles.

— Vocês aí. O que você são?

O orc do lado oposto de Garona olhou para ele, depois se virou de volta para ela.

Ela também ficou em silêncio. O humano, seguindo ao lado deles em cima de sua montaria e observando-os através das barras, continuou:

— Por que atacam nossas terras?

Garona ficou sentada por um momento, pensando. Avaliando suas opções. Depois disse na língua dos humanos:

— Ele não entende o que você fala.

O humano se virou para ela, alerta como um predador. Seus olhos eram... azuis, o cabelo e a barba claros, mais parecidos com areia que com terra.

— Você fala nossa língua!

Houve um retinir agudo quando o orc ensanguentado saltou na direção de Garona e foi contido pelas correntes.

— Diga mais uma palavra na língua deles, escrava, e eu arranco sua língua — trovejou o orc.

— O que ele está dizendo? — perguntou o humano.

— Ele não gosta que eu fale com você.

Agora o Lobo do Gelo estava mesmo com raiva. De novo fez força contra as correntes, as veias do pescoço se destacando como cordas.

— Não vou avisar de novo — rosnou ele.

— Ele continua me ameaçando, mas não me importo com...

O Lobo do Gelo avançou uma terceira vez, berrando em fúria, esforçando-se para alcançar Garona. O metal gemeu em protesto. Garona inalou o ar rapidamente, com os olhos se arregalando. O humano também viu isso.

— Diga para ele parar... — começou ele.

— Diga *você* — retrucou Garona.

Um último impulso para a frente, e dessa vez as correntes se arrancaram da madeira em que estavam presas. O Lobo do Gelo estendeu a mão para o pescoço de Garona, a boca aberta num grito furioso. Ela recuou o máximo possível, mas não seria suficiente...

Ele se imobilizou, gorgolejando. Um sangue marrom lhe escorreu da garganta e da boca, descendo sobre a lâmina brilhante cravada até a metade. A luz em seus olhos se esvaiu, e, quando o humano puxou a espada de volta, o corpo do Lobo do Gelo relaxou na morte.

Garona olhou para seu salvador, impressionada. De algum modo, ele tinha sido ao mesmo tempo rápido e suficientemente forte para saltar da montaria e golpear o Lobo do Gelo através das barras em tempo. Agora a encarava de novo com aqueles estranhos olhos azuis.

— De nada — disse ele.

— Você tem nome? — perguntou Llane à estranha prisioneira.

Lady Taria estava a um dos lados da sala do trono, parada junto de Lothar, Hadggar, Callan e alguns guardas do marido. Não conseguia deixar de encarar a prisioneira que Lothar e Hadggar haviam trazido. Ela parecia muito *humana*... só que não era. Tinha tamanho e forma humanos e seria bonita, não fossem as pequenas presas que se projetavam do maxilar inferior.

Estava sangrando aqui e ali, e havia feridas feias, infeccionadas, na pele verde, onde as algemas tinham friccionado. Os trapos que se passavam por roupas, muito pouca coisa, exibiam manchas. O cabelo preto estava emaranhado, e o corpo magro, sujo. E, no entanto... ela se portava como se fosse a rainha ali, e não Taria. Sua coluna estava ereta, a postura calma. Essa fêmea podia estar acorrentada, mas não domada nem derrubada.

— Você entende nossa língua — observou Llane, lembrando-a de que eles sabiam disso. — De novo, você tem nome?

Ele desceu os degraus do trono. A prisioneira deu um passo ousado em sua direção. Um dos guardas avançou com a mão no punho da espada, mas Llane levantou a mão para impedir qualquer interferência. A fêmea verde acariciou a túnica do rei, demorando-se nos broches em forma de cabeça de leão, depois continuou subindo até o grande trono de Ventobravo.

— Garona — respondeu Lothar. Estava sentado no degrau de cima, o olhar acompanhando a fêmea que passava por ele. — Ela se chama Garona.

— Garona — disse Llane, dirigindo-se a ela enquanto a fêmea se curvava para tocar o leão dourado, de tamanho real, que ficava na base do trono. — Que tipo de ser você é?

Garona não respondeu, farejando a fera dourada. Seus olhos marrons examinaram a sala e as pessoas. Curiosa? Ansiosa? Avaliando? Taria não sabia.

— Ela se parece mais conosco que com aquelas... feras contra as quais lutamos — observou um soldado.

Suas palavras fizeram Garona interromper a exploração da sala.

— Orc — disse ela.

Llane aproveitou isso.

— Orc? É isso que você é? Ou o que era a fera da jaula?

Quando ela não respondeu, ele a encarou com atenção, olhando-a de cima a baixo. Alguns poderiam achar que era uma tática de intimidação, ou talvez um gesto de desdém. Taria reconheceu isso como o que era de fato. Quando o pai de Llane fora morto e ele assumira o trono, prometera aprender tudo que pudesse não somente sobre o reino que iria governar, mas sobre o mundo em que este se localizava. Parado à sua frente estava algo absolutamente novo. Ele se sentia empolgado e fascinado com isso, e Taria sabia que Llane sofria ao permitir o uso de violência contra seres que, em sua visão, eram tão maravilhosos e notáveis. Ela notou que o jovem mago também parecia ter um entusiasmo curioso, como se sentisse dificuldade para conter as perguntas. Mas talvez isso se devesse ao fato de que ele era um rapaz jovem, enquanto o ser diante deles tinha uma beleza exótica.

— Conheço todas as raças dos Sete Reinos, mas nunca ouvi falar de um orc. — Llane apontou para o teto. Pintado acima da cabeça deles havia um mapa detalhado de Azeroth, todas as ilhas e continentes, reinos e oceanos. Tudo que era conhecido. Havia trechos ainda desconhecidos, vastidões de mistério aberto e vazio.

— Mostre de onde você vem, Garona.

A orc inclinou a cabeça para trás e examinou o mapa. Franziu a testa, depois balançou a cabeça.

— Esse não é mundo orc — disse abruptamente. Um leve sorriso curvou seus lábios. — Mundo orc está morto. Agora orcs tomam *este* mundo.

— Não são deste mundo? — Llane pareceu completamente perplexo.

Taria também estava, francamente, assim como sem dúvida todas as outras pessoas na sala. Hadggar parecia estar se obrigando quase fisicamente a permanecer quieto. Mas ela percebeu que todos se concentravam na coisa errada. Llane era um idealista. Ainda que isso fosse parte do que o tornava um ótimo rei, ele tinha a sabedoria de se cercar de outros mais pragmáticos. Se fosse verdade, aquilo era uma revelação. Mas eles precisavam salvar vidas, não desenhar mapas.

— Como vocês chegaram aqui? — A voz cortou o ar da sala como uma faca.

Medivh estava parado junto à porta, o corpo retesado como uma corda de arco. *Há quanto tempo ele está ali, escutando?*, pensou Taria.

Garona ficou atenta no mesmo instante, o olhar fixo em Medivh. Foi na direção dele, aparentemente tão destemida quanto estivera com relação a todos os outros.

— O Grande Portal. Enterrado no chão. Magia antiga nos traz aqui.

Medivh avançou.

— Vocês passaram por um portal — confirmou.

— *Mas como aprendeu nossa língua?* — perguntou Hadggar bruscamente, incapaz de continuar se contendo.

A orc virou o olhar para o jovem.

— Orcs pegam prisioneiros para o portal. Eu aprendo com eles...

— Prisioneiros como nós? — interrompeu Llane, a voz e o corpo retesados ao ouvir as palavras dela. — Nosso povo? Estão vivos?

— Sim. Muitos — respondeu Garona.

— Por quê? — perguntou Hadggar.

A orc olhou para os que a estavam interrogando e levantou o queixo. Seus olhos chamejavam ao responder, com orgulho na postura e na voz.

— Para alimentar o Portal. Para trazer a Horda. Tomar seu mundo.

Ninguém falou. Taria mal podia acreditar no que ouvia. Um Grande Portal, faminto por prisioneiros humanos. Uma horda de seres como Garona, inundando Azeroth. Para tomar o mundo. Seu marido governava, e não ela, mas ele compartilhava praticamente tudo com a rainha, que havia descoberto muitas coisas apavorantes nos anos que passaram juntos. Nada, porém, tão aterrorizante como isso.

Tomar seu mundo.

— Você vai nos levar até eles — disse seu irmão, cortando o silêncio doentio de seu modo usual.

Garona sorriu com malícia.

— Não.

Lothar sorriu. Taria conhecia aquele sorriso. Não indicava coisas boas para quem ele era dirigido.

— Você vai nos levar até eles — repetiu Lothar, quase em tom agradável — ou vai acabar como seu amigo da jaula.

Garona andou lentamente até o guerreiro, ajoelhando-se ao seu lado no degrau e aproximando o rosto do dele.

— Você acha que é temível? — murmurou ela. — Crianças orcs têm bichinhos de estimação mais temíveis que você.

Taria acreditou.

— Não estamos tentando ser temíveis, Garona — disse Llane, falando calmamente, num esforço para diminuir a tensão. — Estamos tentando proteger nosso povo. Nossas famílias.

Pelo jeito era a tática errada. Uma máscara pareceu se assentar sobre as feições atraentes de Garona.

— O que me importam famílias? — respondeu ela em tom gelado, ainda com o olhar fixado no de Lothar. E Taria percebeu que Garona se importava demais.

— Se você nos ajudar — disse Llane — eu juro que a protejo também.

As sobrancelhas dela, escuras e elegantes como as asas de um corvo, se juntaram. Por fim Garona se virou de Lothar para o rei.

— Juro? O que é... juro?

Durotan e Orgrim estavam com o resto dos chefes e seus segundos em comando na tenda de Gul'dan. Ele, os orcs Lobo do Gelo que havia comandado e Mão Negra tinham retornado várias horas antes, mas haviam sido obrigados a esperar até depois de o sol baixar. Os Lobo do Gelo tinham aproveitado o tempo para lamentar seus mortos, fazendo o possível para honrar seu falecimento sem uma pira funerária ritual. A única luz na grande tenda vinha de um enorme braseiro aceso, à esquerda e ligeiramente atrás da cadeira ornamentada de Gul'dan.

A luz do fogo, com um tom de verde-claro e doentio, destacava num relevo nítido as feições de Gul'dan e Mão Negra. O chefe guerreiro se ajoelhou diante do bruxo, um deles, musculoso e forte, o outro, encurvado e aparentemente mirrado. Mas todos os presentes sabiam qual era o mais poderoso.

Inclusive Mão Negra.

Gul'dan se apoiou em seu cajado e olhou Mão Negra de cima a baixo.

— Temível Mão Negra, chefe guerreiro da Horda — disse ele, e desprezo pingava de sua voz feito pus. — Você permitiu que as criaturas de dentes pequenos matassem seus guerreiros! Pior, ao fugir de um inimigo, também envergonhou seu povo.

Mão Negra não respondeu. Durotan o viu fechar e abrir a mão que restava, com a tinta escura quase absorvendo a luz verde das chamas vis. Ele tentava manter o rosto impassível, mas Durotan podia ver a dor em seus olhos.

Gul'dan cutucou com o cajado o orc maior.

— Está fraco demais para falar, Destruidor?

Mão Negra balançou a cabeça, mas ainda assim não falou. Orgrim se inclinou para Durotan e disse baixinho:

— Não gosto do Mão Negra, mas até eu sinto pena dele, vendo isso.

Durotan compartilhava do sentimento. Os orcs Lobo do Gelo tinham sido um dos últimos clãs a se juntar à Horda, e ele tinha plena consciência de que, nos anos desde a formação da mesma, houvera muitas lutas pelo poder. Organização e cadeias de comando tinham sido estabelecidas, recompensas e punições, distribuídas. Mão Negra já havia perdido a mão em batalha. Durotan não acreditava que quisesse ver o que mais o fracasso iria lhe custar.

Gul'dan usou o cajado para se empertigar ligeiramente. Numa voz pesada e raivosa, disse:

— A Horda não tem utilidade para a fraqueza. Respeite nossas tradições. Você conhece a pena.

Mão Negra olhou para o mar de rostos silenciosos e atentos, mesmo sabendo que de lá não viria nenhuma ajuda. Baixou a cabeça, resignado, e se levantou, arrastando os pés para o braseiro verde.

— Morte — disse Gul'dan.

O chefe guerreiro estendeu a mão mutilada por cima da chama verde, tremeluzente e faminta. Então, respirando fundo, avançou, empurrando o membro nas brasas luzidias.

Durotan ficou olhando horrorizado. O fogo vil não queimou simplesmente a carne de Mão Negra. Consumiu-a como uma coisa viva, enrolando-se ao longo do braço como um exército invasor.

Mão Negra não gritou. Levantou o membro mutilado, envolto em verde, esperando a morte enquanto a vileza se arrastava para cima.

Durotan não suportou. Antes mesmo de perceber o que fazia, Talho estava em sua mão e fez jus ao nome quando ele ergueu o machado e o baixou, decepando completamente o braço de Mão Negra. O braço caiu no chão, retorcendo-se, e Mão Negra desmoronou. O membro verde se desfez abruptamente em pedaços queimados.

Gul'dan virou os olhos verdes e reluzentes para o chefe dos Lobo do Gelo.

— Você *ousa* interromper esse julgamento?

Durotan se manteve firme. Sabia que estava certo.

— Nós lutamos bem. O bruxo deles usou sua vileza contra nós!

E era a mais completa verdade. Todos os que haviam estado presentes tinham visto. No entanto, permaneceram silenciosos enquanto o corpo de Gul'dan tremia de fúria.

— Só eu controlo a vileza! — berrou o bruxo.

Em seguida ergue-se num pulo, os olhos reluzindo mais ainda enquanto as chamas verdes saltavam revivendo, tremeluzindo e lambendo com voracidade. Muitos orcs ofegaram e recuaram. Até Durotan recuou um passo.

— Ouvi dizer que a maioria dos orcs Lobo do Gelo sobreviveu. — Ele deu um sorriso zombeteiro. — Talvez Mão Negra os tenha mantido em segurança, longe do campo de batalha. Talvez ele saiba que vocês são fracos, também.

O ridículo da acusação deixou Durotan momentaneamente mudo. Por duas vezes Gul'dan tinha feito uma jornada difícil para pedir que os orcs Lobo do Gelo se juntassem à Horda. No fim, o que os havia feito viajar para o sul não foram os rogos do bruxo, e sim o fato brutal e inevitável de que Draenor não podia mais sustentar o clã. Gul'dan sabia disso.

Orgrim avançou, parando ao lado do amigo e chefe, os punhos fechados com força. Outros viram o gesto e se viraram para Orgrim. Durotan não queria ver uma briga. A violência não era a resposta, pelo menos agora, de forma que ele colocou a mão firme, com calma, no ombro de seu segundo em comando. *Pare.*

Orgrim praticamente engasgava de fúria, mas obedeceu à ordem não verbalizada. Mão Negra estava se esforçando para se levantar no chão, conseguindo se apoiar num dos joelhos enquanto apertava o cotoco do braço.

— Não fui forte o bastante para derrotar o campeão deles — grunhiu o orc. — Se tivesse sido, a batalha teria se virado...

Durotan não quis aceitar isso. Gul'dan estava sendo teimoso e arrogante, e Mão Negra não deveria acreditar no bruxo.

— Chefe guerreiro...

— Seu orgulho o cegou — interrompeu Gul'dan. — Somente minha magia pode derrotar nossos inimigos!

As palavras irromperam de Durotan antes que ele pudesse contê-las:

— Não, sua magia os *matou*!

Gul'dan se virou lentamente para o chefe Lobo do Gelo, as sobrancelhas se levantando com surpresa.

— Quer me desafiar, pequeno chefe?

Durotan olhou em volta. Todos os presentes estavam em silêncio, com a atenção concentrada nele. Pensou nos milhares de draeneis inocentes — inclusive crianças — cuja vida a vileza havia tirado simplesmente para abrir o portal até aquele mundo. Olhou para a chama verde no braseiro e nos olhos de Gul'dan, então falou com cuidado:

— Não questiono Gul'dan. Mas a vileza nasce da morte e deve ter um preço.

O bruxo relaxou ligeiramente, com a testa desenrugando. Até sorriu.

— Sim — concordou. — Um preço pago em vidas.

Mais tarde, muito mais tarde. Draka estava junto à luz da fogueira, à luz boa, de verdade, banhada na claridade laranja. Segurava o filho dos dois no colo e levantou os olhos quando ele entrou. Seu sorriso de boas-vindas sumiu ao ver a expressão do companheiro.

Durotan contou o que havia acontecido na tenda de Gul'dan. Ela ouviu sem comentar, como tinha feito na noite em que tinha retornado do Exílio, sob as estrelas de Draenor.

Quando terminou de contar tudo, ele ficou sentado junto ao braseiro, fitando as chamas. Draka entendia a necessidade de silêncio, murmurando suavemente com o bebê enquanto movia a cabecinha de lado e estendia um dedo indicador com uma garra. Furou o seio e um fio de sangue, preto à luz da fogueira, apareceu. Guiou o bebê de volta para o mamilo, agora alimentando-o com o sangue e o leite maternos. Era um alimento adequado para um orc orgulhoso, uma criança Lobo do Gelo, um futuro guerreiro. Draka olhou para Durotan, e os olhares dos dois se encontraram por cima da cabeça do bebê que se alimentava. Pela primeira vez no que parecia uma eternidade, o coração de Durotan conheceu um pequeno roçar de paz, ali, sozinho com a companheira e o filho.

Imaginou se deveriam conversar sobre o que fazer, como reagir, o que isso significava. Mas o que poderia dizer? O que poderia fazer?

Draka se levantou e foi até ele.

— Quer segurar seu filho? — Foi só o que disse.

Estendeu a trouxinha preciosa, enrolada num cobertor bordado com o símbolo dos Lobo do Gelo. Durotan estendeu as mãos lentamente.

Ele era pequeno, pequeno demais, vulnerável demais. Mal cobria uma das grandes palmas das mãos do pai. Era inteiro e perfeito... e sua pele tinha a cor do fogo que havia saltado sobre o corpo de Mão Negra.

— Ele será um grande chefe, como o pai — continuou Draka, sentada ali perto, olhando. Sua voz era calorosa, suave, confiante. — Um líder nato.

As palavras lhe doeram.

— Hoje não fui líder algum — disse Durotan.

Os olhos do bebê, azuis e luminosos, se viraram direto para o rosto do pai quando este falou. Nenhum orc jamais tivera olhos azuis...

O bebê gorgolejou feliz, as pernas pequeninas chutando energicamente. Uma das mãozinhas subiu e se fechou, sem firmeza, nas presas do pai. Durotan se inclinou adiante, franzindo o nariz, brincalhão. O bebê grunhiu, um som minúsculo. Seu rosto fez uma careta antes de ele dar uma risada.

— Rá — disse Draka, sorrindo. — Ele já desafia você!

De algum lugar no fundo da alma dolorida de Durotan, um riso emergiu. O bebê gargalhou em resposta, todo o tronco se movendo com a respiração enquanto dava tapinhas na presa, hipnotizado, absolutamente focalizado no rosto do pai.

O sorriso de Durotan cresceu por um momento. Em seguida, sem que ele pudesse se controlar, a lembrança do que tinha testemunhado apagou a alegria. Seus olhos arderam com lágrimas não derramadas.

— Se Gul'dan pode infectar alguém inocente como ele, que chance o resto de nós tem?

Draka o observou em silêncio, sem ter resposta.

— O que quer que aconteça... — começou Durotan, mas não pôde terminar.

— O que quer que aconteça — respondeu ela.

9

A mente de Lothar girava num redemoinho quando ele entrou na sala do trono. Seus homens, cientes de que ele estivera interrogando a prisioneira sobre a posição do inimigo, ficaram em posição de sentido ao vê-lo. Sem preâmbulo, ele começou a disparar perguntas.

— O Lamaçal Negro. O que acham?

Karos levantou a sobrancelha.

— Seria *possível* esconder um exército lá.

— Ou perder um — contrapôs Varis. — O senhor acredita nela?

— Não. — Era uma resposta brusca, além de verdadeira.

Lothar havia notado a reação de Hadggar à fêmea e precisava admitir que ela era atraente, apesar da estranheza. E não era como os monstros que haviam surgido com violência tão aterrorizante na floresta de Elwynn. Mas seria idiotice confiar cegamente nessa tal de Garona, e o rei Llane Wrynn não tolerava idiotas.

— Mas... é o que temos para trabalhar — continuou. — Melhores cavalos, escolta pequena. Vejamos se essa orc é de confiança. Partiremos ao amanhecer.

Eles assentiram e foram saindo às pressas. Lothar os observou por um momento e se virou de volta para a sala do trono.

Medivh estava ali, à espera.

— Não vou com vocês — disse o Guardião.

Lothar trincou os dentes. O que havia acontecido com Medivh nos últimos seis anos? Ele, o Guardião e o rei tinham sido amigos; mais que isso, tinham sido irmãos em tudo menos no sangue. Haviam lutado juntos, sofrido juntos. Haviam permanecido ao lado de Medivh quando ele perdeu...

— Bem, *eu* preciso ver contra o que estamos lutando. Você não acha útil examinar a força inimiga em primeira mão? — Lothar não conseguia conter totalmente a raiva e a preocupação que a alimentava.

Medivh não devolveu seu olhar.

— Tenho assuntos pendentes a resolver.

Lothar desistiu da sutileza. Foi até o velho amigo e o examinou longamente.

— O que aconteceu com você hoje? — Era ao mesmo tempo uma pergunta verdadeira e uma acusação.

— Eu estava estudando nossos inimigos. Em primeira mão — respondeu o Guardião lenta e deliberadamente.

Lothar fungou, irritado.

— Se o garoto não estivesse ali, você teria estudado o gume de um machado.

Medivh deu de ombros laconicamente.

— Ele estava a postos. — Uma ideia pareceu lhe ocorrer. — Você deveria levá-lo. Ele é mais poderoso do que imagina.

— Medivh... — começou Lothar, mas houve uma agitação brusca e ele se viu falando com um corvo. O pássaro balançou a cauda e alçou voo, saindo pela janela.

— Odeio quando ele faz isso — murmurou Lothar.

Dessa vez era um quarto numa estalagem em Ventobravo, e não uma cela, mas, enquanto assentia para o guarda do lado de fora da porta, Hadggar aceitou a realidade de que, de certa forma, ainda era prisioneiro. Não se importava. Estava onde queria estar. Lothar havia pedido... bem, certo, havia mandado que ele fosse ao Lamaçal Negro investigar a pista fornecida por Garona.

Acendeu rapidamente um lampião, com a mente disparando. Garona. Orcs. Vileza. Informações demais. Enquanto trancava a porta, precisou admitir que tinha sentido falta do aprendizado. Sua vida ali em Ventobravo como pessoa comum era melhor que ser basicamente, na essência, o maior garoto de recados para o Kirin, mas até agora havia se mostrado uma rotina muito pouco estimulante.

O Lamaçal Negro: grande o suficiente para esconder um exército. Uma boa suposição para alguém que não era desse mundo. Isso é, se Garona estivesse dizendo a verdade. Seus pensamentos se demoraram nela por um momento — a aparência era estranha, e, no entanto, ele se sentia atraído. Ela era muito forte, muito confiante, mesmo sendo prisioneira.

Mas naquele momento outra coisa exigia sua atenção. Enfiou a mão embaixo da camisa e tirou o livro que havia escondido ali, aparentemente séculos antes. Estivera apavorado com a hipótese de ele cair em algum momento, mas o livro tinha permanecido no lugar. Notável.

Colocou-o na mesa rústica, respirou fundo e o abriu. Era um tomo fino com capa pouco sedutora, mas as primeiras folhas tiraram seu fôlego. Runas preenchiam as páginas, e, quando ele as virou cuidadosamente, seus olhos se arregalaram diante de uma ilustração detalhada.

Mostrava uma onda de criaturas tremendamente parecidas com as feras contra as quais tinha lutado naquele dia. Elas estavam num grupo compacto, uma massa unificada, segurando armas de todo tipo. E essa massa de guerreiros jorrava de uma enorme estrutura de pedra, como água de uma jarra emborcada.

— Um "grande portal" — sussurrou Hadggar, com a pele se arrepiando.

Seu olhar foi da visão dos orcs que rugiam enlouquecidos para o texto em runas acima da ilustração. Dois glifos tinham sido marcados com círculos, e alguém havia escrito na margem: *Da luz vem a escuridão, e da escuridão, a luz. Pergunte a Alodi.*

Hadggar repetiu as palavras, desembrulhando seu material de escrita e enfiando a pena no tinteiro. Respirou fundo, pousou o fino pergaminho sobre o livro e começou a traçar a imagem perturbadora.

Tinham dito a Garona que aquela era a prisão particular do rei. Não era um local de torturas. Havia até janelas para o lado de fora e acima. A lua brilhava, prateando o cômodo, e o coração de Garona se partiu ao vê-la. Mesmo assim era uma jaula, e ela ainda não estava livre.

Era pequena, com grades em três lados. Havia algo chamado "catre" feito para dormir. Estava coberto com panos estranhos, e ela não viu nenhuma coberta de pele. No canto havia um pequeno pote, não sabia para quê, e uma mesa e um jarro d'água, junto a um receptáculo inutilmente pequeno. Tinham deixado comida para ela, também estranha, mas Garona comera tudo para manter as forças. Naquele momento, ela levantava a jarra e bebia a água fresca.

Enquanto a colocava de volta e enxugava a boca, disse para a sombra no cômodo.

— Estou vendo você.

Aquele a quem tinham chamado de Guardião estava ali, braços cruzados, os olhos — brilhantes e curiosos como de um pássaro — voltados para ela. Ele avançou e foi iluminado por algumas tochas, andando pela prisão de Garona.

— Esse portal — disse ele. — Quem o mostrou a Gul'dan? Quem o guiou até Azeroth?

Foi direto ao assunto. Ela gostava disso. Pensou se deveria responder, depois disse:

— Gul'dan o chamou de demônio.

O Guardião — em algum momento alguém o havia chamado de Medivh — não reagiu.

— Você viu esse demônio?

Era uma lembrança que Garona não desejava revisitar. Ela era rápida para aprender línguas, mas a língua orc era mais rica com relação a algumas coisas, e ela lutou para colocar a experiência em palavras humanas.

— O rosto, não. Só a voz... como... — Seu olhar pousou na luz tremeluzente da tocha. — Como fogo e cinzas. — Isso não descrevia o som. Descrevia o sentimento ao escutar o som. Coisa de orc.

Ele parou de andar e se virou para ela, observando-a com olhos que pareciam examinar direto seu coração.

— Quantos anos você tem...

O rangido da porta de metal o interrompeu. Garona se virou rapidamente para olhá-la. Um som farfalhado, como asas de um pássaro, trouxe sua atenção de volta a Medivh; mas ele havia sumido. Uma sensação de arrepio, de um olhar fixo nela, a fez levantar a cabeça. Um corvo estava empoleirado na janela gradeada, em silhueta contra a lua cheia, e em seguida saiu voando.

Xamã, pensou ela.

Garona respirou fundo e se virou para ver quem mais tinha ido visitá-la. Era o que chamavam de "Lothar", que matara o Lobo do Gelo para protegê-la, mas que mais tarde a havia ameaçado. Com ele vinha a única fêmea que estivera presente durante seu interrogatório. Era fina e frágil demais, como uma mulher feita de gravetos. Tinha olhos grandes, castanhos e suaves como os de um tabuque. Seguindo-os vinha uma serviçal ainda menor. A mulher carregava um pedaço de madeira fina, que sustentava um dos pequenos vasos e outro vaso que Garona não pôde identificar. Saía vapor deles. A garota carregava uma grossa pilha de peles.

Lothar pôs a mão no ombro estreito da fêmea.

— Vou estar por perto se você precisar — disse a ela, lançando em seguida um olhar de alerta para Garona. A fêmea assentiu, dando um passo atrás enquanto o guarda entrava na área principal e vinha rapidamente até a cela.

— Para trás — ordenou ele. Garona não se moveu, apenas por tempo suficiente, depois obedeceu, levantando o queixo quando a fêmea entrou. O guarda fechou a porta gradeada e em seguida recuou para as sombras, vigiando.

— Seu macho — disse Garona. — Eu poderia matá-la antes mesmo que ele me alcançasse.

A mulher pareceu confusa. Acompanhou o olhar de Garona e riu.

— Lothar? Ele é meu irmão! O rei é meu... macho.

O rei. O líder. Llane.

— Então você é esposa de um chefe?

As sobrancelhas escuras e delicadas subiram ao ouvir aquelas palavras.

— Acho que sim.

Garona chegou mais perto, muito mais alta que ela.

— Então matar você me traria mais honra ainda.

Observou a reação da fêmea. Ela aparentava ser tão frágil que Garona se perguntou se as palavras iriam apavorá-la. Certamente eram verdadeiras.

Mas a fêmea simplesmente balançou a cabeça.

— Não entre os de minha espécie. — Em seguida assentiu para a garota, que passou por Garona e colocou as peles na cama. — A noite está fria. Achei que isso lhe seria útil.

A garota cheirava a medo, mas não a esposa do chefe. Ela avançou com seu manto comprido, o tecido farfalhando, e colocou na mesa os itens que trazia, enchendo a pequena tigela com um líquido quente. Estendeu-a para Garona, que ficou olhando.

— Isso vai aquecê-la — disse a fêmea. A bebida tinha cheiro limpo, de ervas, e Garona se pegou gostando do calor quando sua mão envolveu a cerâmica. — É meu predileto. Botão-da-paz. — Garona tomou um gole com cautela e, depois, achando aquilo delicioso, bebeu tudo apesar da quentura.

— Mais aldeias nossas foram queimadas esta noite — revelou a fêmea, enquanto Garona bebia. — Uma é a aldeia onde nasci. — Ela mordeu o lábio inferior e continuou: — Estou vendo seus ferimentos. São antigos. Cicatrizes. Não posso imaginar que horrores você sofreu, Garona, mas isso não precisa acontecer. Nós tivemos paz durante muitos anos nesta terra. Paz entre raças de todo o mundo.

Botão-da-paz, pensou Garona. Imaginou se a fêmea teria escolhido a bebida intencionalmente ou se era simples coincidência. Virou-se e pegou uma capa que fora posta em cima das peles. O movimento fez suas correntes chacoalharem, e a algema em seu pescoço o esfregar.

A fêmea estendeu uma das mãos sem calos na direção do pescoço de Garona, dizendo:

— Posso mandar que isso seja retirado...

A orc recuou bruscamente, derramando o chá, instantaneamente alerta. A companheira do chefe puxou a mão de volta, e seu rosto mostrou uma gentileza indizível.

— Desculpe, não quis assustá-la. — E respirou fundo. — Há uma vida para você aqui, conosco, Garona. Se quiser.

Só uma vez, antes, alguém ao menos tinha tentado tocá-la com gentileza. Outra fêmea, Draka, companheira de Durotan. Draka havia mostrado uma expressão semelhante à de Taria: compaixão e raiva diante do que Garona fora obrigada a suportar.

Ela havia fugido até mesmo de Durotan, para escapar da vida na Horda. Garona sabia muito bem do que estivera fugindo. Seria em direção àquilo que estivera fugindo?

A pedrinha quicou inofensiva no crânio de Durotan. Ele se virou para o orc ao lado, levantando uma sobrancelha, e viu seu segundo em comando forçando uma inocência pouco convincente. Durotan tentou fazer uma carranca, mas não conseguiu manter o fingimento e começou a rir. Orgrim riu junto. Durante um tempo os dois pareceram crianças.

— É bom ver árvores de novo — disse Orgrim. Ele e seu chefe estavam sentados numa colina. Abaixo acontecia o trabalho pesado perto do portal e da feiura das jaulas cheias de escravos humanos. Mas acima disso, a distância, estendia-se ao horizonte uma cena que quase... quase... o fazia se lembrar de casa. As árvores eram diferentes, mas, mesmo assim, cresciam retas e altas. Ainda tinham frutos e um cheiro fresco e limpo.

— E neve — disse Durotan, com o desejo se esgueirando na voz. — Mesmo a distância.

Orgrim coçou preguiçosamente os ferimentos que iam se curando.

— Quando os humanos forem derrotados, podemos viajar para as montanhas. Sentir o frio na pele. — Falava com ansiedade, e Durotan entendia o desejo. Desde que tinham saído do norte de Draenor, sentia a falta da neve como uma pontada no corpo.

Mas Durotan não tinha pedido que seu segundo em comando se juntasse a ele para que fitassem juntos uma montanha coberta de neve, por mais que fosse linda. Havia trazido Orgrim para lembrá-lo de como era a vida. Durotan não conseguia encontrar essa lembrança lá embaixo, com os gritos dos humanos doentes e famintos e de seus filhos, com o trabalho insuportável de carregar e esculpir pedras. Coçou o pescoço, desgostando da tarefa que lhe aguardava, mas havia coisas que precisavam ser ditas.

— Lembra-se de quando rastreávamos fenocerontes nas dunas de Vento-Gelado? Havia rebanhos inteiros, em toda parte. E, quando não os víamos, havia os talbuques. Sempre existia carne. Sempre existia vida. Dançávamos nas campinas no solstício e, mesmo no inverno, jamais passávamos fome.

— Mas nosso mundo estava morrendo — disse Orgrim. — Nós *tivemos* de partir. Você ficou enquanto pôde, Durotan, mas sabia o que precisávamos fazer para sobreviver.

Pensamentos atulhavam a mente de Durotan. O que precisava dizer era perigoso... mas necessário. Sua mente voltou a quando havia tomado a decisão insuportável de seguir Gul'dan e às palavras que dissera ao clã. *Há uma lei, uma tradição, que não deve ser violada. A de que um chefe deve fazer tudo que seja realmente melhor para o clã.*

— Orgrim... Você não acha estranho que tenhamos perdido nosso lar quando Gul'dan chegou ao poder?

Orgrim fungou, preparado para rir. O sorriso desapareceu ao perceber que Durotan estava mortalmente sério.

— Um orc não pode matar um *mundo*, Durotan.

— Tem certeza? Olhe em volta. Isso não faz você se lembrar de uma coisa? — Ele direcionou o olhar de Orgrim não para a floresta aconchegante e para a neve longínqua, mas para o que estava atrás deles. Para o Grande Portal e a terra a sua volta. A testa de Orgrim se franziu por um momento em confusão, e então Durotan viu a compreensão se espalhar pelo rosto do amigo.

Quando tinham entrado naquele mundo, a terra perto do portal fora um pântano. Draka havia dado à luz o filho de Durotan de quatro na água estagnada. Agora só havia poeira seca e sedenta. As plantas que ali houvera estavam mortas havia muito tempo, quebradiças e moídas até virar pó sob os pés dos orcs enquanto o povo de Durotan movia pedras gigantescas para construir uma passagem.

Isso o lembrava de uma coisa.

Parecia-se exatamente com o outro lado do portal, na terra de onde tinham fugido. Emoções guerrearam no rosto de Orgrim.

Durotan sabia o que estava pedindo. Mas também sabia que estava certo.

— Onde quer que Gul'dan faça sua magia... a terra morre. Se nosso povo quiser fazer um lar aqui, amigo — disse Durotan, com a voz áspera de emoção —, Gul'dan deve ser impedido.

Orgrim demorou muito tempo antes de responder, mas, quando o fez, não foi para discordar. Tudo que disse foi:

— Não somos poderosos o bastante para derrotar Gul'dan.

— Não — concordou Durotan. Em seguida coçou o queixo, pensativo, com uma unha afiada do polegar. — Mas com a ajuda dos humanos, pode haver um jeito.

10

Fora uma aposta perigosa, e Llane se sentira ansioso em todos os instantes desde que Lothar e Taria haviam saído da sala do trono. Mas ele sentira que era a decisão certa e, portanto, ficou dizendo isso a si mesmo enquanto os momentos passavam com lentidão. Estava na sacada, acima da cidade sombria, com pensamentos igualmente sombrios, quando Taria retornou.

Ela passou o braço pelo dele.

— Você estava certo — disse Taria. — Era necessária a mão de uma mulher. Ela vai levar Lothar ao acampamento deles, a coitada.

— Obrigado. — Llane pegou a mão de Taria e a beijou.

— Como você soube que eu poderia fazer esse tipo de contato com ela?

Era difícil colocar em palavras. Garona era uma fêmea adulta e, segundo todos os informes, uma guerreira feroz. Era difícil pensar em alguém assim como "vulnerável", mas ele sentia que a cautela da orc não era alimentada pelo ódio, e tampouco era cruel. Havia nela algo que o fazia se lembrar das crianças que vira no orfanato: selvagens, ferozes, mas desesperadas por alguém que olhasse para além disso e visse quem elas eram de verdade.

— Ela precisava da atenção de uma mãe — disse finalmente. Em seguida apertou a mão da esposa e a abraçou. — Não conheço nenhuma que seja melhor.

— Adulador — provocou ela, dando-lhe um beijo.

Eram cinco no grupo de batedores montados: Lothar, Garona, Hadggar, Karos e Varis. Os três soldados tinham passado muito tempo longe de Ventobravo, mas, claro, para Garona tudo era novo. Ela estava alerta e atenta, os olhos escuros absorvendo e avaliando tudo. *Para quê?*, pensou Lothar. *Esconderijos? Armas? Rotas de fuga... ou de ataque?*

Garona vestia uma armadura da Aliança, e ele notou a mão dela tocando de vez em quando o peitoral, como se ficasse surpresa com a cabeça dourada de leão moldada ali. A atenção de Lothar se demorou nela talvez por mais tempo do que deveria. Naquela manhã, ele a havia ajudado a vestir a armadura. A orc pedira uma arma, e ele respondera enquanto amarrava o gibão acolchoado:

— Eu vou protegê-la.

— Não preciso de ninguém para me proteger — afirmou Garona. Então ele parou, com o rosto a centímetros do dela, uma resposta espirituosa morrendo nos lábios sem ser dita quando os olhares dos dois se encontraram. Tinha percebido quase imediatamente que, apesar das presas no maxilar inferior e da pele verde, Garona era linda. Mas agora, parado tão perto, Lothar entendia que ela era mais que fisicamente atraente. Estava certa. Não precisava *mesmo* de ninguém para protegê-la. Provavelmente era tão forte — talvez mais forte ainda — que ele. Mas, enquanto olhava para as cicatrizes que se cruzavam na pele da fêmea, ele, o soldado, não queria nada além de mantê-la em segurança. Era ridículo, era provavelmente ofensivo... mas era verdade.

— O que você está olhando? — perguntou ela.

Ele próprio não tinha certeza.

A mente de Lothar voltou ao presente. Ele sorriu sozinho ao ver o olhar de Hadggar fixo no que lia. O rapaz perdera a única parte agradável da viagem, através das áreas seguras da floresta de Elwynn, só levantando os olhos quando pararam no momento em que as árvores deram lugar à pedra nua. Abaixo deles, Elwynn se espalhava como uma tapeçaria luxuriante. Atrás, as torres brancas de Ventobravo se projetavam em direção ao céu, parecendo pequenas como uma maquete no mapa de batalhas do rei Llane, e até mesmo Hadggar admirou a vista.

Diante deles ficava a Trilha do Vento Morto, um nome adequado para um cânion inóspito e desolado, com paredes íngremes e ventos cortantes que assobiavam ao soprar. Um braço da trilha culminava numa laje onde Lothar declarou que passariam a noite acampados. Era útil ter um local com apenas uma direção para ser vigiada. Poderiam ter seguido adiante, mas a Trilha do Vento Morto era um caminho difícil até mesmo à luz do dia. Ele não podia arriscar o tropeço de um cavalo nas sombras crescentes.

— Ei, Rato de Biblioteca! — chamou Hadggar, enquanto o mago descia da montaria, encolhendo-se de dor. — O primeiro turno de vigia é seu.

Saltando com agilidade para o chão, Garona pareceu ao mesmo tempo perplexa e divertida com as palavras. Olhou pra Hadggar, avaliando-lhe a reação.

O garoto enfiou o livro no cós da calça enquanto pegava seu cobertor enrolado, mas o olhar que lançou a Lothar *não* era de diversão. Também não tinha deixado de perceber o olhar de Garona.

— Com todo o respeito, comandante, meu nome é Hadggar — disse ele.

Lothar levou a mão ao peito, fingindo horror.

— Peço desculpas, Hadggar. Achei que tínhamos ficado amigos quando não coloquei você numa cela de prisão por ter invadido o alojamento do exército real. — Os dois trocaram olhares raivosos. — Agora. *O primeiro turno de vigia é seu.*

Os lábios de Hadggar se apertaram, mas ele confirmou com a cabeça.

— Sim, comandante.

A refeição foi simples: pão, queijo, maçãs e chá quente. Nenhum vinho foi distribuído essa noite. O grupo era pequeno demais, e o perigo, grande demais até mesmo para uma pequena embriaguez. Felizmente o vento soluçante acabou parando, mas o silêncio que o substituiu talvez fosse ainda mais incômodo. Eles comeram, fizeram a limpeza e abriram os cobertores enquanto Hadggar se enrolava mal-humorado em sua capa e se empoleirava numa pedra, olhando para o caminho por onde tinham vindo.

A mente de Lothar estava ocupada demais avaliando hipóteses para que pudesse dormir imediatamente, por isso ele mordeu um pedaço de frango que havia sobrado e ficou vigiando o vigia. Para seu crédito, o garoto parecia estar levando a tarefa a sério. Lothar havia esperado que Hadggar tivesse esgueirado de alguma forma o livro, para ler ao luar ou à luz da fogueira, talvez com um minúsculo ponto de luz azul dançando na ponta dos dedos. Quem sabia que tipo de coisas os magos podiam fazer?

Em vez disso a cabeça do rapaz se virou, timidamente, na direção de Garona. Ela estava deitada, virada para o outro lado, as suaves curvas nítidas, onduladas e verdes como as colinas de Elwynn. Lothar achou aquilo divertido... mas ao mesmo tempo não gostou.

— Bem — disse, despedaçando o silêncio —, pelo menos você não está lendo.

Hadggar virou a cabeça de volta na direção do caminho. Lothar sorriu.

— Ele quer se deitar comigo. — A voz de Garona soou casual, e Hadggar se encolheu, quase se retorcendo de vergonha. Ela se apoiou num dos braços, olhando para os dois.

— Como? — Hadggar tentou parecer perplexo com a acusação, mas sua voz saiu um pouco aguda demais para que fosse convincente.

— Você iria se machucar — declarou ela.

— *Não* quero me deitar com você!

Lothar precisou fazer força para não gargalhar. Garona simplesmente deu de ombros.

— É melhor. Você não seria um macho eficaz.

Desta vez Lothar não conseguiu evitar, e um riso fungado escapou dele.

— Por que está rindo? — perguntou Garona, e foi a vez de Lothar ficar pouco à vontade. — Não sei como vocês, humanos, sobrevivem a uma coisa assim. Como sobrevivem a qualquer coisa. Sem músculos para protegê-los. Ossos fracos, quebradiços.

— Você não parece tão diferente para nós. Como sobreviveu?

Ela ficou parada. Quando respondeu, sua voz não tinha mais humor. Era cautelosa; fria.

— Os ossos quebrados ficam mais fortes quando se curam. Os meus são muito fortes.

O humor de Lothar desapareceu. Pensou na pele verde de Garona, macia como de uma mulher humana, lacerada pelas algemas nos pulsos e no pescoço. Nos enormes machos de sua espécie, com mãos, troncos e presas enormes. Nas armas que provavelmente pesavam tanto quanto ele. Sua mente foi a lugares sombrios ouvindo aquelas palavras; lugares que o faziam se sentir raivoso, além de soturno.

Mas tudo que conseguiu dizer foi:

— Desculpe.

— Não é nada.

O silêncio retornou. O fogo ficou estalando.

— Meu nome, "Garona" — disse ela finalmente. — Quer dizer "amaldiçoada" em orc. Minha mãe foi queimada viva por me dar à luz.

As mãos de Lothar doeram. Ele olhou para elas, surpreso por tê-las apertado com força. *Monstros.*

— Mas mantiveram você viva — disse. *Por quê?* Queria saber. *Até que ponto machucaram você? O que posso fazer para ajudar?*

— Gul'dan me manteve viva. — Ela rolou de costas. À luz tremeluzente da fogueira, Lothar viu o que ela segurava: um cordão onde estava pendurado uma presa delicada, mais ou menos do tamanho do dedo mindinho. — Ele me deu isso. Para me lembrar dela.

Lothar olhou o objeto que se movia lentamente como se estivesse hipnotizado. Aquilo o repelia e fascinava ao mesmo tempo, mas sem dúvida Garona dava uma importância enorme à presa. Imaginou se, na verdade, seria tão diferente de uma mecha de cabelos guardada como lembrança depois da morte de uma pessoa amada. Tinha tentado convencer Llane a não deixar que Taria conversasse com a orc. Agora, ouvindo-a falar de modo tão aberto, percebeu que seu amigo tinha uma percepção que ele não possuía. Ela era obviamente linda, obviamente forte. Mas também, como Llane havia sentido, era alguém que reagia à gentileza. Alguém que tinha sido ferida mais que fisicamente.

— Meus pais me deram ao Kirin Tor quando eu tinha 6 anos. — A voz de Hadggar estava suave, uma confissão que, como a de Garona, era mais adequada a uma escuridão que escondesse tudo. — Foi a última vez em que eu os vi, ou que vi meus irmãos e irmãs. Oferecer uma criança ao Kirin Tor dá honra à família. Ter o filho levado até a cidade flutuante de Dalaran para ser treinado pelos magos mais poderosos da terra. — Ele sorriu depreciativamente enquanto olhava para Garona. — Não é tão honroso quando o filho foge.

A orc sustentou-lhe o olhar, depois assentiu.

— Bem — disse Lothar. — Isso foi bem animador.

Em seguida se deitou em seu cobertor, ouvindo os outros dois se remexerem. Fechou os olhos, vendo por trás das pálpebras a luz da fogueira reluzindo numa presa de orc segura por uma mão forte, linda e verde.

A noite estava iluminada por fogo e pintada de sangue, e todas as canções eram sobre matança.

Gul'dan olhava para tudo aquilo com júbilo silencioso. Ao lado estava seu mentor, seu conselheiro, aquele que havia cumprido suas promessas. Aquele sem o qual aquela noite jamais teria sido possível.

— Norte, sul, leste, oeste — entoou ele, movendo a mão para indicar a cena. — Tudo será nosso.

Um movimento atraiu seu olhar, e ele franziu a testa ligeiramente. Alguns humanos estavam escapando. Havia uma trilha, como as de formigas ocupadas, fugindo da conflagração. Carregavam coisas nos ombros e seguiam por um caminho longo e sinuoso.

— Diga, professor — pediu o bruxo —, para onde eles fogem?

— Ventobravo — entoou a figura parada ao seu lado. A palavra era áspera, mas poderosa. Ardia, assim como ardia o coração de quem a falava. — A maior cidade deles. — A voz revelava desprezo demais. Certeza demais de que a fuga era inútil. O que, claro, era. Não havia como se manterem diante da Horda... ou da vileza.

— Ah — disse Gul'dan. — O lugar para onde Garona fugiu. — Agora era o momento. Virou-se para o mentor. — Eu a trouxe aqui. Para você.

Sem dúvida o professor ficaria satisfeito, elogiaria o aluno fiel, que tinha aprendido tão bem. Mas não houve reação; nem prazer nem irritação... apenas silêncio vindo das sombras profundas do capuz. Gul'dan sentiu desapontamento — e uma leve inquietação.

Tentou corrigir qualquer possível passo em falso.

— Quando o portal se abrir, tomaremos primeiro essa cidade. — Olhou diretamente para a figura. — E vamos lhe dar... *seu* nome.

11

Lothar havia pensado que estaria preparado para tudo que visse. Estava errado. Agora, ao lado de Garona e dos outros, observando o panorama horrendo que se espalhava abaixo, sentiu-se ao mesmo tempo perplexo e nauseado. A guerra nunca era organizada nem limpa. Jamais era igual a olhar um dos mapas de Llane, nem mesmo quando a estratégia era organizada, e a vitória, certa. Mas isso...

Tendas, centenas delas, salpicavam a paisagem pontuada por torres de vigia e construções maiores. Havia jaulas também. Não tantas quanto tinha temido inicialmente, mas o suficiente para fazer com que suas mãos se apertassem com raiva. Jaulas transbordando de humanos: homens, mulheres, até crianças. Então era para ali que tinham ido — carregados enquanto seus lares queimavam, levados como animais.

E mais adiante enormes pedaços de pedra cinzelada, carregadas pelo esforço dos orcs fisicamente poderosos e organizadas num padrão. Uma base plana, nivelada, como o alicerce de um prédio. Ou de algo muito pior.

— O Grande Portal — disse Garona, apontando para as pedras.

— Por que eles precisam de tantos prisioneiros? — perguntou Lothar.

A brisa bateu no cabelo preto de Garona, brincando com ele. O olhar dela não se afastou daquela representação terrível enquanto falava, e suas palavras fizeram o coração de Lothar se apertar.

— Igual a lenha para o fogo — explicou. — Magia verde precisa de vida para abrir o portal.

O olhar de Lothar foi arrastado de volta, inexoravelmente, para a cena abaixo.

— Quantos orcs mais eles planejam trazer?

A resposta dela foi simples e direta.

— Todos. — Em seguida balançou a mão, indicando a cena. — Isso... isso é só o bando de guerra. Quando o portal for aberto, Gul'dan vai trazer a Horda.

E de súbito Lothar entendeu o que, subconscientemente, estivera negando. Aquelas centenas de tendas eram, essencialmente, apenas o início...

Uma Horda.

— Leve-os de volta a Ventobravo — disse rispidamente a Karos, já indo para o cavalo. — Varis e eu vamos à frente.

Garona observou Lothar e Varis se afastando a galope. Pensamentos abarrotavam sua mente. Estaria mesmo fazendo a coisa certa? Por que sequer tinha alguma lealdade para com os orcs? Eles haviam assassinado sua mãe, e ela mesma só fora poupada do fogo pela vontade de Gul'dan. Ele a havia ensinado a ler e escrever, e ordenado que aprendesse outras línguas. Mas foi sempre uma escrava. Sempre amarrada, sempre recebendo zombarias ou cuspidas.

A não ser por parte de uns poucos. Sempre que se enchia de ódio pelo tratamento recebido de seu suposto "povo", ela se lembrava de Durotan — que por duas vezes fora uma voz de razão em favor de seu clã — e da esposa dele, Draka, que a havia tratado com gentileza e atenção. Outros orcs podiam afogar crianças doentes ao nascerem, mas os orcs Lobo do Gelo davam aos seus membros mais fracos ao menos uma chance de retornar ao clã. A própria Draka fora uma dessas e, afinal, acabou como a companheira de um chefe.

Garona havia hesitado quando Durotan a libertara e estendera a mão. Mas sabia que, se retornasse com ele, Gul'dan simplesmente iria tomá-la de volta. E naquele momento tinha sentido o gosto da liberdade e sabia que preferiria morrer antes de abrir mão dela.

Pensou na rainha Taria tratando-a com ainda mais gentileza que Draka. Claro, a companheira do rei queria alguma coisa. Garona sabia perfeitamente disso. Mas o que ela queria era salvar seu povo. Os orcs queriam o mesmo, mas estavam fazendo isso matando os que não eram orcs. Primeiro os draeneis, agora os humanos. Pensou em Hadggar; tão novinho, tão ansioso, mas com um poder que ela respeitava, e não entendia.

E... pensou em Lothar. Ele a havia salvado do furioso Lobo do Gelo. Não fora tão abertamente gentil quanto Taria, mas Garona entendia a desconfiança dele. Conhecia as trevas o suficiente para saber quando elas haviam tocado alguém, e Anduin Lothar certamente andava com sombras. Garona vira a dor nos olhos dele diante da perda de seus homens na batalha recente, o horror ao pensar nos agricultores inocentes que estavam presos, com as vidas prestes a alimentar mais destruição causada pelos orcs. Ele era... bom, decidiu ela.

Mas tinha senso de humor. Ela se lembrou da expressão que Lothar havia usado com Hadggar, "rato de biblioteca". Sorriu, virando-se para olhar o jovem mago...

Havia um orc parado na sombra dos galhos de uma árvore. Segurava Hadggar embaixo de um dos braços, a mão enorme apertando a boca do rapaz. O jovem mago espiava Garona, com os olhos arregalados, alarmados. A pouco mais de 1 metro do orc estava o corpo de Karos, inconsciente, mas ainda vivo.

— Durotan! — ofegou Garona.

Ele grunhiu de volta.

— Ao norte há uma rocha negra que toca o céu. Eu me encontro lá com o líder deles.

Uma lasca de medo a cortou.

— Para desafiá-lo? — Ela ficou surpresa ao perceber como não queria que Llane morresse... nem Durotan, para dizer a verdade.

Ele balançou a cabeça.

— Eu a vi guiar os dentes-pequenos até nosso acampamento — disse chegando mais perto e ainda segurando Hadggar, mas com cuidado. — Eles viram o que está sendo construído, mas só você sabe o que Gul'dan planejou para meu povo. — Seu olhar se cravou nos olhos dela, e ele falou como se as palavras o rasgassem. — Você nos avisou, Garona. Disse que ele era sinistro e perigoso. Eu só vim, no final, porque realmente *não* havia outra opção.

Garona sabia. Durotan poderia ter escolhido a morte para si mesmo, mas não podia se dar a esse luxo. Ele era um chefe e cuidava de seu clã do melhor modo possível.

— Essa magia é morte — disse ele. — Para *todas* as coisas. Ela deve ser impedida.

Ele tinha visto. Ele sabia. O olhar dos dois se fixou por um momento, então Durotan assentiu.

— Diga a ele. A rocha negra. Quando o sol estiver mais alto.

— Vou dizer — prometeu Garona.

Durotan assentiu. Aparentemente sem perceber que havia despedaçado completamente tudo que Garona acreditava que poderia esperar da vida. Se Gul'dan caísse...

Ela avançou.

— Chefe! Se eu retornar, você me aceita em seu clã?

O olhar de Durotan foi até o pescoço dela, às mãos. Um pescoço e duas mãos livres de correntes.

— Você está mais segura aqui. Com eles.

E Garona sabia que era verdade. A esperança morreu, e ela simplesmente confirmou com a cabeça. O chefe olhou pensativo para o rapaz que ainda segurava. O mago, imóvel como a morte, olhava para cima, praticamente sem piscar. Durotan o soltou. Hadggar fez menção de correr ou enunciar um feitiço. Durotan deu-lhe um soco no peito, muito suavemente. Um gesto de camaradagem. Depois, apertando a mão no próprio peito num gesto de respeito e gratidão para Garona, a escrava mestiça, voltou para a luz salpicada de sombras e sumiu no meio das árvores.

O corvo voava alto, com sua visão superlativa captando a cena abaixo em detalhes que partiam seu coração. Mesmo os que tivessem visão mais fraca poderiam ver a destruição, contudo: era descarada, excessiva e aparentemente onipresente. No meio do verde saudável das folhagens, os trechos nus, cinzas, pretos e queimando se destacavam com nitidez. Um, e outro, e outro...

Medivh desabou ao lado da fonte, praticamente incapaz de mergulhar a mão nas profundezas restauradoras. A energia o infundiu, porém mais devagar e menos completamente que no passado. Estava exaurido e se recuperava menos completamente a cada vez que se esforçava. Mas era preciso. Era seu dever.

Tristão estava ajoelhado ao lado, calmo, firme, eterno. O castelão morava em Karazhan havia muito, muito tempo. Mais que Medivh. Mais que o Guardião anterior, ou o que viera antes. A seu modo, ele fazia tanto parte de Karazhan quanto os estábulos, a cozinha ou até a fonte de magia.

Baixinho, com tristeza, o velho perguntou:

— É como você temia?

Medivh comprimiu os lábios e assentiu. Manteve o braço na fonte enquanto respondia com a voz fraca e esganiçada:

— A vileza. Está em toda parte.

— Então você não deve sair de novo — declarou Tristão.

— Eles precisam da ajuda de um Guardião mais que nunca. — A voz de Medivh estava oca, terrivelmente cansada, até mesmo para seus ouvidos.

— Talvez o garoto possa ajudar — sugeriu seu velho amigo.

Será? Hadggar tinha mostrado iniciativa e coragem. Talvez de fato pudesse. Cansado, Medivh virou a cabeça para olhar Tristão... e se imobilizou. Olhou por cima do ombro do castelão, fixado em alguma coisa ou alguém que poderia — ou não — ter estado ali; uma forma preta e fantasmagórica, apontando diretamente para ele.

— Vá embora! — sibilou Medivh.

Tristão se virou, mas não viu nada.

Llane se sentou no grande trono de Ventobravo e mergulhou em desespero.

Tinha sido necessário tamanho desastre — a incursão de criaturas bestiais decididas a tomar o mundo inteiro — para que os diplomatas carrancudos à frente ao menos concordassem em se encontrar. E agora que haviam se reunido, ninguém parecia disposto a ouvir.

Frequentemente Taria comentava sobre a cabeça fria do marido — uma cabeça que não estivera tão fria nos últimos anos. Agora parecia que somente ele mantinha ao menos uma aparência de calma enquanto os homens reunidos arengavam, protestavam e golpeavam uns aos outros indignamente com palavras.

O representante de Kul Tiraz estava discursando. Recentemente seu povo sentira a fúria dos orcs, e ele não deixaria que

Llane esquecesse isso — apesar de ele próprio aparentemente se esquecer de que a floresta de Elwynn fora um dos primeiros alvos.

— Ventobravo, altivo e poderoso, sempre se achou melhor que o resto de nós. Vocês sabiam o que iria nos acontecer, mas nós lutamos e tombamos sozinhos. Onde estava seu exército quando nossos navios queimaram?

— Meu exército está perdendo um regimento por dia — respondeu Llane. Sua voz estava tensa, apesar de ele se esforçar para manter a calma. — Ventobravo, Kul Tiraz, Lordaeron, Quel'thalas. Anões, humanos e elfos. Todos corremos perigo e todos perdemos tempo precioso discutindo. Precisamos trabalhar juntos!

O representante de Lordaeron fez uma carranca.

— Nós *precisamos* é de mais armas! — exclamou rispidamente. — As forjas dos anões devem trabalhar em ritmo dobrado. — Ele se virou e olhou com expectativa para o rei Magni, como se o anão devesse começar imediatamente a cuspir espadas e machados de batalha.

Magni estava vermelho de cólera. Quando conseguiu juntar as palavras, elas saíram em jorros estrangulados, entrecortados:

— Vocês nos tratam como *cachorros*! Recusam-se a nos proteger com as próprias armas que *fazemos* para vocês! Não vamos fornecer *mais nenhuma*!

Llane saltou de pé.

— Chega! — gritou. A voz exaltada do rei normalmente afável silenciou a discussão. Pelo menos por enquanto. Todo mundo se virou para olhá-lo. — Todos vocês convocaram Ventobravo no passado. Seja para pedir tropas ou arbitragem... Se não nos unirmos para lutar contra esse inimigo, vamos morrer. Ventobravo precisa de soldados, armas, cavalos...

— Rá! Temos de cuidar de nossos próprios reinos! — gritou Magni.

— Lute as próprias guerras! — acrescentou o representante de Lordaeron.

A porta dupla se abriu. Lothar entrou com Varis um passo atrás. Todos se viraram diante da interrupção. Os dois estavam sujos e suados, e Lothar exibia uma expressão violenta, porém decidida, nos olhos azuis, uma expressão que Llane reconhecia. O que quer que fosse, era ruim.

— Os orcs estão construindo um portal através do qual planejam trazer um exército — disse Lothar sem preâmbulos. — Se não os impedirmos agora, talvez nunca tenhamos outra oportunidade.

Os dois velhos amigos se entreolharam. Ficou sem ser dita a pergunta que o representante dos elfos não teve problema para articular:

— Onde ele está? — perguntou o elfo, com a voz musical erguendo-se com raiva... e, provavelmente, com medo. Seu manto girou ao redor quando ele se virou de novo para Llane. — Onde está o protetor de Azeroth?

— É! — acompanhou o representante de Kul Tiraz. — Onde está o Guardião?

Taria se inclinou e sussurrou para o marido:

— Onde *está* Medivh?

Llane cerrou o maxilar e respirou fundo, obrigando-se a permanecer calmo enquanto se virava para os representantes reunidos.

— Sugiro que façamos um recesso...

— Demore o quanto quiser — interrompeu o representante de Lordaeron, enquanto ele e seus companheiros se levantavam. — Para nós, já chega. — Um mensageiro abriu caminho por entre o grupo em partida de Lordaeron e entregou uma mensagem a Varis, que a leu rapidamente e em seguida se aproximou de Lothar.

— Comandante — disse Varis baixinho —, o que resta da Quarta Divisão recuou para Mirante de Pedra.

— O que *resta*? — repetiu Lothar. Seu rosto havia empalidecido sob a camada de suor e sujeira.

Varis hesitou, depois disse:

— Callan está entre os feridos.

Llane tinha escutado e, apesar do desastre que se desdobrava à sua frente, não hesitou.

— Pegue o grifo. Vá.

Lothar abriu a porta de lona do hospital de campanha improvisado e foi diretamente à figura solitária numa cama. Os olhos do filho estavam fechados, mas, como se sentisse a presença do pai, Callan se virou e conseguiu se sentar parcialmente.

Seu filho. Seu e de Cally.

Pela Luz, o garoto era tão parecido com a mãe que Lothar sentia como se estivesse sendo cortado a cada vez que o olhava. O cabelo castanho-areia, os suaves olhos cor de avelã. Vê-lo deitado ali fez com que Lothar se lembrasse da última vez em que vira a esposa. O rosto amado, pálido como leite, com círculos de dor similares a hematomas abaixo dos olhos. Ela sempre havia sido frágil demais, sua pequena Cally. Frágil demais.

Não havia bandagens enroladas no corpo magro do filho, nenhum branco saturado de vermelho, e ele se lembrou de um dia em que houvera vermelho, vermelho demais. Callan tinha apenas um talho na testa. Não parecia muito ruim, mas Lothar segurou a cabeça do filho e a virou para um lado e para o outro, examinando. Callan olhou para o pai quase sem graça, com os olhos cor de avelã da mãe.

— Pai — disse ele. — Estou bem. Está tudo bem.

Lothar forçou um sorriso. Aqueles olhos não tinham nada dele; eram *dela* por completo.

— Você me deixou preocupado — admitiu. Fez-se um silêncio incômodo, para em seguida ele acrescentar, tentando alguma amenidade: — Você deveria ter se tornado um padeiro, como eu queria.

— É perigoso demais — reclamou Callan. — Todas aquelas queimaduras de forno...

Lothar se pegou rindo. Quando era muito pequeno, o filho declarara que desejava ser soldado. Na ocasião, Lothar respondera:

— Não prefere ser padeiro? Pense em todos os bolos que você poderia comer!

Callan pensara nisso por um momento, com a cabeça inclinada para o lado num gesto tão parecido com Cally que o coração de Lothar pareceu feito de chumbo. E o menino respondera:

— Bem, aposto que um monte de gente ficaria feliz em fazer bolos para os soldados, porque eles são muito corajosos.

Quando o pai, de brincadeira, reclamara que ninguém fazia bolos para ele, Callan sugerira que o próprio Lothar virasse padeiro.

Ficou surpreso e comovido por Callan se lembrar daquele momento. Desgrenhou o cabelo do filho, a mão sem saber exatamente como fazer isso, e olhou em volta. Estivera tão focado no filho que não havia percebido que Callan era o único ocupante da enfermaria. Um arrepio o atravessou.

— Onde está o resto de sua tropa? — Mas Callan só balançou a cabeça. — Não podem estar todos mortos!

— Eles pegaram a maioria de nós vivos — respondeu o filho. — Eles... as pessoas estão dizendo que eles nos *comem*...

— Isso é invenção do medo — disse Lothar, pensando que a realidade dos prisioneiros era provavelmente ainda pior. Callan se encolheu ligeiramente diante da aspereza da voz do pai, e Lothar a suavizou. — A gente ouve as mesmas histórias sobre todos os inimigos em todas as guerras. Não se preocupe, filho. Vamos tomá-los de volta.

Callan se sentou imediatamente, como se estivesse prestes a sair agora mesmo. Lothar pôs a mão no peito dele.

— Não precisa de tanta pressa — disse o homem. Em seguida, passou a mão no uniforme amarrotado do filho, alisando-o como fizera quando o garoto era pequeno. Acrescentou baixinho:
— Você é tudo que eu tenho.

Callan suportou isso por um momento, então apertou o braço do pai — um gesto de apreciação, mas também de rejeição. Lothar afastou a própria mão.

O rosto do rapaz parecia estranhamente velho; a expressão de alguém que já vira coisas demais.

— Pai. Eu posso fazer isso. Sou um soldado.

Lothar pensou na violência demonstrada pelos orcs durante o ataque. Imaginou seu filho gentil, meio tímido, lutando pela vida contra os monstros enormes, donos de uma força chocante e de uma velocidade assustadora para o próprio tamanho.

Diga a ele, pensou. *Diga que ele é corajoso, talvez mais que você era, na mesma idade. Diga que você o ama e que sente orgulho.*

Diga... que não foi culpa dele.

Lothar apenas assentiu e se virou para sair.

12

— Garona, cubra-se com o capuz e cavalgue entre nós — disse Karos em voz baixa. Sua cabeça estava envolta por uma bandagem e havia um hematoma em seu rosto, mas, considerando que fora deixado inconsciente por um chefe orc, estava em boas condições.

Garona ouviu o som de cavalos e carroças atrás. Não estavam mais sozinhos na estrada, agora que se encontravam nos arredores de Elwynn. Não sentia medo de um punhado de agricultores, mas uma briga não serviria para nada. Obedeceu e observou. Mais e mais humanos se juntavam a eles na estrada, afunilando-se como pequenos córregos que faziam crescer um riacho para virar um rio, até que, finalmente, junto aos portões do castelo, nem era mais um rio; era um oceano.

Milhares de refugiados se comprimiam ali, com os olhos arregalados e amedrontados que Garona se lembrava de ter visto em incontáveis jaulas. Viu no meio deles um dos seres baixos e de peito amplo conhecidos como "anões". Ele estava tentando guiar um pônei assustado que puxava uma pequena carroça. Uma anã e duas crianças pequenas se agarravam no interior, olhando em volta, preocupadas com a furiosa maré humana ao redor.

Um dos guardas de aparência cansada levantou a mão coberta com luva de malha, proibindo a passagem do anão.

— Primeiro eles! — exclamou.

As sobrancelhas do anão se juntaram.

— Eu trabalho na Armaria Real, homem! — gritou ele.

— Encontre uma caverna para se esconder, anão! — berrou furioso um humano, seguro no anonimato da turba. Qualquer paciência que o anão podia ter tido havia se evaporado, sem dúvida muito antes, e ele enfiou a mão na carroça e pegou um machado tão grande que Garona se maravilhou por ele conseguir segurá-lo.

— Vou escavar seu *crânio*, seu fedorento...

— Isso é inaceitável — murmurou Karos. Mais alto, gritou: — Sargento! Organize uma fila! Teremos ordem ou fecharemos o portão até que ela se estabeleça! — Em seguida, virou-se para as pessoas que antes empurravam a carroça. — Kaz está fazendo armas para a segurança de todos nós. Não quero ouvir mais uma palavra de vocês.

O anão assentiu em agradecimento, seu rosto vermelho, e teve permissão para passar. Karos e Garona começaram a segui-lo, mas Hadggar segurou o braço da orc.

— Preciso reunir minha pesquisa. Conte ao rei o que aconteceu. Estarei lá assim que puder.

A mente de Hadggar estava num redemoinho. O mesmo orc que o havia olhado com inteligência calma quando ele ergueu a cúpula protetora ao redor de si mesmo e de Medivh na luta inicial o havia capturado, coberto sua boca com a mão do tamanho de uma tábua de cortar carne e depois o tinha liberado incólume. Não somente incólume, mas com um pedido para trabalhar com os humanos para derrubar Gul'dan e a vileza.

Inseriu a chave na fechadura de seu quarto. Nunca havia sentido mais medo na vida e, também, nunca havia se sentido mais...

bem... honrado, que quando esse poderoso chefe orc, Durotan, deu-lhe o que era obviamente um amigável...

— *O que é isso?* — A voz interrompeu seus pensamentos.

Hadggar pulou uns 30 centímetros no ar e levantou as mãos num reflexo para conjurar um feitiço de ataque, mas reconheceu o intruso a tempo de conter o encantamento.

— Guardião!

Sentiu a energia do pânico se esvair, deixando-o fraco de alívio. Lutou para fazer com que a mente funcionasse de novo e para responder à pergunta obviamente furiosa de Medivh. O Guardião estava indicando o amontoado de anotações, livros abertos e desenhos espalhados pelo quarto. Quando Hadggar tinha ficado sem espaço plano, começara a pendurá-los em barbantes, como se fosse uma lavadeira pondo roupas para secar. As anotações estavam quase literalmente em toda parte.

— O portal... Nós o vimos! No Lamaçal! Estive juntando todas as pistas que pude.

— Isso! — Quis saber Medivh, olhando o desenho que estava segurando. — Esse desenho. De onde você o copiou?

Hadggar se sentiu como um pássaro hipnotizado por uma cobra. Ficou olhando, sabendo que parecia idiota, sentindo-se mais idiota ainda enquanto tentava organizar os pensamentos. Não entendia a raiva de Medivh.

— G... Guardião?

Medivh pegou um pedaço de pergaminho pendurado num dos barbantes.

— E isso? E *isso*?

Outro, e outro. Foi até Hadggar e empurrou um dos pergaminhos na cara do garoto.

As mãos e a voz de Hadggar tremiam enquanto ele respondia, com o suor do medo genuíno brotando da testa. O que podia ter feito de errado? Tentou engolir a saliva, com a boca tão seca quanto os pergaminhos amassados nas mãos de Medivh.

— Estive pesquisando desde que senti a presença da vileza.

— *Eu* sou o Guardião! Eu. — Medivh chegou mais perto, obrigando Hadggar a recuar um passo, depois outro, pressionando-o. — E não você. Pelo menos por enquanto.

Hadggar tentou uma última vez:

— Só pensei que talvez o senhor apreciasse alguma ajuda...

O rapaz olhou para os olhos azuis e injetados daquele que deveria ser o protetor do mundo. E que, ele tinha quase certeza, estava prestes a matá-lo.

Um instante depois, cada anotação, escrita, ilustração e mapa em que ele havia trabalhado com tanto empenho começou a sumir em fogo mágico. Queimavam rápido, quentes e por inteiro, sem deixar sequer cinzas. Era como se nunca tivessem existido.

— Não presuma que pode me ajudar. Você não faz ideia das forças com as quais eu luto. — Ele respirou fundo e se controlou. — Se quer ajudar, proteja o rei. Deixe a vileza por minha conta.

Virou-se para ir embora. Hadggar se deixou afrouxar contra a parede, aliviado. Durante exatamente o tempo de um batimento cardíaco. Depois viu o que estava numa cadeira ao lado da porta.

O livro de runas que ele havia pegado "emprestado" em Karazhan.

Não deixe que ele o veja, pensou com intensidade. Medivh estava a meio caminho da porta. *Não deixe que ele o veja, não deixe...*

O Guardião parou no meio da passada. Imobilizou-se. Depois, enquanto Hadggar se encolhia por dentro, a cabeça de Medivh se virou devagar e ele olhou diretamente para o livro.

Silêncio.

Movendo-se com propósito, o Guardião pegou o livro e o olhou. Não se virou O jovem mago ficou ligeiramente surpreso por não ser incinerado no ato.

— Escolha interessante. — As palavras do Guardião saíram geladas.

— Guardião... — *Eu posso explicar*, pensou Hadggar loucamente. Então houve um clarão súbito em sua mão quando o desenho que ele havia esquecido que estava segurando se transformou em chamas e desapareceu. Quando levantou os olhos, Medivh tinha ido embora.

— Ele não pediria esse encontro se achasse que conseguiria derrotar Gul'dan sozinho — declarou Llane. Estava sentado em seu trono, flanqueado por Lothar e vários outros conselheiros que Garona não conhecia. A rainha ocupava um trono próprio ao lado do marido, sorrindo com gentileza para a orc. — A vileza deve mesmo aterrorizá-lo.

Garona se eriçou em defesa do Lobo do Gelo.

— Durotan não tem medo de nada.

Llane olhou para Lothar e levantou uma sobrancelha, silenciosamente convidando o amigo a falar.

— A localização, a proposta súbita de um encontro... parece uma armadilha, majestade.

Garona lhe lançou um olhar raivoso.

— Não é.

— *Poderia* ser.

Ela o encarou irritada, as narinas se alargando diante do insulto implícito a ela e a Durotan. Lothar devolveu o olhar sem se alterar, os olhos azuis fixos na direção dela.

— *Não* é!

— O que *o senhor* acha? — perguntou Lothar, apelando ao amigo.

Llane disse:

— É uma oportunidade boa demais para ser ignorada. Acho que não temos escolha. Precisamos impedir que os orcs abram o portal. Isso é fato. Mas vamos precisar de ajuda.

— E se ele estiver mentindo? — indagou Lothar.

Garona lhe dirigiu um olhar irritado.

— Os orcs não mentem.

— E se ele mentir?

— Não há honra nisso! — disse Garona, como se a fala explicasse tudo.

— E onde está a "honra" em trair o próprio povo? — argumentou Lothar.

Ela se virou de volta para ele, para a avaliação daqueles olhos estranhos. Tinha aprendido a linguagem humana o suficiente para conversar, mas estava longe de dominar suas sutilezas. Como dar a entender quem era Durotan? Ficou quieta um momento, escolhendo as palavras com cuidado. Por fim, disse:

— Durotan está protegendo seu clã. Seu inimigo é a vileza. Gul'dan é o traidor.

Lothar continuou encarando-a, fitando seus olhos como se examinasse sua alma. Ela não estava acostumada a esse tipo de escrutínio. A maioria dos orcs a tratava como se ela nem estivesse presente. Se a reconheciam, era apenas para zombar ou cuspir — ou coisa pior. Ela não tinha mentido para Hadggar e Lothar quando dissera que seus ossos eram muito fortes. Levantou o queixo e não desviou o olhar.

A voz de Taria chegou a ela. A rainha parecia ter algo em mente.

— Esse orc, Durotan... como você o conhece?

— Ele me libertou... e é amado por seu clã. Ele coloca a necessidade do clã em primeiro lugar. Sempre. É um chefe forte.

— Os chefes fortes precisam ganhar a confiança do clã.

Taria a fitou com firmeza, como Lothar tinha feito, mas com uma compaixão que fez Garona se remexer, pouco à vontade. Então a rainha pareceu chegar a uma decisão. Sua mão foi até a cintura estreita e tirou habilmente uma pequena adaga.

— Se esperamos que você se junte a nós, precisamos ganhar a sua confiança também. — Ela entregou a adaga a Garona. — Para que se defenda.

— Com isso?

— É.

Garona olhou para a adaga. Servia para Taria, não para ela; era bonita e delicada. Nem um pouco parecida com uma sólida adaga de orcs. O punho era decorado com joias, e, diante de um aceno positivo de Taria, Garona tirou a adaga da bainha de couro finamente trabalhada e examinou a lâmina. Revisou a impressão inicial. Era bem-feita para uma coisa tão fina.

Poderia matar Taria, Lothar e talvez até mesmo o rei antes que eles conseguissem impedi-la. O sorriso gentil da rainha se alargou. *Ela sabe o que estou pensando*, percebeu Garona. *E sabe que está em segurança.*

Gentileza. E mais importante: confiança. Os olhos de Garona arderam de repente. Não conseguia falar; simplesmente prendeu na cintura a arma exótica.

Llane assentiu com firmeza.

— Encontre o Guardião. Vamos precisar dele.

Hadggar havia usado a cavalgada para se acalmar. Estava começando a achar que o Guardião tinha ficado completamente louco, mas a tentativa de Medivh aterrorizá-lo para deixar de lado a pesquisa meramente o deixara mais decidido que nunca a prosseguir. Uma reação tão forte certamente significava alguma coisa.

Estava esperando do lado de fora da Bastilha Ventobravo que uma reunião terminasse. Uma reunião na qual ele deveria estar, mas na qual, como de costume, não fora envolvido. A um primeiro olhar, estava tão caótico ali quanto na porta da cidade, mas depois de alguns instantes Hadggar enxergou ordem em tudo aquilo.

Pessoas se moviam com objetividade e direção, e ele captava trechos de jargão militar aqui e ali. Ficou andando de um lado para o outro, irritado, e observou quando Garona saiu, seguida por um guarda sério. O capuz estava na cabeça dela outra vez, escondendo seu lindo rosto em sombras. Hadggar olhou em volta, procurando Lothar, mas o comandante continuava lá dentro. Mesmo assim, Garona poderia ser de grande ajuda.

— Aí está você! — Foi correndo até ela. — Diga, o que você sabe sobre a magia do bruxo?

Ela olhou ao redor, tensa, mesmo agora pronta para lutar se fosse necessário.

— O que eles estão fazendo?

— Preparando-se para a guerra — respondeu Hadggar distraidamente, enquanto tentava obter uma resposta. — Garona, preciso de sua ajuda. Eu encontrei...

Ela havia começado a sorrir, mas agora explodiu numa gargalhada. Ele ficou vermelho até as pontas das orelhas.

— O que foi? O que é tão engraçado?

Garona tentou se recompor, mas seus olhos dançavam, divertidos.

— Como vocês podem não estar preparados para a *guerra*?

— Alguns de nós estão — respondeu Hadggar defensivamente.

— Ah, sim — concordou a orc, ainda sorrindo. — Você... e Lothar. Um homem e um garoto. A Horda *treme*.

Ele se eriçou ao ser chamado de "garoto" e não pôde deixar de reagir:

— Dois *homens* e muitos outros. — Em seguida enfiou a mão nas dobras do manto e tirou o único item que havia sobrevivido à fúria inexplicável de Medivh: um único desenho. — Já ouviu falar de alguém chamado Alodi?

— Você desenhou isso? — Ela examinou o pergaminho com ar crítico, e ele conteve um sorriso.

— Desenhei, mas... você está olhando do modo errado. — A voz dele estava calorosa com humor diante da inocência dela. — Deixe-me...

As palavras morreram em sua garganta. Ele havia desenhado a coisa horizontalmente, mas ela a segurava na vertical. Os orcs que ele tinha desenhado saindo do Grande Portal não pareciam mais correr em terreno plano. Pareciam estar escalando, como se saíssem de um buraco enorme.

E esperando por eles, chamando, havia uma figura encapuzada.

— Você desenhou nossa chegada ao Lamaçal Negro. Como sabia o que aconteceu?

Ele não respondeu. O calor de seu embaraço anterior sumiu. Sentiu frio, um frio terrível. Só sabia que precisava levar isso a Lothar. Agora.

Sem mais palavras, subiu correndo a escada de dois em dois degraus, gritando o nome de Anduin Lothar.

Quando Lothar olhou para o caixote estampado com o símbolo de Barbaférrea e o brasão de Barbabronze, foi direto até ele. Aloman, tentando impor alguma ordem no caos, perguntou:

— Comandante? E esses?

— Vieram do rei Magni — disse Kaz, espiando de um canto do caixão. — Ele diz que podem ser mais úteis que lâminas de arado.

Apesar da dificuldade da situação e de ele estar funcionando com adrenalina demais e comida e sono de menos, Lothar se pegou sorrindo enquanto abria o caixote e via várias "maravilhas mecânicas" iguais à que tinha causado tanto dano à mão do orc tatuado.

— Paus de fogo — disse, satisfeito.

— Lothar! — A voz de Hadggar ecoou do lado de fora, e o rapaz veio correndo pela sala, derrapando ao parar. Ofegando, disse: — Preciso de sua ajuda!

— O que aconteceu?

Respirando fundo, Hadggar disse:

— Encontrei... um livro.

Lothar tentou não revirar os olhos, e não conseguiu.

— Claro que encontrou. — Em seguida assentiu para Aloman, e ela o ajudou a manobrar o caixote para o lado.

— Não, espere, o senhor não entendeu — insistiu o rapaz. Em seguida pegou um pergaminho enrolado. As palavras saíam a mil léguas por instante, como se ele tivesse medo de ser silenciado antes de colocar todas para fora. — Deixe-me explicar. Havia uma ilustração mostrando um portal, como o que vimos sendo construído. Tentei mostrá-la ao Guardião, mas ele ficou furioso. Queimou toda a minha pesquisa. Teria queimado isso também se eu não tivesse escondido dentro do manto.

Irritado, mas agora pelo menos ligeiramente interessado, Lothar se sentou num caixote ali perto e pegou o pergaminho que Hadggar balançava para ele. O mago se sentou ao lado dele. Como Hadggar tinha dito, era um desenho do Grande Portal. Este estava intacto, e uma massa de orcs armados corria por sua extensão. O portal em si tinha apenas o tamanho da mão de Lothar, e os orcs eram figuras minúsculas fluindo para fora. De cada lado do portal havia uma figura encapuzada esculpida, de cabeça baixa. Ao redor da cena estavam as colinas e a água estagnada do Lamaçal Negro. Ele olhou para Hadggar, levantando uma sobrancelha, confuso.

Hadggar estendeu a mão.

— Não... vire desse jeito. — Agora a página estava na vertical, não na horizontal.

— Olhe — disse, passando um dedo sobre uma curva que antes representava um morro. Uma luz surgiu sob seu toque, deixando o desenho mais claro. — Está vendo?

Os pelos na nuca de Lothar se levantaram. Virado assim, o que antes havia sido uma paisagem era agora claramente uma figura: encapuzada, o rosto escondido, como as de pedra que flanqueavam a abertura do portal. Ela se curvava sobre o portal que agora estava abaixo de seus pés, erguendo-se acima dos orcs que subiam correndo para fora da terra escancarada. Os braços da figura estavam levantados, como se chamasse.

Lothar se esforçou para manter a voz calma.

— O que você acha que a imagem significa?

— Os orcs foram chamados... *deste* lado do portal. — Seus olhos ardiam com certeza. E com medo. — Eles foram *convidados*!

Lothar olhou em volta, para ver se alguém tinha escutado a conversa inquietante.

— E o Guardião queimou sua pesquisa — disse ele devagar, em tom doentio. Por quê? Por que o Guardião de Azeroth ficou com tanta raiva a ponto de destruir as anotações do garoto? Será que tinha tanto ciúme assim do Noviço? Hadggar estava fazendo um bom trabalho com a pesquisa, ainda que Lothar não gostasse de admitir. Nada disso fazia sentido. Quanto mais descobriam, mais as coisas ficavam turvas. *Medivh, velho amigo... o que está acontecendo?*

Lothar procurou alguma coisa para dizer.

— Provavelmente o Guardião estava tentando proteger você. — Hadggar o fitou com curiosidade. Suas sobrancelhas, escuras e elegantes como asas de corvo, se franziram numa preocupação que não foi totalmente aliviada pelas palavras do comandante. — Agora vá — disse Lothar em tom amigável.

Hadggar assentiu e obedeceu, agora acostumado com as provocações de Lothar. O sorriso sumiu do rosto do comandante enquanto ele via o mago se afastando.

13

Tinham passado a manhã fazendo preparativos. Durotan estava mais satisfeito que poderia dizer por Orgrim ter dado apoio integral ao seu plano. Seu segundo em comando havia insistido em levar alguns batedores até o local do encontro. Eles iriam examinar tudo, explicou Orgrim, e então Durotan e os outros poderiam se juntar. Enquanto isso, o chefe dos orcs Lobo do Gelo havia alertado discretamente o clã sobre suas intenções, falando com eles e afastando as preocupações. Agora vários guerreiros estavam a postos abaixo da rocha negra. Queimaram galhos de sempre-verde, lançando um sinal de fumaça perfumado que, Durotan esperava, guiaria os humanos até o lugar específico.

A área era pedregosa e descampada. A montanha negra e seus contrafortes se erguiam sobre o caminho sinuoso e estreito que era a única estrada até o local do encontro. Orgrim se postava atrás dele. O olhar de Durotan, por sua vez, se fixava no caminho, atento a qualquer sinal de movimento. Dissera para Garona chegar quando o sol estivesse mais alto, e o momento já havia passado. Os humanos estavam atrasados. Será que viriam?, perguntou, desanimado. Será que Garona...

Alguma coisa reluziu na trilha. Durotan franziu os olhos, esforçando-se para enxergar. Houve outro clarão, e ele percebeu que observava uma longa fileira de humanos com armaduras, montados em seus animais com cascos.

— Armas — gritou Durotan. Imediatamente seus guerreiros pararam de alimentar o fogo e foram se armar. Estavam tensos, assim como Orgrim. Durotan nunca tinha visto o amigo tão pouco à vontade. Entendia. Ele também nunca sentira tamanha inquietude antes de uma conferência ou uma batalha. Eram tempos estranhos, mas ele se sentia resoluto quanto a sua escolha.

— É um bom lugar para uma emboscada — comentou Orgrim, olhando para os picos ao redor.

— Nossas sentinelas estão bem posicionadas.

Orgrim resmungou.

— Vou verificar de novo — disse, então se afastou. Durotan assentiu distraidamente, com toda a atenção fixa na fila de soldados que serpenteava pelo caminho em sua direção. Eram quarenta, talvez cinquenta, no total. Ao seu lado, a guerreira Zarka fungou.

— Eles trazem tantos. Devem estar com muito medo.

— Poderiam ter trazido muito mais — observou Durotan.

— Talvez tenham trazido.

— Nesse caso Orgrim vai descobrir.

— Chefe... — Zarka olhou para Durotan. — Eu sigo você, mas não gosto disso.

— Não gostamos de ter sido obrigados a deixar nosso lar, mas não tínhamos escolha. Acredito que agora também não temos.

Zarka olhou interrogativamente para o chefe e, em seguida, bateu com o punho no coração, saudando-o. Durotan levantou os olhos e viu Orgrim. Seu segundo em comando estava numa crista acima. Ele se virou para o amigo e fez um sinal amplo com os braços: *Está tudo bem.*

Agora estavam mais perto, o jorro de humanos e animais se espalhando no piso do vale. Por fim, a uns 15 metros de distância, o humano que vinha à frente levantou a mão e os soldados pararam. Ele usava uma armadura que, para Durotan, parecia delicada e decorativa. Sua cabeça estava descoberta, assim como a do homem que cavalgava ao seu lado, com olhos azuis afiados como uma espada. Os dois desceram das montarias, e Garona os acompanhou.

Mate-os, gritou alguma coisa dentro dele. *Eles não são orcs. Mate-os!*

Não. A vida de meu povo é mais importante que a sede de sangue.

Apertou as mãos com força, não para usar o punho, mas para impedi-las de tremer no desejo de envolver os finos pescoços dos humanos. Os humanos deram vários passos na direção dele e pararam, esperando que ele diminuísse a distância.

Durotan fez isso, chegando a poucos metros deles. *Como são pequenos!*, pensou. *Como são frágeis! Mais parecidos com Garona que conosco. Mas como são corajosos!*

— Você pediu para falar com o rei humano — disse Garona. E indicou o homem de cabelos e olhos escuros. — Aqui está ele.

Durotan não conseguiu se obrigar a dizer uma palavra. Estava ocupado demais tentando controlar os instintos. Os humanos trocaram olhares, e o rei rompeu o silêncio tenso com sua língua estranha e entrecortada.

— Este é o rei Llane — disse Garona. — Ele diz: soube que você deseja conversar.

Durotan respirou fundo, obrigando-se a permanecer calmo, e assentiu. O outro homem, perto de Llane, disse algo rapidamente, olhando para Durotan com uma cautela razoável.

— Anduin Lothar deseja saber se vocês planejam retornar para seu lar através do portal que estão construindo — traduziu Garona.

— Nosso mundo está morrendo — disse Durotan. — Não há nada para o que voltar.

— Não somos responsáveis pela destruição de seu mundo — disse Llane através de Garona. — Uma guerra conosco não vai resolver nada.

Durotan suspirou e pensou nas palavras anteriores de Orgrim.

— Para os orcs — disse —, a guerra resolve tudo.

— Então por que está se reunindo conosco agora? — A pergunta foi feita por Llane, que olhava fixamente para Durotan. Pela primeira vez, desde o início da conferência, o chefe dos Lobo do Gelo encarou com firmeza aqueles olhos. Não viu medo neles; apenas atenção, firmeza e... curiosidade. Esse tal de Llane não sabia como os orcs eram honrados, ou o quanto Durotan havia lutado com aquela decisão. Não sabia nada além do que Garona tinha dito. E, no entanto, viera.

Viera pelo mesmo motivo que Durotan.

— Para salvar nosso povo — respondeu.

Quando a frase foi traduzida, o rei pareceu surpreso. Trocou olhares com o humano chamado Lothar, e Garona olhou para Durotan com expectativa.

— A vileza não tira a vida apenas de suas vítimas — explicou Durotan. — Ela mata a terra e corrompe quem a usa. Nós vimos isso acontecer antes, em meu mundo, Draenor. A terra morreu, as criaturas ficaram deturpadas... até os Espíritos sofreram. Gul'dan também envenenará tudo aqui com sua magia de morte, como fez por lá. Para que meu povo sobreviva, ele deve ser destruído. Dentro de dois sóis, os humanos que capturamos serão usados para alimentar o portal. Se vocês atacarem nosso acampamento e atraírem os guerreiros dele para longe, o clã Lobo do Gelo irá matá-lo.

Llane ouviu com atenção enquanto Garona traduzia, assentindo de vez em quando. Ele e Lothar conversaram. Em seguida, o rei se virou de novo para Durotan.

— Dois dias... Se fizermos isso, vocês vão proteger meu povo até lá.

Durotan pensou nas jaulas, no tormento suportado pelos que estavam ali dentro. A maioria dos orcs ignorava os humanos, mas alguns não. Esse rei, contudo, queria que eles ficassem em segurança; assim como Durotan desejaria, caso os papéis estivessem invertidos.

— Vou tentar... — começou ele, não querendo dar a palavra com relação a algo que talvez não conseguisse oferecer.

Suas palavras foram abafadas por um rugido, atrás dele. A toda volta, orcs de pele verde saltaram de onde estavam escondidos por rochas, árvores baixas e fendas nos penhascos de pedra, atacando os orcs Lobo do Gelo com machados, martelos e maças. Durotan viu a compreensão nos olhos castanhos de Llane no instante em que ele próprio percebia o que acontecera.

Tinham sido traídos.

E o coração de Durotan se partiu ao entender quem era o traidor.

— Para trás!

Lothar, o soldado de toda a vida, tinha se recuperado primeiro do choque, desembainhando a espada e saltando em cima de Confiante. Llane estava logo atrás dele, já montado em seu garanhão. Garona, com a cabeça tonta de choque pelo que tinha acabado de testemunhar, foi arrancada do horror por um estrondo monumental. Girou, puxando as rédeas de seu cavalo, e viu uma pedra enorme sendo jogada de cima do penhasco na direção deles. Sua montaria relinchou, aterrorizada, disparando e arrancando as rédeas de suas mãos. Os outros cavalos sem cavaleiros foram atrás. Lothar tinha dito a Garona que aqueles animais eram treinados para combate, mas obviamente não para isso.

A mestiça uivou de fúria porque estava sem armas, a não ser a pequena adaga com joias que fora presente da rainha. Ela seria menos que inútil contra maças, machados e manguais. Frustrada, olhou rapidamente ao redor. Viu pequenas figuras de pele verde em cima das paredes do cânion; sem dúvida aqueles orcs é que tinham rolado as pedras. Mais orcs desciam atrás dos soldados do rei, bloqueando a única rota de fuga. Outros explodiram de pilhas de pedra aparentemente inofensivas ao longo do caminho.

A batalha era feroz. Llane e Lothar cavalgavam seus corcéis em meio ao caos, tentando defender os que tinham demorado um pouco demais e agora lutavam a pé. Um grito enorme de sede de sangue jubilosa veio da direita. Garona se virou.

A pele daquele orc não era simplesmente tingida de verde, mas saturada com a cor. Ele era enorme, quase tanto quanto Mão Negra, e segurava um escudo gigantesco adornado com o crânio de algum animal com dois chifres. O orc estava usando esse escudo, de modo muito eficaz, como uma segunda arma. Atravessou o grupo de soldados com armaduras como um animal em plena investida, sem diminuir nem um pouco a velocidade. Espalhou-os como se não passassem dos minúsculos soldados de brinquedo que Garona se lembrava de ter visto na sala dos mapas, derrubados por um gesto casual de mão. Os dois chifres afiados na frente do escudo encontraram um alvo: o cavalo de Lothar.

O medo baixou sobre Garona, diferente de tudo que ela já havia conhecido. Anduin Lothar certamente morreria, bem à sua frente, e ela não podia fazer nada para ajudar. Tinha testemunhado batalhas e mortes, mas nunca havia sentido nada além de ressentimento e raiva contra os que tombavam.

Não foi isso que sentiu por Lothar.

Ao mesmo tempo que aquele estranho aperto de terror segurava a garganta de Garona e transformava suas tripas em gelo, Lothar saltou para longe do animal agonizante, com uma leveza que lhe fazia parecer que não usava armadura. Ao mesmo tempo, levantou a espada e a baixou em ângulo por trás do grande escudo, cravando-a no pescoço do orc. O adversário tombou, acompanhando em segundos o cavalo que havia matado.

Lothar girou e então parou para pegar uma lança abandonada por um dos soldados de Llane. Levantou a cabeça e encontrou o olhar de Garona. Por um instante, os dois se entreolharam. E então, decidindo, Lothar jogou a lança para a mestiça de orc. Ela a pegou com facilidade, os dedos se curvando em volta da arma. Um júbilo contido cresceu dentro dela. Agora podia se defender com honra, e Anduin Lothar havia acabado de lhe dar um voto de confiança.

Enquanto outro orc avançava, Lothar girou com a espada reluzindo ao sol. Ela se chocou com o metal da lâmina de um machado, mas não se partiu. Aço guinchou contra aço, e fagulhas voaram conforme a lâmina de Lothar deslizou ao longo do cabo do machado e se cravou fundo no braço do orc. De repente o grande machado se balançou sem controle quando a mão do adversário, que ainda o segurava, ficou pendendo do braço por apenas alguns tendões. Lothar aproveitou a pausa momentânea para cravar a espada no peito do orc.

Um terceiro o atacou. Lothar correu para ele. Não diminuiu a velocidade enquanto se aproximava de um cavaleiro montado, em vez disso se abaixando e deslizando por baixo do cavalo apenas para emergir, com a espada a postos, e golpear para cima, estripando o orc espantado.

— Llane — gritou ele acima dos ruídos da batalha. — Você não tem utilidade para nós morto! Vá embora! Eu pego os outros!

O rei também estava se sustentando na luta enquanto gritava de volta.

— Vamos sair *todos*! Medivh vai cobrir nossa retirada!

Lothar não havia parado durante os ataques. Agora os homens gravitavam em sua direção, como se ele fosse um estandarte vivo e os outros tirassem forças de seu suprimento aparentemente ilimitado de energia.

Medivh.

O nome do Guardião tirou Garona de seu fascínio pela ferocidade espantosa de Lothar. Antes, enquanto se aproximavam do ponto de encontro, Medivh havia dito que poderia protegê-los melhor se pudesse ver todos. Tinha levado seu cavalo para cima, para observá-los de lá. Agora Garona afastou os olhos de Lothar e levantou a cabeça, tentando enxergar o Guardião. Onde ele estava? Por que não agia?

Não o viu. Mas viu outra pessoa.

Mão Negra, montado num lobo, examinando a emboscada.

E ao lado do chefe guerreiro de Gul'dan estava Orgrim Martelo da Perdição.

14

Raiva, pura e incandescente, alimentou Garona. Na contramão de qualquer pensamento racional, ela começou a se mover na direção do penhasco. Com o olhar fixo em Orgrim, não viu o orc que a atacava pelo lado até que ele começou a gritar. Ela girou, rosnando, e viu o orc se retorcer em agonia. Pequenos pedaços de fogo laranja e líquido o bombardeavam. Garona sibilou quando sentiu o cheiro da carne dele cozinhando. Ele morreu depressa, mas em óbvio sofrimento.

Acima do corpo do orc estava Hadggar.

— Você está bem? — perguntou ele.

Fora salva por um garoto. Um garoto que podia brandir a magia como um xamã ou um bruxo, e que podia invocar e direcionar lava, mas, ainda assim, um garoto. Assentiu em agradecimento e depois se virou, pronta para travar sua própria batalha com a lança de Ventobravo. Um orc de pele verde a atacou, lamentavelmente subestimando-a enquanto ela berrava e o acertava na boca. Enquanto buscava libertar sua lâmina do cadáver, Garona percebeu que estava olhando diretamente para o rei. Ele lutava em desespero, sem perceber o orc que vinha por trás, com a lâmina enorme e curva de seu machado de guerra levantada para um golpe mortal.

Garona não permitiria que esse humano que havia confiado nela, cuja companheira até mesmo a havia armado com a própria faca, caísse diante de um orc traiçoeiro. Com toda a força e a velocidade do corpo, abriu a boca num grito de batalha e correu para o pretenso assassino. Os olhos de Llane se arregalaram enquanto ela investia, aparentemente em sua exata direção, e mergulhou de lado. Garona empalou o enorme orc verde como se ele fosse uma peça de carne.

O golpe deveria tê-lo matado, mas só pareceu deixá-lo com raiva. Com o corpo de um verde quase tão intenso quanto o do antigo senhor de Garona, o orc lançou um insulto. Ela não quis esperar que ele morresse. Uivando, sacou a faca de Taria e cortou-lhe a garganta. Sangue verde voou, saltando da artéria cortada e espirrando nela e no espantado Llane. Garona puxou a lança para libertá-la, e o orc caiu pesadamente no chão e girou, com a atenção afastada do rei.

O olhar de Garona encontrou o do rei por cima do corpo. Ofegando, Llane assentiu; sabia que ela havia salvado sua vida.

— Onde está o maldito Guardião? — murmurou Lothar. Estava enfiado no meio dos inimigos, desviando-se, golpeando e se abaixando. Sua espada encontrou uma abertura quando um orc levantou o machado e ele estocou. Distanciado, percebeu, enquanto a criatura tombava quase imediatamente, que a anatomia dos orcs era suficientemente parecida com a dos humanos para seu objetivo.

Arriscou um olhar rápido para ver se encontrava Medivh, e, em vez disso, viu o filho. Callan estava se sustentando em batalha, arrancando uma lança das mãos enormes de um orc enquanto se abaixava a tempo de evitar o golpe de outro que usava uma gigantesca clava de guerra.

Mais adiante do garoto havia um grupo de soldados. Pareciam pateticamente pequenos lutando contra aqueles monstros gigantes. Lothar olhou para Llane, angustiado. Proteger o rei — ou os soldados, que estavam em menor número e sendo derrotados implacavelmente?

— Vou pegá-los!

A voz era jovem, mas decidida. Era de Callan. Lothar ficou primeiro surpreso, depois terrivelmente orgulhoso. Seu filho tinha visto e entendido imediatamente o dilema do pai. O garoto matara o orc com o qual estivera lutando e agora, decidido, ia ajudar os companheiros.

Pai... sou um soldado.

Lothar se demorou um momento observando seu filho correr para os companheiros de armas, gritando:

— Formação de escudos! — Os soldados se juntaram e levantaram os escudos à frente do corpo. Por que...

E então Lothar entendeu. Um orc monstruoso em cima de um daqueles lobos demasiado crescidos os atacava, saltando e, depois, incrivelmente, *escalando* as camadas de escudos de Ventobravo. Espadas, lanças e piques se projetaram entre os escudos, e o lobo uivou piedosamente, tropeçando enquanto seu sangue escarlate manchava a proteção dos homens do rei. O bicho morreu um instante depois, mas os soldados desmoronaram sob o peso do lobo e do orc.

Isso aconteceu em alguns segundos, mas o rápido vislumbre bastou para Lothar reconhecer o inimigo. Na última vez em que o tinha visto, a fera havia ordenado uma retirada, com a mão direita queimada, sangrenta e despida de vários dedos, cortesia do pau de fogo de Magni. Mas agora ele tinha um membro novo e mais horrível: uma garra enorme, monstruosa e brilhante, com cinco lâminas substituindo os cinco dedos.

Lothar olhou ansioso para o platô no alto.

— *Medivh!* — gritou. Em seguida se virou de novo para os soldados que tinham escapado do colapso da barreira de escudos, lutando desesperadamente.

E se deparando com os olhos implacáveis do orc com a garra no lugar da mão.

Agora entendia o que era aterrorizante naquelas criaturas. Elas eram enormes, e algumas tinham pele verde. Algumas usavam crânios pendurados no pescoço, e suas armas eram quase do tamanho dos humanos que matavam. Tinham mandíbulas feias e presas na boca. Mas o que as tornava mesmo horripilantes não era nada disso. Era o fato de que não eram meras "criaturas". Já que, naqueles olhos minúsculos e escuros, Anduin Lothar viu não somente sede de sangue e ódio, mas também uma inteligência feroz.

E nesse momento, naqueles olhos, Lothar viu o reconhecimento.

O orc começou a vir objetivamente na sua direção, retalhando qualquer um que tentasse impedi-lo de baixar sobre o humano que o havia privado de uma das mãos.

Certo então, seu desgraçado, pensou Lothar. *Venha, e eu arranco a outra...*

Uma luz explodiu diante dele, acompanhada quase simultaneamente por um trovão ensurdecedor. Ouviu Llane gritar:

— É obra do Guardião! Depressa! Recuem para o platô!

Outro clarão ofuscante e um trovão de rachar os tímpanos, e outro, e outro. Agora vinham seguidos, centenas de relâmpagos chiando, luminosos. Golpeavam a terra e se demoravam lado a lado, formando uma parede em expansão que separava os humanos de seus atacantes; uma cerca de energia mortal que atravessava o vale.

E o orc monstruoso com mão artificial estava do outro lado. Lothar não pôde deixar de rir, principalmente de alívio, enquanto o adversário inclinava a cabeça para trás e urrava, impotente.

— Vamos! — gritou Llane, esporeando o cavalo e passando no meio de seus homens, guiando-os para o platô e para uma área aberta. Lothar aproveitou o momento para recuperar o fôlego e sorriu com alívio ao olhar para cima.

— Medivh — sussurrou. Até esse momento não tinha percebido como estivera preocupado pensando que seu velho amigo poderia não ser...

Onde estava Callan?

Não...

Virou-se. Um pequeno punhado de soldados ainda lutava, tentando recuar. E, como o orc tatuado, eles estavam do outro lado da cerca feita por Medivh.

— Tire! — A palavra era meio exigência, meio soluço. Lothar olhou para o platô acima, tentando encontrar o velho amigo. — Tire a cerca! Medivh! *Medivh, por favor!*

O mundo se estreitou, e ele correu na direção de seu garoto, mas foi interrompido pelos relâmpagos capturados. Furioso, tentou enfiar a mão pelos espaços entre eles, para ver se havia um local por onde pudesse atravessar. Sua armadura chiou quando ele tocou a cerca, dando-lhe um choque e jogando-o para trás, mas ele avançou de novo, tentando encontrar um espaço, uma rachadura no muro de relâmpagos, um lugar por onde um garoto magro e novo, um garoto com os olhos da mãe, pudesse passar...

Era inútil. Havia apenas o muro errático, relampejante, as costas eretas de Callan e do punhado de outros soldados que tinham ficado presos, sozinhos com os monstros enlouquecidos de pele verde que agora avançavam para eles.

— Medivh!

Desesperado, Lothar trincou os dentes e empurrou o braço através da parede. O relâmpago não gostou daquela violação de seu poder e o castigou pela arrogância, deixando a armadura vermelha no ponto em que o tocava. Lothar insistiu, fazendo força até que sua mão se fechou sobre o ombro do filho. Callan se virou. Os rostos estavam separados apenas por alguns centímetros, mas era como se fossem mil léguas.

— Callan! — gritou ele. — Fique firme, filho!

— Pai...! — O raio estalou, e Lothar foi obrigado a tombar para trás. Callan olhou o pai com aquela expressão estranha, velha, conhecedora, que havia mostrado na enfermaria. Deu um sorriso triste, quase doce. Sabia. Cally soubera, também, quando a sombra da morte se estendeu sobre ela. Mesmo enquanto seus pulmões se enchiam pela última vez, ela havia usado a respiração preciosa para formar palavras de consolo para seu companheiro devastado. Furioso, Lothar tentou cavar o chão furiosamente, enfiando o braço através, de novo. *Ele está bem aqui — está perto demais, posso alcançá-lo, eu...*

Lothar o encarou, sustentou-lhe o olhar, enquanto os olhos de sua mulher sorriam de volta para ele a partir do rosto de um garoto — de um homem.

— Por Azeroth! — E Callan se virou e atacou o mar de pele marrom e verde que se aproximava.

Lothar enlouqueceu.

Lançou-se contra a barreira de relâmpagos, tentando atravessar, talvez pela simples força de vontade. Desta vez trincou os dentes contra os pulsos de energia e continuou empurrando. Sua armadura chiou, reluzindo em laranja onde as lanças de relâmpagos a tocavam, e ele a ouviu estalar.

Suportou o máximo que pôde, mas finalmente cambaleou para longe, com os nervos incendiados de dor, vendo os monstros enormes com seus retalhos de armadura e as armas de tamanho obsceno envolver o punhado de soldados, escondendo suas armaduras brilhantes.

Lothar soluçou, um grito áspero, convulsivo, que rasgou a garganta e o coração. Sua cabeça girou loucamente, procurando

Medivh, qualquer um, qualquer coisa, em busca de ajuda, incapaz de ajudar seu garoto, incapaz de abandoná-lo.

Seu olhar pousou no corpo de Confiante — e no escudo com o crânio chifrudo que havia tirado a vida do cavalo. Correu para o escudo e o levantou, os braços tremendo sob o peso. Manteve os pés firmes por pura força de vontade e investiu de novo contra o muro que estalava, tentando atravessar usando o escudo como aríete. Através de uma das órbitas vazias do crânio, grandes como sua própria cabeça, conseguia ver Callan lutando com habilidade e força que Lothar não percebera que o filho possuía. Ele estava firme.

Então a massa de corpos marrons e verdes recuou. Alguns olharam para o centro do círculo, outros voltaram os olhares para longe. O muro de relâmpagos chiou e cuspiu. Outro estrondo mandou Lothar para trás. Ele caiu com força, o corpo num espasmo. Dois de seus soldados o levantaram.

Callan estava combatendo um dos orcs verdes, uma fera enorme com um coque no topo do crânio e a mandíbula totalmente tatuada de preto. O garoto estocou com a espada, mas o orc prendeu a lâmina com a sua — uma coisa primitiva, serrilhada, que parecia o osso da mandíbula de um animal — e arrancou a arma das mãos de Callan.

O rapaz grunhiu, mas permaneceu firme. O lábio do orc se retorceu em um sorriso. Ele levantou a espada de Callan, pretendendo humilhar o inimigo ao derrubá-lo com a própria arma, mas o líder gritou em protesto. O orc baixou a espada e deu um passo atrás, cedendo a presa. Uma mão preta saltou, fez Callan girar e em seguida envolveu o pescoço do rapaz.

— Callan! — gritou Lothar. — Olhe para mim, garoto.

O orc se virou, encarando Lothar, jamais soltando seu filho. Devagar, cuidadosamente, Callan moveu a cabeça para olhar o pai.

Havia medo naqueles olhos, como haveria nos olhos de qualquer criatura sã. Lothar não suportou ver aquilo, não nos olhos de Cally. Também estava com medo, com um medo horrível, mais apavorado com o que se desdobrava numa inevitabilidade pavorosa do que com sua própria morte.

E assim, por Callan e não por si mesmo, Anduin Lothar não se lançou de novo contra os relâmpagos. Não gritou em fúria. Ficou parado, em silêncio, até mesmo pacificamente, com os olhos cor de avelã de Callan voltados para os seus. Lothar sustentou o olhar, mesmo quando o orc, finalmente entendendo o significado do prêmio que segurava, riu com satisfação profunda, a expressão esticando seu rosto medonho e deformado em volta das presas que se projetavam.

Virou-se de volta para Callan, levantou o braço com a garra sangrenta e o baixou.

Foi como se a arma tivesse mergulhado em seu próprio corpo, arrancando o coração enquanto cortava a armadura e a carne do rapaz. O orc levantou o corpo de Callan Lothar como se fosse um pedaço de carne num espeto. Jogou o filho de Lothar na direção dele, para se chocar e chiar contra as lanças branco-azuladas feitas de relâmpagos, depois cair inerte na pedra insensível.

Lentamente Lothar ergueu os olhos. Um ódio frio e limpo substituiu sua angústia, pelo menos naquele momento. E enquanto olhava o orc presunçoso e sorridente que tinha eviscerado a última coisa que ele amava, Lothar fez uma promessa aos dois.

Vou matá-lo. Não importa o quanto demore, o quanto isso me custe... vou matá-lo pelo que fez aqui hoje.

— Ele está aqui!

Ouvindo o grito de Garona, Hadggar fechou os olhos brevemente, aliviado. Foi depressa até onde ela estava de joelhos, junto do que a princípio parecia uma pilha de roupas descartadas. À medida que chegava mais perto, ele puxou o ar, vendo que se tratava do Guardião.

O único movimento era o leve subir e descer do peito de Medivh. Afora isso ele estava terrivelmente imóvel. Os malares se projetavam num rosto fundo, pálido e pontilhado de suor.

— O que há de errado com ele? — perguntou Garona.

Hadggar não tinha uma resposta decisiva, apenas suspeitas que não estava disposto a compartilhar. Pelo menos naquele momento.

— Precisamos levá-lo a Karazhan.

Garona assentiu.

— Vou arranjar cavalos.

— Vocês não vão chegar a tempo pela estrada. — A voz de Llane estava firme e forte. — Peguem um de meus pássaros.

O rei levantou a mão num sinal para um de seus homens, que assentiu e desenrolou um comprido tubo de couro. Levantou o tubo e começou a girá-lo em volta da cabeça. O instrumento captou o ar e produziu um assobio agudo. A resposta foi rápida: um ponto apareceu no céu, mergulhando na direção deles. Era um dos grifos reais cujas penas brancas e o corpo marrom de leão eram uma visão bem-vinda. As asas poderosas criaram um vento que soprou o cabelo de Hadggar quando o animal pousou, sacudiu-se e olhou com expectativa para o mestre dos grifos.

Alguns dias antes, Hadggar nem ao menos tinha visto uma daquelas criaturas. Agora havia montado nelas mais de uma vez, e era o mais experiente dos dois que subiam na sela do animal. Outros acontecimentos que haviam se desenrolado tinham mais importância e urgência, mas ele se prendeu a esse pequeno prazer no meio de todo o horror.

Montados no animal, Hadggar e Garona estenderam as mãos para pegar o corpo apavorantemente flácido de Medivh. Sem ao menos pensar, Hadggar deixou que Garona segurasse o Guardião, sabendo que ela era mais forte. Enquanto os braços dela envolviam Medivh, ele percebeu de repente como esse era um grande gesto de confiança. Ela também sabia, e assentiu, com um levíssimo traço de sorriso se curvando em volta das presas.

Llane acariciou a cabeça do grande animal, olhou-o nos olhos e ordenou:

— Karazhan! Vá!

Tristão estava à espera quando desceram correndo a escada da área de pouso até o aposento principal, com Medivh inerte nos braços musculosos de Garona. Hadggar viu que o serviçal não parecia nem um pouco surpreso, ainda que seu rosto já enrugado se franzisse mais ainda de preocupação.

— Coloque-o na fonte — instruiu Tristão.

— Tristão — perguntou Hadggar. — O que há de errado com o Guardião?

Como o próprio Hadggar, quando Garona tinha feito a pergunta, Tristão não respondeu. Meneou a cabeça branca.

— Eu disse para ele não sair de Karazhan — respondeu mais para si mesmo que para eles.

Juntos, Tristão e Garona colocaram Medivh na fonte mágica, arrumando-o com cuidado, deixando apenas a cabeça e o peito acima dos fiapos brancos de magia viva. Hadggar tinha enrolado sua capa em Medivh para protegê-lo do ar frio durante o voo. O pano se embolou embaixo da cabeça do Guardião quando eles o colocaram na fonte. Gentilmente, Hadggar levantou a cabeça de Medivh para tirar a capa.

Agora, enfim, Medivh mostrava alguns sinais de vida, ainda que vagos e confusos. Suas pálpebras estremeceram, depois se abriram. O coração do jovem mago teve um espasmo quando ele viu um levíssimo brilho de luz verde nos olhos de Medivh.

Suas entranhas se apertaram, e ele tentou engolir em seco.

— Preciso ir — disse bruscamente. — Precisamos da ajuda do Kirin Tor... Agora!

— Vá — instigou Garona.

Enquanto subia correndo a escada, Hadggar ouviu Tristão dizer a Garona:

— Preciso preparar alguns remédios. Fique com ele.

Hadggar não queria deixar o Guardião, mas não havia escolha. Sua boca parecia uma linha séria enquanto corria para a área de pouso, para o grifo e, que a Luz permitisse, para alguma ajuda àquele mundo antes que fosse tarde demais.

15

Draka era uma guerreira. Até então seu lugar sempre havia sido lutando ao lado do orc que era seu marido, chefe e melhor amigo. O nascimento do bebê ainda sem nome ali, naquele mundo novo, fértil, mas hostil, havia mudado tudo isso. A criança não era somente seu filho, ou o filho do chefe — era filho do *clã*, o único nascido dos Lobo do Gelo num tempo longo demais, e, apesar da cor inquietante, era amado por todos. Além disso, havia poucos orcs ali em Azeroth que não fossem necessários para a luta quase diária.

Tinha compartilhado os sentimentos do marido com relação a Gul'dan, sua magia maligna e o erro da batalha contra os humanos. Mas cada momento em que ficavam separados era um sofrimento. Uma coisa era irem juntos para a batalha, sabendo que a morte era uma possibilidade. Outra era ser deixada para trás, esperando, sem saber de nada.

Como se sentisse sua perturbação, o bebê começou a se remexer no cesto, abrindo aqueles olhos azuis lindos e estranhos, e estendendo as mãos minúsculas para ela. Gentilmente Draka segurou uma das mãozinhas e a beijou.

— Esta mão vai atirar a lança de seu pai, Golpeforte — disse a ele. — Ou talvez você prefira o grande machado Talho, hum?

O bebê gorgolejou, aparentemente feliz com qualquer arma que usasse algum dia no futuro, e o nervosismo no coração da mãe se aliviou um pouco.

— Meu guerreirinho precioso — murmurou. — Você é um orc de verdade, não importando a cor da pele. Vamos lhe ensinar isso.

Ele havia caído no sono quando a pele pendurada que servia de porta foi empurrada de lado. Era Durotan, suando, ofegando, com cada linha do corpo dizendo a ela, antes mesmo de falar, que tudo havia desmoronado.

Durotan a abraçou por um momento e então contou rapidamente o acontecido. Ela não disse nada, mas ficou balançando a cabeça. Não. Não. Não podia ser. Orgrim não poderia... jamais iria traí-los. Mas traíra.

— Você e o bebê devem ir embora — disse Durotan, quando terminou. Estendeu a mão para a criança, levantando-a com ternura mesmo naquele momento de crise. — Agora!

Uma forma se moveu, preenchendo a entrada. Mão Negra. Estava sujo de sangue, mas não tinha arma. Não precisava, não mais. A garra que ocupava o lugar de sua mão serviria. Agarrou Durotan pelo couro cabeludo e o puxou para trás. O bebê, na palma da mão do pai, berrou.

— Você é um traidor, Durotan! — gritou Mão Negra.

Tudo em Draka a instigava a atacar, mas, em vez disso, ela manteve o olhar fixo em Durotan. Ele não estava lutando, pelo menos com armas, e ela seguiria sua deixa.

— Não. — Durotan falava calmamente, e sua voz vinha de um profundo lugar de certeza. — Sou alguém que valoriza o que nós já fomos. Como você foi.

— Esse tempo passou — disse Mão Negra com raiva. Depois, mais suavemente: — Agora não passamos de combustível para a vileza. — O rosto do chefe guerreiro não demonstrava fúria nem ódio, apenas uma distanciada melancolia.

Draka foi levada a falar, surpreendendo até a si mesma:

— Somos mais que isso. *Você* é mais que isso. Ainda há esperança, Mão Negra. Não precisamos dar mais um passo por esse caminho.

Mão Negra a encarou, os olhos se estreitando, depois olhou para Durotan. Durante um momento longo, tenso, os três ficaram parados enquanto a criança chorava. Então, rosnando, Mão Negra soltou seu companheiro, empurrando-o. Durotan foi imediatamente até Draka, entregando-lhe o filho. Ela apertou o bebê contra o corpo. Ainda não havia raiva na voz de Mão Negra quando ele falou, mas, mesmo assim, o coração de Draka doeu de desespero.

— Não me faça tirar mais vidas inocentes, jovem chefe.

Ela continuava segurando o bebê, o olhar indo de Mão Negra a Durotan. O chefe Lobo do Gelo se empertigou, firmando-se.

— Se eu me submeter...

A mão de Draka saltou e segurou o braço do companheiro, as unhas se cravando na carne. Ele manteve o olhar fixo no chefe guerreiro. Continuou:

— ... você deixará meu povo em paz?

Mão Negra não respondeu. Draka sabia que ele não podia responder. Ele era o chefe guerreiro, mas prestava contas a Gul'dan. Mão Negra também sabia. Meramente abriu a cortina da tenda e esperou.

Um chefe deve sempre fazer o que for melhor para seu povo, lembrou Draka. Recusou-se a soltar o soluço, a dar voz ao som de seu coração partido. Ela mostraria coragem ao marido. *E além disso*, pensou com determinação, *não vou deixar que esse seja o fim.*

Quando seu querido se virou para ela, Draka se certificou de que ele só visse determinação e amor em seus olhos ao encará-

-los com intensidade. Eles eram orcs Lobo do Gelo. Sabiam que se amavam. Não fariam nenhuma cena diante de Mão Negra.

Aconteça o que acontecer.

Pensei num nome, tinha dito ela.

Vou escolher o nome quando o tiver conhecido... ou a tiver conhecido.

E como o grande Durotan vai chamar seu filho se eu não viajar com ele?

— Como vou chamar seu filho? — perguntou ela, contrariada, mas não envergonhada, que a voz embargou. Durotan baixou o olhar para o filho, e por um momento sua compostura desmoronou enquanto ele acariciava a cabeça pequenina com uma ternura indizível.

— Go'el — respondeu, e foi nesse momento que ela soube que ele não acreditava que voltaria. Durotan acariciou seu queixo com um dedo. Depois se virou para Mão Negra, saindo da tenda e da vida de Draka. Mas jamais de seu coração.

Mão Negra a fitou por um momento com expressão ilegível, então seguiu. A grande lança Golpeforte, que tinha pertencido a Durotan, a Garad e a Durkosh antes deles, caiu de onde o líder do clã Lobo do Gelo a havia colocado, chocando-se com o chão de terra batida.

Lentamente Medivh abriu os olhos, piscando. Lembrou-se das batalhas. De uma que havia compartilhado com Lothar e Llane, lutando ao lado deles como antes fizera. Lembrou-se dos orcs e da cerca de relâmpagos.

Mas houvera outra, uma batalha da qual seus amigos não poderiam participar. Antes que pudesse ajudá-los, Medivh fora obrigado a lutar contra a figura encapuzada que parecia se formar a partir das próprias nuvens de tempestade; uma figura cujos olhos reluziam em verde.

Forçou a imagem a se afastar. Ele não tinha sucumbido. Tinha permanecido com os amigos. Percebeu que estava de volta a Karazhan, mas não se lembrava de ter viajado até ali. Virou a cabeça e *a* viu.

— Você.

Um calor o preencheu, e ele sorriu para Garona. Ela suspirou um pouco, aliviada ao vê-lo acordado. O olhar de Medivh absorveu sua imagem. Tão forte. Tão linda e tão orgulhosa, apesar de tudo que tinha visto, de tudo que haviam feito com ela.

— Onde está o velho?

— Ele me pediu para ficar vigiando você.

— Pediu? — *Obrigado, Tristão.* O prazer se esvaiu um pouco. Medivh perguntou, quase com medo da resposta: — E o rei?

— Está vivo — tranquilizou ela.

Graças à Luz. Mas as palavras seguintes de Garona diminuíram seu prazer.

— O filho de Lothar morreu.

Callan, não. Medivh fechou os olhos e suspirou sem sofrimento. Não tinha conhecido bem o rapaz. Lothar sempre havia mantido o filho a distância, não apenas de si mesmo, mas também dos outros. A gentileza de Taria é que havia encontrado um lugar para Callan na guarda do rei, não Lothar.

— Não creio que Durotan soubesse sobre a emboscada. — Garona falava com intensidade.

Medivh se perguntou aonde aquilo iria dar.

— Concordo.

— Eu defendi a reunião — continuou Garona. Seus olhos escuros eram poços de arrependimento. — Lothar vai me odiar.

Como o próprio Medivh sabia muito bem, seis anos podiam mudar um homem. Não sabia se, na verdade, Lothar odiaria a orc que estava sentada ao seu lado, por isso não disse a ela que não.

— Isso a incomoda — falou em vez disso.

— Ele é um grande guerreiro. — As bochechas dela escureceram ligeiramente. — Ele defende bem seu povo.

Ah, pensou Medivh. Anduin. Fazia sentido. Examinou seus sentimentos por um instante, depois decidiu.

— Um bom companheiro para uma orc — disse cauteloso.

Garona franziu a testa e balançou a cabeça.

— Não sou orc. Também não sou humana. Sou amaldiçoada. Sou Garona.

O desprezo por si mesma e a desesperança em sua voz lhe trouxeram sofrimento. Ele a encarou por um longo momento e, então, chegou a uma decisão.

— Quando eu era mais novo — começou, deixando as palavras saírem como quisessem — eu me sentia afastado de meus parentes.

Fazendo parte do Kirin Tor, mas não de fato: era o projeto deles, seu bichinho de estimação. Separado da família consanguínea, criando uma "família" na companhia de dois companheiros imprudentes. E a consequência de suas aventuras...

— Viajei muito, procurando sabedoria. Procurando um modo de sentir uma conexão com todas as almas que eu deveria proteger.

Garona ouvia com todo o corpo, os olhos arregalados, as narinas se abrindo enquanto ela respirava. *Concentração de orc*, pensou ele, e uma dor agridoce, como ele não sentia durante anos, apertou seu coração.

— Em minhas viagens, conheci um povo forte e nobre, dentre eles uma fêmea que me aceitou como eu era. Que me *amou.*

Parte dele não queria continuar. Esse era seu fardo, seu grande júbilo e segredo; seu e somente seu. Só que não era. Não podia — não deveria — ser. Fez uma pausa antes de continuar, encarando-a com firmeza:

— Não era uma vida que eu estava destinado a levar, mas me ensinou uma coisa: se é de amor que você precisa — disse baixinho, a voz tremendo de intensidade —, deve estar disposta a viajar até o fim do mundo para encontrá-lo. Até mesmo *além*.

Garona baixou os olhos por um momento. Emoções guerreavam em seu rosto, geralmente tão fechado.

— Você deixou sua companheira? — perguntou ela.

— Vá encontrar Lothar — disse Medivh bruscamente. E desviou o olhar. Mesmo naquele momento, mesmo com ela, isso ele não podia compartilhar. Havia muita coisa que desejava dizer a Garona, mas aquela não era hora. Talvez depois. Se houvesse um depois.

— Devo ficar e vigiar você. — Honra. Lealdade. Coisas que ele tanto havia amado...

Medivh apertou o ombro dela.

— Esse é o trabalho de Tristão — respondeu ele.

Medivh ainda estava fraco, mas tinha forças suficientes para o que precisava fazer. Levantou-se do sofá, as mãos se movendo com habilidade, conjurando um círculo para ela. Não era um grande mistério para Garona o lugar onde Lothar estaria nesse momento. Parte da energia de Medivh, claro, chegava da cura proporcionada pela fonte mágica. Mas parte era criação própria. Suas escolhas. Sua decisão de, finalmente, depois de tantos erros, desastres e vidas partidas em consequência, fazer alguma coisa boa. Alguma coisa certa. Alguma coisa verdadeira e digna de quem ele havia amado tanto tempo antes; amado, perdido, mas jamais esquecido, nem por um dia, uma hora, um momento.

Pagaria caro pelo que estava fazendo. Mas tudo bem Algumas coisas valiam o preço.

Isso é para você, meu coração.

Ela ficou olhando enquanto o círculo surgia tremeluzindo; pulsando, irradiando luz azul. Medivh estendeu a mão e pegou um pouco de energia mágica; com ela fez uma flor pequena, perfeita. Era exótica e linda, luz tornada palpável, as cores mudando como uma brasa em fogo azul. Garona o tinha visto fazer magia, antes — magia perigosa, destinada a causar dano. Mas aquela era somente de cura. De esperança. Ela entendeu isso, como ele sabia que entenderia, e os olhos de Garona ficaram arregalados e suaves de admiração.

— Entre no círculo — instruiu ele.

Garona olhou para ela, depois olhou para o círculo e, então, lentamente, fascinada, movendo-se com mais delicadeza do que ele jamais vira um orc se mover, a não ser uma, ela obedeceu.

— Esse é meu presente para você — disse Medivh, com a voz áspera de emoção, enquanto estendia a flor luminosa. E se permitiu saborear esse momento, não dando qualquer sugestão de o quanto isso lhe custava.

Ela aceitou, os dedos verdes se fechando muito gentilmente em volta da flor mágica, olhando primeiro para ela, depois para ele.

A paz o preencheu, e ele recuou. A iluminação branca do círculo se espalhou para cima, tornando-se uma esfera, envolvendo Garona com segurança em seu casulo. O brilho branco aumentou, a claridade se tornando quase ofuscante, em seguida desapareceu... com Garona.

Medivh desmoronou.

O Leão de Azeroth estivera bebendo.

Estava esparramado no balcão da Estalagem do Leão Orgulhoso, cercado por garrafas vazias. Uma caneca igualmente vazia balançava em seus dedos. Seus olhos estavam fechados, e Garona se perguntou se ele estaria inconsciente.

Ela avançou um passo, tentando se mover em silêncio, mas, mesmo assim, Lothar ouviu e seus olhos se abriram. Não se virou para ela; apenas manteve o olhar fixo no teto. Garona se perguntou se deveria ter vindo. Talvez Medivh estivesse errado. Talvez fosse idiotice pensar que um humano poderia gostar de uma orc, em particular uma que poderia facilmente ser considerada responsável pelo assassinato brutal de seu filho único.

Mas pensou nas palavras do Guardião. Ela estava aqui. Iria falar. Pelo menos saberia que havia tentado.

— Sinto muito.

Ele não respondeu. Garona quase havia se virado para ir embora quando, finalmente, Lothar falou.

— A mãe de Callan morreu dando à luz. Eu o culpei por isso. Durante anos. Não vou culpar você.

Sua voz estava menos engrolada que Garona tinha esperado, e ele obviamente tentava manter um tom coloquial, tranquilo. Mas ela, que havia passado por tanta dor, podia reconhecer as notas afiadas, amargas, na voz de outra pessoa.

Os olhos dela se arregalaram ao ouvi-lo. Lothar estivera carregando um fardo grande demais... Garona avançou. Ele se sentou e deslizou de cima do balcão, recuando conforme a orc se aproximava. Ela parou. Lothar parecia quase tão mal quanto Medivh: pálido, a não ser onde as bochechas estavam vermelhas devido à bebida. Os olhos estavam injetados e inchados, e ele tremia. De repente girou, jogando a caneca na parede. Ela se despedaçou com um estalo musical.

Lothar estava num lugar que Garona conhecia bem. Um lugar onde a raiva, o sofrimento e a culpa colidiam numa profana trindade de tormento. Ele era agora, à frente dela, um soldado sem sua armadura: dolorido, em carne viva e incapaz de esconder isso. Ela deu um passo à frente, estendendo a mão para tocar-lhe o rosto, querendo fazer o que pudesse para aliviar a dor que obviamente o dilacerava por dentro.

— Ele era tão novo — sussurrou Lothar. Seus olhos estavam vermelhos de choro. Garona passou os lábios pelo rosto barbudo dele, tendo cuidado com as presas afiadas, depois recuou, olhando-o. — Em toda minha vida — disse ele com voz rouca —, nunca senti tanta dor..

A voz de Lothar e o coração de Garona se partiram na última palavra. Então ele sussurrou:

— Quero mais...

Garona entendeu imediatamente. Durante toda a vida ela, a amaldiçoada, havia sentido dor. A que mais doía jamais era a dor física de ossos quebrados ou pele rasgada. Era a dor que os pontos costurados, os emplastros e as bebidas curativas não podiam consertar: a dor da alma, do coração. Por mais de uma vez tinha encontrado cura e folga desse tormento na dor física, que proporcionava uma distração e permitia que o espírito, de algum modo, encontrasse seu próprio caminho. Às vezes isso não funcionava, mas às vezes dava conta do recado.

Ele levantou os olhos, e, se houvesse alguma dúvida de que ela o amava e de que seu lugar era ali, isso desapareceu como névoa ao sol.

Estendeu a mão para ele, tocando suavemente seu rosto. Lothar fechou os olhos, e as lágrimas, quentes e molhadas, escorreram por baixo das pálpebras comprimidas. Então, lentamente, pronta para parar se ele não quisesse isso, Garona começou a cravar as unhas.

Os olhos dele se arregalaram bruscamente, e, naquelas profundezas azuis, Garona viu desejo. Lothar estendeu as mãos, puxou-a e comprimiu a boca contra a dela.

E então não houve dor alguma.

16

Fosse dia ou noite, não fazia diferença. O trabalho de construir o Grande Portal continuava, quer fosse feito à luz do sol ou das tochas, como agora. Orgrim olhou brevemente para os orcs, que labutavam à luz tremeluzente, e para a construção, que desaparecia acima, na escuridão. A coisa ia rápida. Ficaria pronta a tempo.

Porém havia mais coisas em sua mente do que o portal. Antes das decisões daquele dia, sua vida tinha parecido simples. Escolhas tinham sido claras. Era Durotan que sempre parecia agonizar nos tons de cinza quando, para Orgrim, tudo era preto ou branco. Mas, agora que tinha tomado sua decisão, entendeu subitamente os pensamentos com os quais seu amigo havia lutado. Naquele momento, Orgrim estava ao lado de Gul'dan, que ocupava uma cadeira esculpida com ornamentos numa plataforma acima do portal, supervisionando o trabalho, como orcs comuns observariam formigas.

Do outro lado de Gul'dan estava um escravo humano. Parecia que, depois de seu bichinho de estimação, Garona, tê-lo traído, o bruxo sentia a ausência de alguém agachado aos seus pés. Mas Garona nunca tivera esse aspecto: pálida, emaciada, olhando para coisa alguma. Orgrim podia contar as costelas do humano.

Não era uma visão agradável, por isso olhou para o Grande Portal. Apontou para as duas estátuas que flanqueavam o que seria a abertura. Eram representações da mesma figura — um ser alto, esguio demais, cujo rosto estava escondido por um capuz.

— Quem é?

— Nosso... benfeitor — respondeu Gul'dan, a voz ronronando com a palavra.

Orgrim fungou, com surpresa.

— Um mundo novo em troca de uma estátua? Os deuses são criaturas estranhas.

Gul'dan deu um risinho. Desde que havia chegado à Serra do Fogofrio, pedindo que os Lobo do Gelo se juntassem à Horda, o bruxo tinha inquietado Orgrim. Nunca o inquietava mais que ao sorrir.

— Clã Lobo do Gelo — disse o bruxo. — Vocês são um povo prático. Nós, do sul, sempre admiramos isso. — Ele se virou para olhar o escravo, sorrindo com aparente afeto. Estendeu a mão, e seus olhos e as pontas dos dedos arderam num verde brilhante. Balançou a mão com languidez. Uma trilha fina, nevoenta, saiu do humano para os dedos verdes de Gul'dan. Os olhos do humano se arregalaram numa agonia aterrorizada, mas ele não emitiu nenhum som. Começou a lutar, debilmente, e a engasgar, murchando diante do olhar de Orgrim. Era como se Gul'dan estivesse literalmente bebendo a energia vital da criatura.

E está, pensou Orgrim. *Que os espíritos nos ajudem, está*. Descobriu que precisava lutar contra o instinto de fugir.

Gul'dan baixou a mão, e o humano relaxou, o peito magro arfando.

— Quando o portal se abrir — e a voz de Gul'dan estava leve, quase sonhadora — e o resto da Horda se juntar a nós, vamos dar a vileza. A todos.

Os punhos de Orgrim se apertaram.

— Durotan não concordou com isso — reagiu com raiva.

— E por que você se importaria com o que aquele traidor pensa?

Os olhos de Gul'dan estavam radiantes com o tom verde luminoso da vileza. *O quanto dessa coisa ainda é um orc?*, pensou Orgrim com uma onda de horror. Quando o bruxo falou, a voz saiu estridente, áspera e cortante:

— É hora de um novo líder para o clã Lobo do Gelo. Um líder que tenha em mente o melhor para seus orcs. Um líder — e ele pôs a mão sem modéstia no próprio peito — que aprecie a visão de Gul'dan. Seu poder!

Os lábios verdes se esticaram num sorriso largo, e de novo ele estendeu a mão para o escravo, tomando outro gole da energia vital daquela criatura patética.

— Venha — disse Gul'dan, enquanto o humano, agora pouco mais que um esqueleto, tombava ofegante. — Vou lhe conceder a vileza.

Meu senhor é sinistro e perigoso, dissera Garona a Durotan, aos orcs Lobo do Gelo. Garona, que havia arranjado para que os humanos se encontrassem com Durotan. Garona, verde como Gul'dan, porém mais diferente dele do que poderia ser imaginado.

Ela havia dito isso e estava completamente certa. Será que ela — e Durotan — estavam certos em se aliar com os humanos contra ele?

— Durotan, ele... — Orgrim lutou para parecer sincero, mas seu coração estava martelando. — Ele envenenou os orcs Lobo do Gelo contra a vileza. Deixe-me reuni-los. Trazê-los para cá. Conceda-me a vileza diante deles, deixe que vejam como me torno muito mais forte.

Os olhos de Gul'dan se estreitaram. Orgrim se obrigou a projetar calma, encarando com firmeza aqueles olhos, ao mesmo tempo que, de esguelha, percebia o humano tentando respirar, ofegante. O bruxo pensou a respeito.

— Como eu disse — observou Gul'dan finalmente —, vocês são um povo prático. Chame-os, então. Isto aqui não é Draenor, Lobo do Gelo. É um novo alvorecer! É o tempo da Horda.

Voltou a atenção de novo para o escravo, com o lábio se repuxando em desprezo enquanto o homem estendia a mão para ele, implorando.

— Seja temido — disse Gul'dan. — Ou seja alimento.

Gul'dan fechou abruptamente o punho e puxou. A corda entre os dois se partiu. Os olhos do humano se viraram para trás na cabeça, e ele desmoronou. Orgrim olhou para o cadáver que parecia uma casca de papel enrugada. Inclinou a cabeça e saiu. Assim que estava a uma distância suficiente das tochas, começou a correr. Tinha certeza de que Gul'dan não havia acreditado nele. Só esperava ter conseguido tempo suficiente para seu clã.

Mas não tinha.

Uivos e gritos rasgaram o ar da noite, e, enquanto ele se aproximava do acampamento dos orcs Lobo do Gelo, viu uma cabana irromper em chamas.

— Gul'dan não quer desperdiçar seu poder com o clã Lobo do Gelo! — Ouviu um grande membro do clã Brado Guerreiro, verde de vileza, declarar. Aquele orc nunca mais diria outra coisa. Orgrim diminuiu a distância, levantou-o do chão e bateu a cabeça dele para baixo, em ângulo, contra sua própria careca. O pescoço do orc Brado Guerreiro se partiu. Orgrim jogou o corpo longe e foi em frente.

Durotan, velho amigo, me perdoe.

Correu para a cabana do chefe. Draka girou, um dos braços encostado no filho dentro do berço, o outro segurando uma adaga enorme, perversa, que poderia cortar a garganta de Orgrim com a mesma facilidade com que um dia abrira a barriga de um talbuque.

— Vou me banhar no seu sangue! — rosnou ela, os olhos duros de ódio.

— Talvez — concordou ele com tristeza. — Mas não agora. Não posso lhe dar muito tempo, mas posso conseguir uma dianteira. — Ele fechou a cortina da tenda. No instante em que se virou de novo para ela, Draka estava com a lâmina da adaga em sua garganta. Orgrim sabia como ela desejava cortar sua jugular. Via isso nos olhos dela, podia sentir no leve tremor da lâmina contra sua carne. E ela estava certa nesse desejo.

Draka falou como se cuspisse:

— Por que eu deveria confiar em você? Você traiu todos nós!

Orgrim indicou o bebê.

— Você se lembra do que eu lhe disse antes de partirmos para nos juntar à Horda? Jurei que *nunca* deixaria que nada de mal acontecesse a você ou ao bebê se pudesse impedir. Não posso parar o que pus em movimento, mas deixe-me ao menos cumprir com essa promessa. Pelo seu filho, Draka, vá embora! Agora!

Draka olhou para ele, ouvindo os sons de assassinato e caos do lado de fora. Por fim, com expressão fria como o inverno na Serra do Fogofrio, baixou a adaga; não sem deixar um pequeno corte sangrento no pescoço do orc. Frustrada, girou e direcionou a fúria para a parte de trás da tenda e cortou uma saída.

Segurando seu filho com Durotan no pequeno berço, virou--se e lançou um último olhar de desprezo a Orgrim.

— Você deveria ter confiado no seu chefe, Orgrim Martelo da Perdição.

Nauseado de vergonha, ele descobriu que não suportava olhá-la enquanto ela saía na escuridão, e em vez disso verificou se ninguém se aproximava da tenda.

Assim que a ouviu partir, foi até o rasgo que ela havia feito e olhou para fora, vendo-a correr para as árvores e, se os Espíritos quisessem, para a segurança. Com o canto do olho, notou movimento enquanto um Olhos Sangrentos invadia a tenda, o olhar fixo na orc em fuga. Num gesto casual, Orgrim girou o Martelo da

Perdição e esmagou o crânio do outro. Afastou o olhar do cadáver e não viu sinal de Draka nem de alguém em seu encalço.

Agora precisava ver se havia outros orcs Lobo do Gelo que ele pudesse ajudar antes que fosse tarde demais. Em seguida, faria o possível por Durotan.

Hadggar havia saltado das costas do grifo enquanto este ainda voava, pousando na escada que levava à Câmara do Ar e subindo-a. Conhecia bem a sala. Ali estivera aos 11 anos enquanto os mesmos magos que estavam parados agora na plataforma circular o testavam e o consideravam digno. Ali a luz branca e prateada havia queimado o Olho em seu braço. Agora a marca pinicava enquanto ele retornava àquele lugar; algo que Hadggar nunca havia imaginado que faria.

— Hadggar! — gritou um mago. — Como ousa voltar aqui?

— Saia! — exclamou outro.

Hadggar virou o rosto para o magro e idoso arquimago Antônidas, prendendo o fôlego enquanto o Conselho dos Seis, todos vestidos com seus mantos violeta bordados com o Olho do Kirin Tor, o fitavam com desprezo.

— Vim procurar a sabedoria de vocês — disse ele.

A carranca de Antônidas se aprofundou.

— Não há mais nada para você aqui.

— O Guardião Medivh não está bem.

Murmúrios irromperam enquanto os seis trocavam olhares que iam de chocados a furiosos e ofendidos. Antônidas pareceu estupefato.

— O quê?

O jovem mago respirou fundo.

— Ele foi envenenado pela vileza.

Silêncio. Antônidas foi até a beira da plataforma. Parecia ter vontade de jogar um relâmpago em Hadggar, e aparentava se conter somente para não danificar as preciosas incrustações do piso. O arquimago praticamente rosnou:

— Ridículo.

A arquimaga Shendra, que jamais havia gostado muito de Hadggar, deu um passo à frente.

— *Você*, Hadggar, é que foi fraco! — Ela nem tentou disfarçar o desprezo enquanto apontava um dedo indicador ossudo em sua direção. — Foi *você* que sentiu necessidade de estudar aquela magia maldita que o Kirin Tor havia especificamente banido!

Não havia tempo para sermões nem para fazer pose ou discutir sobre quem estava certo ou errado, exceto abordar o que acontecia com Medivh. Hadggar não era o rapaz que havia partido apenas alguns meses antes. Vira mais horrores nos últimos dias do que, suspeitava, qualquer desses magos durante toda a vida. Não questionou as acusações de Shendra, mantendo o olhar fixo em Antônidas.

— O que vocês sabem sobre o Portal Negro? — perguntou o jovem.

— Você volta — zombou Antônidas — e acusa o Guardião...

Hadggar levantou o desenho que tinha mostrado a Lothar. O do Grande Portal e da figura misteriosa que convidava a Horda para Azeroth.

— O que é Alodi? — indagou ele.

A câmara ficou em silêncio. Antônidas pareceu perplexo. Sussurros soaram:

— Quem é ele para falar nisso?

— Como ele sabe?

Levaram-no para as entranhas da Cidadela Violeta. Hadggar sabia que a cidadela tinha uma prisão, mas nunca estivera lá. Isso não era considerado necessário; ele seria o Guardião de Azeroth, e os arquimagos cuidariam de Dalaran. Olhou ao redor, francamente pasmo com a miríade de alas mágicas, até que finalmente a porta de uma grande cela foi aberta e seus olhos se arregalaram ao ser escoltado para dentro.

O zumbido de vozes era estranhamente apaziguador enquanto Hadggar tentava captar tudo. Havia quatro magos posicionados nos pontos cardeais. Estavam parados rigidamente, os corpos retesados numa imobilidade de uma perfeição quase impossível, os olhos fechados. Só o que se movia eram as bocas, um encantamento regular fluindo dos lábios. Diante deles flutuavam placidamente símbolos púrpura, e desses fluía um jorro constante de magia de cor magenta.

No centro, cercado pelos magos e pelos símbolos, havia um enorme cubo preto que pairava a cerca de 30 centímetros do chão. A superfície negra ondulava, como se o cubo fosse composto de um líquido denso e lamacento. Quando os feitiços alcançavam o cubo, revelavam redemoinhos e marcas na superfície, cunhados numa língua que Hadggar não reconhecia.

— Alodi. — Foi tudo que Antônidas disse.

Isso decididamente não ajudava.

— O que é?

Sem que seu olhar jamais se afastasse daquela forma, Antônidas respondeu:

— Uma entidade de um tempo anterior à existência do Kirin Tor. Achamos que um dia ele realizou uma função similar à do Guardião.

Pergunte a Alodi.

— Um protetor... — sussurrou Hadggar, os olhos grudados na superfície do cubo que se ondulava com languidez.

Antônidas se virou para ele.

— Ninguém abaixo do arquiconselho sabe da existência dele... e isso *vai* permanecer assim! — Hadggar hesitou, depois assentiu em concordância.

O arquimago fez um muxoxo, mas parecia mais perdido que com raiva. Por fim disse:

— Você ter mencionado o nome dele no mesmo fôlego do portal negro é demais para ser mera...

Um movimento atraiu a atenção deles. Uma... rachadura fluida? Uma linha fluida? Hadggar não sabia direito como chamar a coisa que começou a subir verticalmente pela lateral do cubo voltada para eles. Um segmento semicircular tremeluziu, e Hadggar vislumbrou seu reflexo e o de Antônidas. Então aquilo simplesmente desapareceu, deixando uma área aberta. Mais negrume escorregadio jorrou da entrada recém-criada e ondulou, formando uma escada que levava ao interior escuro.

— ... coincidência — terminou Antônidas, debilmente.

A boca de Hadggar estava seca feito um deserto.

— Eu... eu devo entrar? — conseguiu dizer, a voz falhando ligeiramente.

— Eu não sei. — Antônidas fitava a forma com óbvio espanto. — Isso nunca aconteceu antes.

Pergunte a Alodi.

Bem, pensou Hadggar, sério, *aí está minha chance*. E devagar, com o coração na boca, avançou, subindo a escada que vibrava ligeiramente, para o coração da coisa que se chamava Alodi.

17

O cubo era tão negro por dentro quanto por fora. Hadggar subiu, parando no último degrau, depois deu um passo para entrar. Instantaneamente a parede atrás se fechou, e a da frente emitiu uma luz fendida. Ele sentiu que a superfície onde estava ondulou. Estava tudo em silêncio — um silêncio absoluto, um silêncio que Hadggar jamais havia experimentado.

— Alodi? — perguntou, e sua voz saiu alta e estranhamente chapada; sem ressonância nem eco, engolida como se ele não tivesse falado, como se jamais tivesse falado.

Então o silêncio foi rompido de novo; mas não por ele.

— Não temos muito tempo, Hadggar — disse a voz. Rouca, quente, feminina. Hadggar quase engasgou ao ver um calombo se materializar. — Usei o resto de nosso poder para trazê-lo até nós. — O calombo se mexeu, alongou-se. Agora parecia uma pessoa de pé, ainda coberta com a substância preta e escorregadia que compunha o resto do cubo. Enquanto Hadggar olhava, a forma se refinou. O material preto começou a se parecer mais com tecido, a forma se avolumou, ficando mais detalhada.

Hadggar ofegou.

— Eu conheço você! A biblioteca...

Era a forma misteriosa que havia indicado o livro para ele e depois sumido. O livro que tinha "Pergunte a Alodi" escrito nas páginas.

— Todos correm perigo — continuou Alodi, com tristeza. — Contamos com você. O Guardião nos traiu.

Hadggar pensou no brilho de verde nos olhos de Medivh, que havia instigado sua viagem ao Kirin Tor. Tivera esperanças de estar errado.

— Eu vi a vileza nos olhos dele — disse.

— Ele foi consumido por ela — continuou Alodi. — Se não for impedido... este mundo vai queimar.

Hadggar balançou a cabeça. Não era possível.

— Mas ele... Como isso pode ter acontecido? — Como uma pessoa a quem era confiado o bem-estar de um mundo inteiro quereria que ele fosse destruído? O que o havia tentado tanto a ponto de fazê-lo trair de modo tão completo os que estavam sob seus cuidados?

Alodi o olhou com grande compaixão por baixo do capuz. O motivo que ela deu o chocou:

-- Solidão.

Hadggar a encarou. Será que uma coisa tão simples poderia mesmo minar alguém tão forte?

— Como todos os Guardiões antes dele, Medivh foi encarregado pelo Kirin Tor de proteger este mundo, sozinho. Seu coração era sincero — explicou ela em voz séria. — Ele era tão dedicado à tarefa que decidiu encontrar e dominar todos os tipos de magia.

O jovem mago escutava com a alma nauseada. Não queria ouvir. Não queria saber, mas precisava.

— Foi durante essa busca, nas profundezas do vazio, que ele encontrou uma coisa insidiosa, um poder de tamanho aterrorizante...

Alodi balançou a mão. Os confins negros do cubo desapareceram. Hadggar se pegou flutuando em um espaço vazio enquanto cores, imagens e formas giravam ao redor. Algumas ele podia reconhecer e nomear: oceanos, estrelas, roxo, azul. Outros conceitos eram tão desconhecidos que ele nem podia compreendê-los totalmente. No centro do caos exótico que revolvia em toda a sua beleza, estava o Guardião de Azeroth.

Seu rosto era jovem, iluminado de júbilo com o que via. Uma inteligência feroz brilhava naqueles olhos. Havia gentileza e um senso de travessura amigável nas pequenas linhas junto aos olhos verde-azulados e na boca ligeiramente aberta. Aquele era o Medivh que Llane, Taria e Lothar tinham conhecido. E de repente Hadggar entendeu por que eram tão leais a ele. Medivh corporificava tudo que um Guardião deveria ser.

E então, subitamente, a cor, como uma falha numa trama perfeita, começou a manchar as imagens celestiais de um Guardião trabalhando. Seus fiapos malignos, de um verde reluzente, escorreram pela cena como sangue derramado numa tigela de água pura. Mais e mais cores caíram diante do verde, e as imagens lindas se tornaram medonhas e distorcidas. Medivh fechou os olhos com uma careta, e, quando os abriu, eles reluziam verdes como a névoa que Hadggar vira pela primeira vez brotando da garganta de um morto.

Tinha praticamente se esquecido de Alodi, e a voz dela foi uma lembrança bem-vinda de que ele via o passado.

— Vileza — explicou ela.

Hadggar respirou fundo, estremecendo.

— Apesar das melhores intenções de Medivh, a vileza o consumiu, deturpando sua própria alma. Transformou seu amor por Azeroth numa necessidade insaciável de espalhar a vileza. — Alodi fez uma pausa. — Você deve enfrentá-lo, Hadggar.

Ele sentiu o sangue sumir do rosto.

— Eu... não tenho poder para derrotar um Guardião!

Alodi sorriu.

— "Guardião" não passa de uma palavra. Os verdadeiros guardiões deste mundo são as próprias pessoas. Sei que você vê o que o Kirin Tor não consegue enxergar e por isso o abandonou. *Ninguém* é capaz de se sustentar sozinho contra as trevas.

Ela estava certa. Hadggar sempre havia acreditado que o Guardião não deveria ficar em isolamento, que todo o fardo não deveria ficar sobre um único par de ombros. Achava que o Kirin Tor deveria se envolver mais com o povo com quem partilhava o mundo, não ficar altivo e separado dele. Mas, mesmo assim...

— Não entendo o que você quer que eu faça.

Alodi chegou mais perto, sua forma estranha e enfumaçada fluindo ao redor das linhas do corpo enquanto virava a cabeça para ele, deixando que Hadggar visse o rosto dela pela primeira vez. Ele ofegou baixinho. Em volta do rosto de Alodi havia os traços inconfundíveis da magia vil, similares a teias de aranha. Mas não eram verdes nem sinistros. Eram cicatrizes deixadas, apenas reminiscências de algo que estivera ali, mas não estava mais. De um ferimento curado.

— Sim — disse ela. — Entende sim.

E ele entendia. Não sofria como Medivh havia sofrido. Não estava sozinho. Medivh tivera amigos como Llane e Lothar, mas não pôde ficar perto deles. Sua tarefa — manter-se distanciado dos outros, supostamente para protegê-los — o havia deixado vulnerável. Era uma vulnerabilidade da qual Hadggar não compartilhava.

— Lothar — ofegou ele. — Lothar vai me ajudar.

Enquanto o rosto de Alodi, com as cicatrizes da vileza, sorria em aprovação de seu entendimento, sua forma começou lentamente a se dissolver. A voz continuou a chegar a seus ouvidos, mas agora fraca.

— Confie em seus amigos, Hadggar. Juntos, vocês podem salvar este mundo. Lembre-se sempre: da luz vem a escuridão, e da escuridão vem... a *luz*!

Tristão correu até a figura embolada e ofegante, caída no chão, que era seu senhor. Rapidamente pegou Medivh e o levou à fonte. Onde estava a jovem? Tinha pedido que ela ficasse com o Guardião! Então seu olhar pousou nas runas riscadas no chão, e ele entendeu.

Tristão empalideceu enquanto sustentava seu senhor e, com ele ao lado, cambaleava em direção à fonte. As energias brancas penetraram suavemente no corpo e no espírito do Guardião, aliviando-o, acariciando-o, lavando o aperto demoníaco da vileza. Seu olhar ficou lúcido, e ele tentou sorrir corajosamente.

— Obrigado, Tristão — disse Medivh, com a voz tão fraca que partiu o coração do velho serviçal.

— Você vai se recuperar, Guardião — disse Tristão, com uma certeza que estava longe de sentir. — Sempre se recupera.

Medivh balançou a mão magra demais.

— Não por isso. Por Garona. Obrigado pelo tempo que passei com minha filha.

O olhar astuto de Tristão se suavizou. Ele começou a falar e então ficou imóvel. Um fino fiapo de verde estava começando a tingir a brancura da fonte. Piscou, com esperança de ter imaginado, mas o tom verde reluzente e odioso penetrou no poço.

— Sinto muito, velho amigo. Parece que eu trouxe os orcs para este mundo.

Tristão balançou a cabeça, incrédulo. Medivh havia lutado contra isso por tempo demais. Não poderia fracassar agora. Não agora, quando...

— A vileza... me deturpou. Eu... nem sei o que mais posso ter feito. — Sua voz embargou. — Simplesmente não *lembro*. — Com o coração partindo, Tristão andou em volta do poço circular, observando a magia azul lutar e enfim ceder à verde. — Tudo que pensei proteger, eu destruí. — Abalado, Medivh foi até um dos lados da fonte, a cabeça pendendo, derrotado. — Não posso controlar a vileza. Ninguém pode.

Abruptamente Medivh saltou de pé, novamente forte. Seu corpo estava banhado na luz verde da magia poluída, mas os olhos — a parte branca e as íris — eram de um preto absoluto. Tristão recuou. Queria instigar seu senhor amado a lutar contra aquilo, empurrá-la de volta, como sempre tinha feito. Mas naquele rosto não existia mais nenhum traço do Guardião de quem ele havia cuidado por tanto tempo; nenhuma sugestão de bom humor amigável nem de dor pelo sofrimento dos outros, nem de amor pela jovem...

Havia sumido. Tudo. E o único pensamento que Tristão — mais velho que seria possível imaginar, que havia cuidado de tantos Guardiões de Azeroth — teve, enquanto a figura demoníaca se erguia diante dele e começava a sugar sua vida, foi que desejou ter morrido antes desse momento.

Llane estivera preocupado com Lothar. Seu amigo tinha visto o filho morrer, bem na sua frente, incapaz de fazer qualquer coisa. Llane sabia que, se tivesse perdido seu filho, Varian, algo nele se partiria de modo irreparável. E assim não falou nada quando Lothar saiu depois, dizendo apenas que "iria a Vila d'Ouro". Com que frequência ele, Llane, e Medivh tinham feito isso nos anos anteriores? Só que naquela época as bebedeiras e as farras eram para comemorar as alegrias da vida, e não para afogar a dor. No entanto, nessa manhã, quando Llane havia mandado Karos tirar Lothar da Estalagem do Leão Orgulhoso, por mais que sua agonia fosse profunda, o velho amigo cumpriu com o dever para com o homem que era seu amigo e rei, vindo obedecer à ordem. Karos sugeriu que Garona estivera com o comandante. Llane só pôde presumir que Medivh, tendo notado a atração entre os dois, havia garantido que se juntassem. Llane confiava em Garona. Tinha certeza de que a emboscada não fora armada por Durotan, e, se ela e Anduin pudessem se confortar mutuamente, Llane não julgaria, desde que o comandante tivesse condições de realizar suas tarefas. Lothar parecia capaz, mas havia nele uma dureza que não existia antes, uma teimosia e uma determinação; os dois ficaram debatendo estratégias durante uma hora. Llane estava exausto. Tinha retornado apenas para se limpar do suor e do sangue da batalha, beijar a mulher e o filho, tirar algumas horas de sono e estivera na sala dos mapas durante horas antes da chegada de Llane.

Pelo que parecia a milésima vez, e podia mesmo ser, Llane, Varis e um punhado de outros examinavam a maquete de Ventobravo com os olhos vermelhos.

— Cinco legiões para bloquear a Trilha do Vento Morto — disse, posicionando um marcador. — Mais dez aqui, aqui e aqui, ao longo das Montanhas Cristarrubra. Linhas de suprimento aqui. E o Mar do Leste os contém ao sul e a leste. — Ele olhou para Lothar. — Se mantivermos estas posições, estaremos nas condições mais fortes.

— Contenção — disse Lothar.

Llane suspirou e esfregou os olhos.

— Até que haja uma opção melhor, sim.

— E quando houver um número dez vezes maior deles? — desafiou Lothar. — E então?

Llane olhou para a mesa.

— Se houvesse respostas simples... — começou, mas Lothar o interrompeu.

— Nossa prioridade tem de ser impedir que esse portal seja aberto. Se fracassarmos aí, será apenas uma questão de tempo até que nos derrotem simplesmente pelos números.

Llane retrucou, tenso:

— O que você sugere?

Lothar se apoiou na mesa, o rosto perto do de Llane.

— Mandar tudo que temos. Destruir o portal, libertar nosso povo e acabar com a ameaça imediata.

— E os orcs que restarem?

— Cuidaremos deles mais tarde.

Não era suficiente.

— Depois de terem devastado todo o reino? — rebateu Llane.

Houve um som agudo, um clarão de luz azul e branca, e o Guardião de Azeroth apareceu na extremidade da mesa.

— Senhores.

Uma onda de alívio passou pelo coração de Llane. Medivh parecia estar em sua melhor condição desde que se juntara a eles depois da ausência de seis anos. Sua cor era boa, o rosto parecia muito menos anguloso, e o corpo estava ereto e alto.

Um sorriso se estendeu no rosto de Llane, um sorriso que ele não poderia ter suprimido nem se quisesse.

— Medivh! — exclamou. — Você está ótimo!

— É — garantiu o velho amigo. — Estou me sentindo restaurado.

— Precisamos de você — garantiu Llane. E indicou o mapa. — Estivemos discutindo nossas opções. — Ele olhou para Lothar e acrescentou: — Alguns de nós acham que *não* há opções. Precisamos de um olhar novo.

— Não trago somente um olhar novo. Trago esperanças novas — respondeu Medivh. — Eu me encontrei com Durotan.

— Você se encontrou com Durotan — respondeu Lothar.

Era mesmo ceticismo aquilo em sua voz? Preocupado agora, Llane se virou e viu o velho amigo brincando com uma das estatuetas do mapa.

— Ele *sobreviveu*? — Lothar parecia atônito.

Medivh se virou para ele.

— Sim. E me garantiu que a rebelião contra Gul'dan está ganhando força. Com a ajuda dos orcs Lobo do Gelo e seus aliados, podemos destruir o portal.

Medivh sempre tivera uma queda pelo drama, chegando na última hora para salvar o dia. Como estava fazendo agora. Llane sentiu a esperança crescer de novo.

— Isso não muda meu plano. — As palavras de Lothar eram duras.

— Que plano? — perguntou Medivh.

— Anduin acredita que deveríamos atacar com força total — explicou Llane. — Estou preocupado porque isso deixa o resto do reino indefeso. Admito que deveríamos impedir que os reforços cheguem, e tentar salvar os prisioneiros. Mas os orcs já demonstraram claramente que podem causar danos espantosos e muito mais perdas de vida.

Medivh assentiu, pensativo.

— De quantas legiões vocês precisariam para manter os orcs no lugar e defender o reino?

Llane lançou um olhar irritado para Lothar e respondeu:

— Vinte e cinco no total. Cinco para sustentar o desfiladeiro, dez para guardar a Cristarrubra, dez para guardar a cidade.

— Já perdemos dezoito legiões. Assim restam apenas uma... duas... três! — Lothar brandiu a estatueta, tirando os estandartes de metal inseridos nas suas costas e jogando-os na mesa enquanto contava.

Llane o ignorou.

— Isso pode ser feito, Medivh?

Lothar jogou a estatueta na mesa.

— Não! Não pode ser feito!

Houve uma pausa incômoda.

— Com três legiões, os orcs Lobo do Gelo e meu poder... — começou Medivh — nós...

Lothar virou seu olhar intenso para o velho amigo.

— Com todo o respeito, Guardião — disse, contendo-se —, recentemente seu poder se mostrou indigno de confiança, na melhor das hipóteses. — Ele se virou de volta para Llane. — Não posso comandar apenas três legiões contra aquela Horda esperando que ele salve nossa pele com magia!

Medivh não pareceu incomodado. Voltou a atenção para o rei.

— Llane. Alguma vez eu o deixei na mão?

— Se o deixou na mão? Onde você ao menos *esteve* nos últimos seis anos? — perguntou Lothar.

Llane ficou dividido. O que Lothar dizia era verdade. De fato, eles não tinham podido contar com Medivh. Mas agora ele parecia muito melhor. Muito mais forte, mais parecido com antigamente. Com certeza o que quer que estivera drenando-o fora resolvido. E sem dúvida Lothar não podia esquecer como o Guardião havia "salvado sua pele com magia" quando os trolls estiveram a ponto de tomar o reino. Medivh havia merecido a confiança deles no passado e tinha sido de grande ajuda recentemente, por mais exausto que estivesse.

— Por favor, Anduin — começou Llane. — Medivh é o Guardião...

Mas Anduin não deixou que ele terminasse.

— Não aquele que você recorda! Ele se perdeu! Está instável! E não vai estar presente quando você precisar de verdade.

Llane comprimiu os lábios com força. Mais que nunca precisava de seu comandante em ótimas condições. Foi rapidamente até Lothar.

— Controle-se, Anduin. — Sua voz estava firme e contida, mas não admitia desobediência.

O olhar de Lothar estava desvairado, desanimado, mas cheio de preocupação.

— Eu marcharia até o inferno por você, Llane, se sentisse que havia ao menos uma chance mínima de vitória! Você *sabe*! Mas isso é *suicídio*!

— É por causa de Callan? — A voz de Medivh estava calma, com uma leve sugestão de tristeza. O rosto de Lothar se congelou, e o corpo ficou rígido. Lentamente ele se virou para olhar o Guardião. — Foi uma tragédia...

O rosto de Lothar ficou cinza, e então ele ruborizou.

— Não. Se. *Atreva*.

Devia ser medonho para os dois, pensou Llane. Medivh obviamente não estivera bem, e seu ato de mandar relâmpagos para separar os grupos em batalha tinha salvado muitas vidas, quase ao custo de sua própria. De fato fora uma tragédia o pobre Callan ser surpreendido do lado errado daquela ação defensiva. Seria natural que Lothar guardasse ressentimentos contra Medivh, talvez que até o culpasse totalmente pela morte de Callan, pensou, triste, o rei. Mas não havia tempo para isso. Mal havia tempo para qualquer coisa.

— Se ele não estivesse se esforçando tanto para obter sua aprovação, talvez ainda estivesse conosco hoje — disse Medivh.

Lothar tremia violentamente. O suor brotava em sua testa.

— Medivh... — começou Llane.

— Callan não estava preparado. Você sabia, mas, mesmo assim, deixou que ele brincasse de soldado.

As palavras eram duras, e Llane abriu a boca para censurar o Guardião, pedir que ele se desculpasse para que pudessem se concentrar na situação difícil que enfrentavam, mas era tarde demais.

Lothar explodiu, berrando em fúria incoerente, saltando na direção de Medivh. Llane, Karos e todos os que estavam reunidos avançaram para tentar separá-los. Medivh recuou, as mãos levantadas, com magia defensiva rolando nas palmas, mas se conteve — diferentemente de Anduin — e não disparou o encantamento.

— Parem! — ordenou Llane, gritando a plenos pulmões. — Anduin...

— *Você* o matou!

Cinco homens seguravam o Leão de Azeroth; pareciam ter dificuldade para conter Lothar. O olhar dele estava fixado em Medivh, que mantinha a compostura apesar do comportamento quase enlouquecido de Lothar.

— Você é meu amigo, é? — rosnou Lothar. — *Meu bom e velho amigo...*

Llane olhou para Medivh, que o encarou com tristeza. Aquilo o matava, mas o rei sabia o que precisava fazer.

— Varis — disse, relutância dando tom às palavras. — Leve o comandante Lothar para uma cela e deixe que ele se acalme. — Em seguida engoliu em seco. Como a coisa havia chegado a esse ponto?

Varis hesitou, e Llane entendeu muito bem o motivo. Aquele era Anduin Lothar. O Leão de Azeroth. Comandante de Varis, que liderava pelo exemplo e inspirava respeito. E, no entanto, parecia que até os heróis tinham seu ponto de ruptura.

O coração de Llane doía pelo amigo. Mas, mesmo amando Anduin como um irmão, a segurança do reino vinha sempre antes dos afetos pessoais. Com relutância, disse:

— Desse jeito você não tem utilidade para nós.

Para seu crédito, Lothar saiu por vontade própria; o olhar que lançou ao Guardião de Azeroth, contudo, era puro veneno.

Medivh chegou perto da mesa, olhando o mapa. Levantou as estatuetas que representavam três legiões e as colocou diante do pequeno modelo do Grande Portal.

— Vamos salvar o reino, milorde — garantiu. — O senhor e eu.

* * *

Apenas alguns dias antes ele tinha visitado o Noviço de Guardião numa cela, pensou Lothar com humor amargo. Agora estava do lado errado das barras. *Como o mundo gira!*

O que havia acontecido? É claro que ele ainda sentia dor e um vazio pela perda do garoto. Qualquer pai sentiria. E havia mais coisas em sua dor. A culpa o devorava, e era dessa culpa que Medivh tinha se aproveitado, instigando Anduin a atacá-lo. Mas, em nome da Luz, por quê? Medivh era seu amigo — ou pelo menos assim ele pensava. E como Llane não tinha visto o que o Guardião estivera fazendo?

Enterrou o rosto nas mãos, querendo que tudo retornasse ao que era antes de ao menos conhecer Hadggar, quando Medivh fazia parte de seu passado e Callan fazia parte do presente, quando tudo era normal. *Não*, corrigiu Lothar. *Nem tudo*. Ele não queria perder Garona.

Ouviu a chave girar na fechadura, e a porta se abriu. Com uma esperança ínfima de que Llane tivesse mudado de ideia, levantou os olhos. Mas era Garona que estava ali, como se ele a tivesse invocado com os pensamentos.

No meio da dor incandescente, do medo e do desespero desse momento, houve um lugar de calma e calor dentro dele quando os olhares dos dois se encontraram.

— Por que você está aqui? — perguntou ele.

Ela era uma orc, objetiva e concentrada em lutar.

— O rei. Ele vai lutar contra a Horda. Com a ajuda de seu Guardião, Durotan vai matar Gul'dan.

O estômago dele se apertou.

— Não confie nele.

Garona franziu a testa.

— Eu lhe disse. Os orcs não mentem.

— Não estou falando de Durotan. — Lothar se levantou e foi até as grades da cela enquanto Garona se aproximava. — Não confie em Medivh.

Ela o olhou, confusa. Havia mil coisas que ele queria dizer, alertar, mas Varis esperava junto à porta. Não teria muito tempo com ela.

Garona não precisava de explicações.

— Tentarei proteger seu rei. — Foi tudo que disse.

Impulsivamente, ele pediu:

— Não vá com eles.

— Por quê? — Ela chegou mais perto enquanto ele ia até as grades e as segurava com força. Ela colocou a mão sobre a dele: quente, forte, reconfortante. Ela, que conhecia tanto a dor, de algum modo entendia a gentileza melhor que todo mundo que Lothar já conhecera.

Ele pensou na noite anterior, nas mãos dela sobre seu corpo, e estendeu a sua por entre as barras, para acariciar o rosto de Garona.

— Não quero que você se machuque — disse baixinho.

Duas décadas desde o nascimento de Callan. Desde a morte de Cally. E, pela primeira vez, o rosto doce e gentil da falecida esposa não era o que estava à frente de seus pensamentos... ou de seu coração. Era uma coisa idiota, imprudente, inacreditável. E inegavelmente real.

Emoções percorreram o rosto dela. Garona levou a mão ao pescoço esguio, partindo o cordão de couro que o envolvia. Segurou o pendente por um momento, depois tomou a mão dele. Lothar sentiu a presa da mãe de Garona, quente por seu tempo aninhada junto ao coração da orc, acomodar-se na palma de sua mão. A mestiça envolveu com os dedos dele a coisa mais preciosa que tinha para dar.

— Volte viva — sussurrou Lothar. E apertou a mão dela com força. *Eu não suportaria se essa guerra a levasse também.*

Garona assentiu, mas ele soube o que ela queria dizer com isso. Era um reconhecimento de suas palavras, não uma garantia. Ela era honrada demais para fazer promessas que não pudesse cumprir. Em vez disso, levantou o capuz sobre a cabeça, encarou-o com aqueles olhos escuros e partiu para a guerra.

18

Os humanos não conseguiam afastar os olhares aterrorizados de Durotan. Espiavam-no através das barras de suas jaulas, sem dúvida imaginando o que ele teria feito para ser aprisionado junto deles. Ou talvez temessem que ele estivesse ali para enganá-los e torturá-los mais, de algum modo. Durotan os fitava com tristeza. Tinha tentado ajudar, mas sua tentativa havia fracassado. *Ele* havia fracassado e agora estava ali, com seus próprios temores relativos às coisas cruéis com que os orcs de Gul'dan tinham ameaçado seu clã.

— Ei! Lobo do Gelo! — gritou seu guarda. Durotan afastou o olhar dos humanos e franziu a testa. Orgrim Martelo da Perdição estava se aproximando da jaula. O chefe dos orcs Lobo do Gelo se retesou. Que novo horror seu antigo irmão vinha infligir? O guarda ficou no caminho de Orgrim cujo passo firme não se alterou. Ele meramente levantou o Martelo da Perdição e o girou de modo casual esmagando a cabeça do guarda espantado.

Que não se levantou mais.

Orgrim se abaixou para pegar a chave do guarda e seu olhar encontrou o de Durotan. Com a mesma expressão casual que Orgrim tinha usado para matar o carcereiro, Durotan disse:

— Agora você é inimigo de todos os lados.

— Vou dizer a eles que foi você — respondeu Orgrim. Com o conhecimento de anos de amizade, Durotan notou que as mãos de Orgrim tremiam ligeiramente enquanto destrancavam a jaula. Ele olhou para Durotan, que ficou sentado em silêncio enquanto Orgrim soltava as algemas do seu pescoço, dos pés e das mãos. Estendeu a mão para seu chefe e Durotan a segurou. Lentamente, encolhendo-se com uma rigidez fingida, Durotan deixou que Orgrim o levantasse. Os dois se entreolharam por um momento, então Durotan deu um soco violento no peito do ex-amigo. Orgrim tombou para trás, contra a madeira torta da jaula, caindo. Em vez de contra-atacar, simplesmente ficou sentado de cabeça baixa.

Finalmente Durotan falou:

— O que aconteceu?

Orgrim o encarou.

— Desculpe, Durotan. Não vi como poderíamos nos unir aos humanos contra nossa própria espécie. Eu estava errado, meu chefe. A magia vil de Gul'dan está nos destruindo.

Durotan fechou os olhos, querendo que os últimos sóis passados recuassem, desejando que as coisas tivessem sido diferentes. Mas nessa direção estava a loucura. Estendeu a mão para Orgrim. Orgrim a segurou e se levantou. Obrigando-se a falar com calma, Durotan fez a pergunta que estava no ponto principal de seu coração:

— Onde está Draka?

— Em segurança. Ela e o bebê. Mas o resto... A maioria... — A dor e o arrependimento de Orgrim estavam desvelados em seu rosto, e à luz cinza do alvorecer Durotan viu lágrimas nos olhos dele.

Era tarde demais para lágrimas. Tarde demais para desculpas, arrependimentos, perdões. Dor, tristeza e fúria jorraram por dentro de Durotan, mas ele as silenciou, implacável. Viraria pedra.

Era o único modo de sobreviver por tempo suficiente para fazer o que era necessário. Deu as costas para Orgrim, o traidor. Mas a voz dele o chamou.

— Eles não iriam segui-lo se pudessem ver no que ele se transformou.

— Então eu vou mostrar.

Os orcs de Gul'dan tinham incendiado o acampamento dos orcs Lobo do Gelo, numa tentativa de queimar tudo que restava da cultura do clã. A maior parte já estava carbonizada, mas aqui e ali as chamas ainda subiam em direção ao céu noturno. A luz medonha revelava sem remorso um acampamento arruinado, e o muro que Durotan tinha construído em volta do próprio coração começou a desmoronar. Precisou se obrigar a ir em frente, ver o que Gul'dan fizera com seu povo em troca do que Durotan fizera com ele.

Havia muito menos corpos do que esperava. Durotan não se permitiu esperar que isso significasse que seu povo havia conseguido fugir incólume. Não. Mais provavelmente Gul'dan os levara vivos como combustível para sua magia. Os cadáveres que Durotan descobriu estavam onde tinham caído: era o desrespeito definitivo. Alguns estavam queimados. Ali estavam Kagra, Zarka, Dekgrul... até Shaksa e seus irmãos, a empolgada Nizka e o pequenino Kelgur.

Fizera sua escolha para proteger não somente eles, mas todos os orcs. O próprio mundo. Durotan sabia, em seu âmago, que a magia de morte de Gul'dan, a vileza, tinha destruído Draenor e eventualmente destruiria aquele mundo, Azeroth, da mesma forma. E, com ele, o povo orc.

Mas havia subestimado o custo. Jamais chegara a pensar que Gul'dan ordenaria a eliminação de um clã inteiro, inclusive suas crianças.

Houve breves clarões de gratidão. Pelo menos Orgrim tinha dito a verdade sobre Draka e o pequeno Go'el. Ainda que toda a comida da família, as roupas, os equipamentos e as armas — inclusive Golpeforte e Talho — tivessem sido levados para servir à necessidade de orcs mais leais, não havia corpos mutilados na terra nua. E ele não viu nenhum sinal do velho e cego Drek'Thar ou seu ajudante, Palkar — nem de seus objetos rituais. Teriam sido levados como alimento para a vileza? Ou teriam escapado?

O olhar de Durotan pousou no estandarte dos Lobo do Gelo. Tinha sobrevivido ao incêndio, mas estava chamuscado nas bordas. Havia nele a impressão sangrenta de uma palma de mão. Alguém tinha tentado salvá-lo.

Então os muros ao seu redor caíram, mas não de tristeza. De fúria. Durotan estendeu a mão para pegar o estandarte e o apertou com força enquanto a raiva incandescente o atravessava.

Tinha perdido tudo. Mas ainda não estava acabado.

Eles não iriam segui-lo se pudessem ver no que ele se transformou.

Então vou mostrar.

A esperança talvez fosse a arma mais poderosa de todas, pensou Llane, enquanto cavalgava pelas ruas noturnas, iluminadas por tochas, em Ventobravo. E, às vezes, a única. Ele havia temido que fosse a única arma em seu poder, na verdade, mas Medivh tinha retornado, ainda que Lothar... temporariamente... estivesse dominado pela insensatez do luto. A esperança havia voltado para Llane, e além disso ele a viu refletida de volta no rosto dos cidadãos da capital que apinhavam as ruas, ainda que essa esperança se misturasse com a preocupação que todo pensamento sobre a guerra evocava, apesar da hora.

O rio de cavalos e soldados com armaduras se bifurcou em volta da enorme estátua do Guardião, depois se juntou de novo ao se aproximar da porta da cidade, onde a família real se postava num tablado erguido às pressas para se despedir. Sua filha, quase tão alta quanto a mãe, e mais parecida com Taria a cada dia, estava com as mãos cruzadas, imitando perfeitamente o gesto da rainha. Só que Adariall tremia mais que a mãe. *O fardo de uma princesa*, pensou Llane. O pai assentiu para tranquilizá-la e, em seguida, voltou o olhar para Varian. O garoto estava esplêndido na túnica formal, com a calça justa e a capa, mas se apoiava no parapeito como se quisesse passar por cima dele e pular nos braços do pai. Sua pequena coroa de príncipe pousava sobre os cabelos escuros, e seus lábios estavam comprimidos. A expressão o fazia parecer severo, mas tocou o coração do rei. Llane sabia que isso significava que o garoto lutava para conter as lágrimas que faziam seus olhos brilhar. Era inteligente demais para o próprio bem. Llane e Taria tinham dito todas as coisas tranquilizadoras para os filhos e, de fato, com Medivh recuperado e ao seu lado, Llane se sentia mais confiante agora que desde o início de toda essa horrível provação. Mas Varian captara os olhares sutis, as coisas não ditas. Um dia ele seria um bom rei. Llane esperava, contudo, que não acontecesse tão cedo.

Ansiava por abraçar o garoto, mas Varian era quase um homem e não gostaria de uma demonstração pública de afeto. Assim, Llane deu ao garoto a seriedade que ele merecia.

— Não há outro homem a quem eu confiaria o bem-estar de minha família, Varian. Mantenha todos em segurança até minha volta.

O queixo de Varian estremeceu ligeiramente, mas ele assentiu.

Taria olhou para o marido, esguia e régia, os olhos escuros voltados para os dele. Taria, a irmã de seu melhor amigo, que equilibrava um coração gentil com uma mente firme de um modo que ele jamais conseguiria. Que o tinha visto marchar para sua possível morte mais vezes que ele poderia contar. Que o tinha visto inseguro, decidido, jubiloso e abatido, e que o amava em todas essas situações.

Os dois haviam se despedido antes, em particular. Não precisavam de mais. Sabiam.

— Pronto? — Foi Medivh que interrompeu o momento, mais cedo que Llane desejaria.

O rei assentiu e, sem mais uma palavra, impeliu o cavalo num trote em direção aos portões abertos da cidade.

— Eu me sentiria melhor se Anduin estivesse conosco — admitiu ao Guardião.

— Vamos ficar bem — garantiu o velho amigo. — Vou retornar a Karazhan e me preparar para a batalha. Os orcs Lobo do Gelo vão se juntar a vocês no caminho. Encontre-me no portal. — Ele virou o cavalo e partiu a meio galope, sem dúvida para encontrar um lugar calmo onde criar um portal próprio. Do lado de fora da porta da cidade, as três legiões, tudo de que eles precisariam, segundo Medivh, esperavam seu comandante.

Garona levou seu cavalo para ocupar o lugar vazio ao lado do rei. O olhar dela encontrou o dele por um momento, e em seguida os dois espiaram adiante. Llane sabia que a mente de ambos deveria estar concentrada na batalha vindoura, mas suspeitava de que os pensamentos de Garona, como os seus, estivessem com Anduin Lothar na cela de prisão.

Anduin Lothar queria sair da cela.

Imediatamente.

Olhou para os nós dos dedos, em carne viva e sangrentos devido às tentativas inúteis de derrubar a porta. Chupou o sangue por um momento, acalmando-se, e tentou de novo.

— Guarda? — Ele sorriu e abriu as mãos. — Está claro que esta porta é sólida. Vou poupar minha capacidade de luta para defender o reino. Sei que você só está fazendo seu trabalho. Um bom trabalho, por sinal. Mas eu já esfriei a cabeça. Portanto, se você vier abrir esta cela... para eu proteger o rei.

O sorriso doía em seu rosto, e ele ainda sentia o sabor acobreado de sangue na boca. Mas o guarda com armadura e alabarda na extremidade do corredor não queria saber.

Ele não se mexeu.

Lothar rosnou e deu mais um soco na porta, fazendo-a ressoar em protesto, e o soldado se encolheu.

— *Abra a cela!* — gritou ele.

O guarda deu um passo à frente, tendo o cuidado de manter uma distância segura entre ele e o guerreiro furioso.

— Comandante, por favor! Só estou seguindo as...

Lothar jogou sua caneca contra o sujeito, frustrado, então completou a frase, murmurando "ordens", quando o guarda subitamente desapareceu numa fumaça branca e um estalo de relâmpago azul. No lugar dele estava uma ovelha de aparência terrivelmente perplexa. Ela baliu infeliz enquanto Lothar, também terrivelmente perplexo, olhava para a mão que havia atirado a caneca e se perguntava o que tinha feito.

Tudo ficou claro quando Hadggar emergiu das sombras, pegou as chaves do guarda-ovelha no chão e correu para destrancar a porta da cela.

— Onde diabos você estava? — *É uma reação ingrata*, pensou Lothar, *mas sincera.*

Hadggar virou a chave, e a porta se abriu. O rapaz parecia ter envelhecido dez anos.

— No Kirin Tor — respondeu o mago. Seguindo o olhar de Lothar até a ovelha, acrescentou: — Isso só funciona com os simplórios.

Em seguida largou no chão uma sacola com a espada e a armadura de Lothar.

— Sua armadura, comandante — disse a Anduin. E à ovelha: — Desculpe.

Olhou em volta e viu um braseiro frio.

— Temos um dia cheio pela frente — explicou, enfiando a mão no braseiro e pegando um pedaço de madeira queimada enquanto Lothar vestia a armadura. Curvando-se, começou a desenhar um círculo.

— Só espero que não seja tarde demais — observou Lothar.

Hadggar levantou a cabeça.

— Não podemos ir atrás deles. Não se quiser salvar Azeroth.

Lothar, já perto da porta, girou.

— Meu rei precisa de mim!

— Azeroth precisa mais — retrucou Hadggar. — Se quer salvar seu rei, precisamos primeiro impedir Medivh.

Lothar jamais estivera mais dividido na vida. Seu amigo mais querido estava naquele exato momento no processo de ser traído pelo outro amigo mais querido dos dois. Estava a ponto de ser esmagado por uma inundação de monstros enlouquecidos pelo poder e tingidos de verde. Azeroth parecia uma ideia muito abstrata em comparação a essa imagem.

Mas ele sabia o que Llane desejaria que fizesse.

Hadggar tinha começado o encantamento do teletransporte. A magia branco-azulada estava começando a formar a bolha familiar. Lothar respirou fundo e voltou, entrando no círculo. Hadggar ficou de pé, invocando a magia nas mãos, como se estivesse pegando as rédeas de um cavalo.

— Onde está Medivh? — perguntou Lothar.

Hadggar o olhou direto nos olhos.

— Precisamos matar um demônio.

19

Vinha correndo com o filho amarrado às costas a noite toda, e até mesmo ela, Draka, filha de Kelkar, que era filho de Rhakish, sentia-se exausta. Não tinha ousado parar, sabendo que os orcs de Gul'dan a estavam seguindo. Se fosse uma fêmea orc comum, com um filho orc comum, talvez os tivessem deixado em paz. Mas era a esposa de um chefe — e mãe de outro, tinha certeza. Gul'dan não havia ordenado a destruição do clã porque estava com raiva. Isso não iria preocupá-la. A raiva se exauria, encontrava outro alvo. Gul'dan temia os Lobo do Gelo, e o medo, por sua vez, permanecia por muito tempo.

Ele havia praticamente implorado para que o clã entrasse para sua Horda, e agora que Durotan compreendia a dimensão do perigo, Gul'dan não poderia deixá-lo viver. Assim que Mão Negra chegara para levar seu coração, Durotan estava morto. Ainda que ele andasse e respirasse agora, não viveria por muito tempo. Nem ela, e tampouco o filho dos dois. A mudança de opinião de Orgrim havia chegado tarde demais para ambos. Ela sentiu vontade de soluçar, de gritar contra o destino, de segurar seu bebê... e morrer com ele junto ao seio. Amava Durotan apaixonadamente, mas o que sentia por essa vida pequenina era como comparar um inferno com uma mera fogueira.

Ela viveria por ele. Morreria por ele.

Não conseguia ir mais longe. Sentia-se exausta demais, e os perseguidores não estavam muito atrás. Quando sua fuga a levou a um rio, sem ter mais para onde fugir, tomou uma decisão. A água captava a luz do novo sol, reluzindo brilhante e trazendo lágrimas aos seus olhos.

— Espírito da Água — disse, ofegando. — Não posso mais carregar meu filho. Eles jamais pararão de nos perseguir. Vão nos encontrar e nos matar se ele ficar comigo. Você pode levar meu bebê? Pode mantê-lo em segurança?

Draka não era xamã. Os Espíritos não falavam com ela como faziam com Drek'Thar. Mas podia ouvir o murmúrio da água, e, enquanto olhava, um peixe saltou e caiu de volta nas profundezas. De repente seu coração parou de doer e, rapidamente, ela tirou das costas o cesto em que carregava o bebê e entrou na água. Beijou suavemente a bochecha macia e verde, sentindo o gosto do sal das próprias lágrimas, e pôs o cesto na água. Ajeitou o cobertor em volta da criança com ternura, um pano quadrado e branco bordado com o emblema do clã Lobo do Gelo.

Talvez algum humano se lembre de que os orcs Lobo do Gelo tentaram ajudá-los, pensou. *Que... morremos por causa dessa escolha. Todos menos você, meu precioso Go'el.*

Água encheu seus olhos. Água, o elemento do amor. Amor por um companheiro. Amor por um filho. Amor por um clã. Amor pelo sonho de alguma coisa melhor em meio às trevas, à poeira e ao desespero.

O bebê, parecendo confuso, levantou os braços minúsculos, macios e verdes para ela. Draka segurou uma das mãozinhas.

— Lembre-se — disse ela. — Você é filho de Durotan e Draka, uma linhagem ininterrupta de chefes.

E então, com o coração se partindo pela milésima vez em um punhado de horas, deixou-o ir.

— Água, mantenha meu bebê em segurança!

Um rugido a fez se virar. Um orc dos Olhos Sangrentos emergiu da floresta, mas seu olhar não estava voltado para ela. Olhava para o bebê. Pegou a faca que Draka havia deixado na margem e correu atrás dele.

Mas Draka estava lá.

Ele estava com sua adaga. Mas isso não significava que ela estivesse desarmada. Lançou-se contra o pretenso assassino de seu filho, impelida pelo amor e desprovida de medo, agarrando-lhe a carne com as unhas, arrancando nacos com elas e, como faria uma loba do gelo, escancarando a mandíbula ao máximo e enterrando os dentes em sua garganta.

O inimigo caiu, espantado; era idiotice pensar que uma orc Lobo do Gelo sem arma era uma orc Lobo do Gelo indefesa. Seu sangue tingido de verde, acre como cinzas, jorrou na boca de Draka ao mesmo tempo que uma dor horrível, fria-quente, a atravessava. Ele havia cravado sua própria adaga na barriga da orc.

Toda a força abandonou o corpo de Draka enquanto ela caía em cima do inimigo. Estava morrendo, mas estava em paz. Enquanto sua vida escorria na areia, ela se lembrou das palavras que dissera a Durotan ao retornar do Exílio: *Só que no fim das contas, quando o sol da minha vida se puser, eu o verei daqui, da Serra do Fogofrio.*

Ela não morreria na Serra do Fogofrio. Estava morrendo ali, naquele momento, numa terra estranha, com um marido que logo iria se juntar a ela na morte, se já não a estava esperando. A última imagem que preencheu seus olhos foi a do cesto do bebê oscilando na água. E, enquanto sua visão escurecia, Draka, filha de Kelkar, que era filho de Rhakish, pensou ter visto as ondas suaves do rio se transformar em braços o que aninhavam.

Água, leve meu bebê.

Seus olhos se fecharam.

Água, leve...

Todos os chefes da Horda e a maioria dos guerreiros tinham se reunido do lado de fora da tenda de Gul'dan. Estavam pasmos ao ver o Lobo do Gelo marchando em sua direção. Durotan usava uma pele de lobo por cima dos ombros largos, a cabeça da fera servindo de elmo. Já havia matado três guardas antes que pudessem avisar a seu líder maligno, e agora os outros abriam caminho para ele, olhando-o com ódio, arrogância e curiosidade quando ele jogou o estandarte manchado na terra poeirenta diante da tenda do bruxo.

— Sou Durotan, filho de Garad, chefe do clã Lobo do Gelo — gritou, deixando a fúria alimentar sua voz. — E estou aqui para matar Gul'dan.

Enquanto ele os olhava, a postura dos orcs foi mudando. A arrogância os abandonava enquanto eles percebiam que ele vinha sem arma e, no entanto, desafiava o mais poderoso de todos para uma batalha de honra.

A declaração desafiadora e insana fez com que Mão Negra, pelo menos, saísse da tenda. Ele fitou Durotan de cima a baixo.

— Um fantasma não pode invocar o mak'gora — declarou Mão Negra. — Você não é chefe de clã algum. Seu povo é comida de vermes.

Durotan se conteve. O orc diante dele não era o alvo de sua fúria. Abriu a boca para falar, mas, antes que pudesse fazê-lo, escutou uma voz familiar ao lado.

— Alguns de nós ainda vivem, chefe guerreiro — disse Orgrim Martelo da Perdição.

Surpreso, Durotan se virou para olhá-lo. Orgrim havia destruído a amizade dos dois, mas não era tarde demais para o filho de Telkar redescobrir a honra.

Então, enfim, Gul'dan emergiu. Seu olhar reluzente pousou em Durotan, depois em Orgrim, e sua carranca se aprofundou. Durotan mal captou as palavras trocadas pelo chefe guerreiro e o bruxo.

— Devo acabar com eles rapidamente? — sugeriu Mão Negra.

— Sempre achei que você fosse a favor da tradição, Mão Negra — respondeu o bruxo. — Durotan — disse mais alto, para que todos escutassem. — Seu clã era fraco, e você é um traidor. Aceito seu desafio, nem que seja para arrancar pessoalmente o coração de seu corpo patético.

— E o portal? — perguntou Mão Negra a Gul'dan, mas seu olhar estava fixo em Durotan. — O senhor deve estar pronto quando o encantamento começar.

O encantamento... Durotan não sabia muito sobre os detalhes de como o portal se abriria. Gul'dan tinha reservado para si tal conhecimento. Mas, se o líder Lobo do Gelo sobrevivesse por tempo suficiente, talvez sua morte pudesse pelo menos ajudar aos humanos que tinham se mostrado tão dispostos a confiar nele.

— Isso não vai demorar muito — respondeu o bruxo.

Os lábios grossos e verdes de Gul'dan se curvaram em volta das presas amareladas num sorriso cruel, saboreando o momento. Ele entregou o cajado a Mão Negra e levantou a mão para a capa. Tirou o alfinete afiado que servia para prendê-la, e a capa caiu no chão. Todos os presentes olharam com espanto.

Para Durotan, Gul'dan sempre havia parecido encurvado e velho, com a barba branca e o rosto enrugado. Mas, quando a capa caiu de seu corpo, deixando o tronco exposto à luz crescente da manhã, revelou um físico que fazia Mão Negra parecer uma criança. Músculos tensionavam sob a pele verde e esticada de um orc que parecia ter a força de cinco, como havia dito Grom Grito Infernal.

Mas não foi isso que deixou Durotan e todos os outros boquiabertos num silêncio chocado. Durotan se lembrava de quando Gul'dan tinha ido procurar os orcs Lobo do Gelo pela primeira vez, usando a mesma capa. Na ocasião Durotan ficara confuso, incapaz de perceber como os espetos com os crânios pequenos fixados na ponta eram costurados no tecido. Agora entendia.

Os espetos não se fixavam na capa. Eles se projetavam *através* dela.

Eles e seus enfeites macabros cresciam a partir do corpo de Gul'dan.

O bruxo saboreou o espanto e o horror inspirado por sua aparência, e Durotan soube, com uma sensação de náusea, que a monstruosidade distorcida pela vileza à sua frente estava provavelmente certa. Isso não demoraria muito.

Mas Durotan estava determinado a fazer a vitória inevitável de Gul'dan sair a um alto preço. Avançou para o círculo, deixando cair no chão a capa de pele de lobo. Ficou parado, calculando, esperando, deixando Gul'dan caminhar ao seu redor.

E, com um berro, saltou.

Tristão estava morto, somente uma casaca murcha, parecendo feita de papel, ressecado como os restos de um inseto depois de a aranha se refestelar. Tão equilibrado e digno em vida, agora estava esparramado, de pernas dobradas, diante de uma fonte que tinha ficado de um verde doentio, borbulhando e emitindo malignos fiapos de vileza.

Lothar afastou o olhar do castelão morto e se virou para a plataforma superior. Ficou ao mesmo tempo aliviado e pasmo ao ver ali o velho amigo. Não podia enxergar o rosto do Guardião, mas a postura dele estava ereta de modo pouco natural, com os braços levantados para o céu.

Lothar captou o olhar do jovem mago. Hadggar assentiu, indo lentamente para a esquerda, na direção do andaime que sustentava o golem em que Medivh estivera trabalhando quando eles haviam chegado pela primeira vez. Lothar foi para a direita; com sorte, poderiam encurralar o Guardião entre os dois.

E fazer o quê?, perguntou sua alma triste e nauseada.

Alguma coisa. Qualquer coisa, respondeu a mente.

Havia pensado que sentiria raiva, mas, em vez disso, tinha mais pena que qualquer coisa.

— Medivh — chamou com calma e cuidado.

Medivh levantou a cabeça, e o horror atravessou Lothar. Seu rosto ainda era reconhecível, mas por pouco. Estava coberto de linhas que pareciam rachaduras em mármore. A barba fora substituída por uma linha de pequenos chifres que se projetavam para baixo. E os olhos do Guardião estavam totalmente pretos.

Num gesto casual, Medivh estendeu um braço. Energia pulsou, e Lothar foi agarrado por uma gigantesca forma de mão, de um amarelo doentio, e levantado no ar. Os olhos do Guardião relampejaram, como uma pequena erupção de magma verde, e a mão mágica apertou. O peitoral da armadura de Lothar começou a se amassar, como se ele fosse um soldado de brinquedo espremido por uma criança entediada.

Vindo de baixo e por trás, Hadggar lançou um jato de energia contra as costas de Medivh. Sem sequer se virar, o Guardião reagiu ao feitiço com a mão direita, lançando o míssil azul de volta contra o rapaz. Soltou Lothar, deixando o velho amigo cair, e voltou a atenção para Hadggar.

Mas o jovem mago não estava ali. Lothar ficou imóvel onde havia caído, fingindo estar morto por um momento longo e tenso. Então Medivh começou a entoar um cântico. Lothar tinha ouvido o Guardião invocar encantamentos durante anos, mas nunca havia escutado nada assim. Aquilo fez sua garganta ressecar, a pele se arrepiar, e ele saberia, mesmo que não lhe dissessem, que o que era dito era o mal mais sombrio que poderia ser imaginado.

Lothar aproveitou a distração de Medivh para se arrastar até Hadggar, no esconderijo do jovem mago — embaixo do grosso corpo de argila do golem.

Hadggar estava pálido.

— É o encantamento para o mundo dos orcs — explicou o comandante. — Ele está abrindo o portal. Precisamos fazê-lo se calar!

O mago assentiu, depois se imobilizou. Lothar fez força para escutar. Sem dúvida percebendo que o "morto" Lothar não estava mais onde fora largado, Medivh se movia acima, procurando-os.

— Alguma ideia? — sussurrou Lothar.

Hadggar lambeu os lábios e depois saltou de pé, gritando um encantamento. Globos azuis de um fogo estalante explodiram de seus dedos na direção de onde as palavras eram entoadas. Pedaços de pedra foram arrancados das colunas, desmoronando-se numa pilha poeirenta. Medivh, porém, não estava à vista.

— Muito impressionante. — E a voz parecia chegar de todos os lados. — Agora tente fazer com que *ele* se cale.

Um brilho verde veio diretamente de cima. O cântico foi retomado, mas a voz não vinha mais do Guardião. Vinha do rosto de argila, sem feições, que agora tinha olhos de fogo esmeralda e um talho verde no lugar da boca.

— É — disse Lothar, sarcástico. — *Isso* foi ótimo.

Não contente em ser simplesmente um meio para o encantamento demoníaco de Medivh, o golem começou a se mexer, encolhendo os ombros gigantescos como se acordasse. Pedaços do andaime e várias ferramentas caíram no chão.

— Faça alguma coisa! — gritou Lothar. Hadggar só devolveu um olhar que dizia claramente: *o que você espera que eu faça?*

— Ótimo — murmurou Lothar. — Eu cuido dele. Você cuida de Medivh.

Hadggar engoliu em seco, assentiu e começou a subir pelo andaime do golem. A criatura se empertigou, infundido de força, despedaçando os restos do andaime como um prisioneiro arrancando as algemas. Hadggar saltou para a plataforma circular acima bem a tempo.

— Ei! — gritou Lothar, tentando atrair a atenção da criatura. — Aqui! Cara de barro! — Em seguida atirou uma ferramenta de escultura contra a cabeça marrom e volumosa. Mais rápido que Lothar havia previsto em uma coisa tão gargantuesca, o golem virou a cabeça e fixou o olhar verde e doentio nele. Em seguida, saltou para a frente, como um grande macaco.

O punho esquerdo da coisa baixou com força. Lothar saltou para longe, rolando no chão, enquanto a criatura golpeava o lugar onde ele estivera segundos antes. O golem girou o braço pela segunda vez, arrastando o punho direito através da magia verde e doentia da fonte. A mão emergiu, pingando, reluzindo, e não era mais de barro, mas de pedra preta e sólida. Dessa vez, quando ele deu um soco para baixo, o punho de pedra atravessou direto o piso e Lothar caiu no andar de baixo.

Enquanto isso, Hadggar disparava um raio contra Medivh, mas o Guardião o desviava, torcendo-o de modo a fazê-lo mergulhar no poço de vileza.

Começou a bombardear o jovem mago com projéteis, bolas de fogo e raios. De algum modo Hadggar conseguiu bloqueá-los, tentando fazer com que ricocheteassem de volta a Medivh. Mas, em vez de retornar, os ataques mágicos eram apanhados pelo poder da vileza e começaram a girar em volta da fonte contaminada em um borrão. Aparentemente sem esforço, Medivh intensificou os disparos.

Hadggar invocou toda a sua energia mágica, pegou os fiapos que giravam ao redor do poço e atirou tudo contra Medivh. No último segundo o Guardião mergulhou em busca de cobertura enquanto tudo ao seu redor se despedaçava.

Silêncio. Será que Hadggar tinha conseguido...

Devagar, com cautela, ele foi para onde Medivh se ocultara.

Não havia nada ali. O Guardião tinha sumido.

20

Com um berro, Durotan diminuiu a distância até Gul'dan, rápido como uma das flechas de Draka, dando um soco direto no queixo do bruxo com toda a força. Apanhado completamente de surpresa, Gul'dan cambaleou e caiu. Mas, antes que Durotan pudesse aproveitar a vantagem, ele já estava novamente de pé, agarrando o Lobo do Gelo pelo pescoço e levantando-o. Gul'dan começou a apertar.

A visão de Durotan oscilou, mas ele continuou lutando. Continuaria lutando até a morte. Não precisava sobreviver a isso. Só precisava fazer o que tinha prometido a Orgrim: mostrar à Horda a verdadeira face da coisa que a comandava. Empurrou sem resultado o rosto retorcido e verde do bruxo, e, em seguida, suas mãos procuraram e agarraram dois dos chifres hediondos do feiticeiro. Enquanto os dedos de Gul'dan apertavam o pescoço de Durotan, o Lobo do Gelo puxou os espetos com toda a força até que um se partiu na sua mão. Em seguida usou a ponta afiada como se fosse uma adaga, golpeando o bruxo com seu próprio chifre aberrante.

Gul'dan dessa vez rugiu de dor, não de raiva. Jogou Durotan a vários metros de distância, e o chefe Lobo do Gelo bateu no chão com força. Rosnando, Gul'dan investiu. Ele era enorme, com o corpo eriçado de espetos e chifres absurdos, os músculos mais fortes que os de Durotan. Golpeou o inimigo com socos, cada um acertando violentamente. Durotan se recompôs. Desviou o próximo soco do bruxo com um chute e se abaixou. Gul'dan golpeou outra vez, e outra vez Durotan escapou, também conseguindo dar um soco certeiro.

Mas então Gul'dan agarrou seu braço e o puxou. Abriu a mão e a apertou contra o peito de Durotan. Uma luz verde brilhou em volta dos dedos enquanto Gul'dan olhava ao redor furtivamente.

De súbito as pernas de Durotan tremeram, ameaçando se dobrar. Uma fraqueza o atravessou, e ele viu um fino fio branco passar de seu corpo para a mão de Gul'dan. Diante de seus olhos chocados o corpo do bruxo ficou ainda maior, os músculos inchando. Rindo, Gul'dan agarrou o braço de Durotan e deu um puxão, desencaixando-o do ombro. Houve uma dor incandescente e em seguida um estalo, e então o braço de Durotan pendeu, inútil.

Ele tombou de joelhos. Gul'dan recuou, rindo em triunfo, e levantou o enorme punho verde para o golpe mortal.

Durotan gritou e abruptamente saltou para cima. Sua cabeça acertou o peito de Gul'dan, fazendo-o cambalear alguns passos para trás. Não deu ao bruxo a chance de se recuperar. Fechou o punho bom e deu um golpe depois do outro. A cada vez que seu punho acertava a carne anormal ele trazia à mente o rosto de um Lobo do Gelo, alimentando o golpe com paixão e indignação. Kurvorsh. Shaksha. Kagra. Zakra. Nizka.

Draka.

Go'el.

Um som penetrou em seus ouvidos e não era o canto do sangue em suas veias nem os gritos da multidão que lhes assistia. A voz era humana e, no entanto, não era; estava entoando. Uma esperança cresceu dentro de Durotan. Gul'dan precisava estar longe dali, drenando vidas inocentes para abrir o Grande Portal e trazer o resto da Horda. Em vez disso, estava lutando contra Durotan.

Mas o bruxo também escutou e golpeou o punho fechado no braço ferido de Durotan. O Lobo do Gelo berrou em agonia, mas sustentou a consciência com pura determinação enquanto cambaleava para trás e caía de quatro.

Gul'dan xingou e não o atacou de novo.

— Não tenho tempo para isso — murmurou. — Mão Negra!

O chefe guerreiro olhou para Durotan, avaliando, observando o braço que pendia inútil, o sangue no rosto e no corpo, a respiração trêmula. Então seu olhar foi até Orgrim e o estandarte que Durotan havia cravado com tanto desafio na terra. Por fim, olhou para Gul'dan.

E sorriu.

— Isto é o mak'gora — disse Mão Negra. — Vamos respeitar as tradições. Continue lutando!

Gul'dan lançou um olhar furioso para seu chefe guerreiro, e um novo sentimento de esperança inundou Durotan. Se o chefe guerreiro estava começando a enxergar como Gul'dan era vil e desonrado, certamente os outros também o fariam. O bruxo voltou a atacar, não com uma arrogância zombeteira, e sim com urgência e desespero. Isso tornou seus golpes mais duros, mas também o deixou descuidado. De novo e de novo Durotan conseguiu se desviar de um soco que poderia partir seu crânio e, por sua vez, atingir um golpe poderoso em Gul'dan, mesmo com apenas uma das mãos boa. Mas, quando os golpes do bruxo acertavam, eram cruéis. Mais de uma vez Durotan sentiu uma costela se partir sob o punho fechado do bruxo, mas se recusava a parar.

Continue. Por seu clã. Pelos orcs que ainda vivem. Pelas crianças.

Um golpe na barriga o fez se dobrar, e ele mal conseguiu se desviar, aos tropeços. Um soco lhe custou a visão num olho. Ele suportou tudo.

Continuou lutando. E sentiu a maré começando a virar.

O que outrora fora apenas zombaria se transformou primeiro em silêncio, depois em murmúrios de admiração. A cabeça de Gul'dan girou, e ele encarou os orcs. "Sua" Horda.

Então seu lábio se retorceu com puro ódio. Ele bateu a mão contra o peito de Durotan e começou a drená-lo.

Um som ofegante brotou na multidão.

— Gul'dan está trapaceando! — gritou uma voz ultrajada.

Enquanto sentia sua vida sendo sugada para aumentar o tamanho grotesco do bruxo, Durotan sentiu júbilo. Tinha conseguido. Era impossível que Gul'dan escondesse o que fazia; Durotan sabia que agora estava parecido com os prisioneiros draeneis, tendo a vida sugada até que os corpos estivessem deformados e ressecados. Tinha obrigado Gul'dan a mostrar à Horda exatamente o que era.

O bruxo recuou a mão envolta na névoa branca da vida de Durotan, apertou o punho e deu um soco com toda a força no peito do Lobo do Gelo. A dor foi insuportável. Durotan voou pelo ar, caindo violentamente. Agora sua conexão com o mundo dos vivos se mantinha somente por um finíssimo fio.

Gritos soavam.

— Você trapaceia, Gul'dan!

— É uma vergonha!

— Não é assim que fazemos!

Durotan precisava se levantar. Mais uma vez. Cada tendão e cada músculo, cada gota de sangue era uma agonia feroz. Lutou contra tal agonia com pura força de vontade, levantando-se e cambaleando. Mal conseguia respirar, mas encheu os pulmões e berrou:

— Gul'dan! Você não tem honra!

Com um rosnado grave que ficou mais alto a cada passo, Gul'dan partiu para cima de Durotan, dessa vez sem girar os braços, mas mantendo-os abertos, querendo agarrar o inimigo. Durotan lutou, mas os braços que o envolviam eram fortes como tiras de ferro e não lhe restavam mais forças. Gul'dan o apertou numa paródia de abraço, absolutamente sem se preocupar com o que a Horda via. Apertou o corpo de Durotan que se deteriorava rapidamente contra o seu, de modo que uma área maior de sua pele pudesse arrancar a energia vital do Lobo do Gelo. Durotan sentiu a coluna se partir. Através da névoa de agonia pôde ver uma estranha luz dourada jorrando de seu corpo, enquanto sua vida — sua alma? Ele não sabia — partia para alimentar a fome insaciável do bruxo, induzida pela vileza. Gul'dan lhe exibiu um sorriso feroz, triunfante, enquanto desfilava pelo círculo mostrando o corpo agonizante de Durotan. Então, finalmente, quando não conseguiu tirar mais nada do Lobo do Gelo, jogou-o no chão, enojado.

Durotan não iria se levantar de novo.

Pegou-se olhando para Orgrim, mas não pôde falar. Tentou levantar uma das mãos, implorando, mas só pôde mexer os dedos. Porém, Orgrim entendeu. Seus olhos se encheram de lágrimas, e ele assentiu. Ele, que havia traído os orcs Lobo do Gelo, falaria agora por eles.

E tudo bem.

Os orcs tinham visto. Durotan tinha feito o que viera fazer.

Isso bastava.

Orgrim olhou os orcs reunidos ao redor.

— Vocês vão seguir esta *coisa*? — gritou, colocando todo o ódio e o desprezo que sentia na palavra. — Vão? Vão seguir esse *demônio*? Eu, não. Eu sigo um *verdadeiro* orc. Um chefe!

A multidão ficou olhando, murmurando entre si.

— Agora ele nem parece mais um orc! — Orgrim ouviu. Gul'dan estava parado, ofegando, desafiando-os a questioná-lo. Orgrim viu vários orcs se virando para ir embora. Alguns, notou, tinham o tom verde na pele. Tinham visto seu destino ser representado caso continuassem a usar a vileza, e estavam optando por não fazer parte daquilo.

Orgrim se virou de volta para o amigo e chefe que ele havia traído. Durotan, filho de Garad, que era filho de Durkosh, estava imóvel. Mas tinha morrido como vivera, com coragem, convicção e numa batalha justa contra um inimigo terrível.

Lembrou-se das palavras de Durotan, antes que os orcs Lobo do Gelo marchassem para o sul para se juntar à Horda: *Há uma lei, uma tradição, que não deve ser violada. A de que um chefe deve fazer tudo que seja realmente melhor para o clã.*

Naquele dia, o clã de Durotan não era o Lobo do Gelo. Seu clã havia consistido de toda a Horda.

Orgrim se ajoelhou ao lado do chefe caído e segurou uma das presas de Durotan. Torceu-a e a arrancou.

— Para seu filho — disse a Durotan. — Para que seu espírito possa ensinar a ele.

— Cuido de você mais tarde, Orgrim Martelo da Perdição — ameaçou Gul'dan.

Vários orcs estavam se afastando enojados depois do espetáculo ofensivo que tinham acabado de testemunhar. Um deles cuspiu:

— Seu poder não vale o preço, bruxo!

Orgrim parou, querendo ver no que aquilo iria dar. Gul'dan, praticamente espumando de fúria pela boca, estendeu a mão. Três orcs que tiveram o infortúnio de ficar perto dele — inclusive muitos que tinham sido fiéis ao bruxo — se arquearam em agonia en quanto sua essência de vida era não sugada, não extraída, e sim arrancada violentamente. A energia branca fluiu para a mão estendida de Gul'dan, que levantou a outra mão, e dela jorrou a energia doentia, a cor familiar demais da vileza.

— Mais alguém? — desafiou Gul'dan.

Os que ainda não tinham se afastado do alcance do bruxo furioso ficaram parados, arrastando os pés. Não queriam ficar, mas também não queriam morrer como os companheiros. Como Durotan.

— E você, chefe guerreiro! — Transbordando de energia vil, Gul'dan girou, a mão disparando enquanto afunilava tudo diretamente para Mão Negra. O chefe guerreiro caiu no chão, gritando e se retorcendo enquanto seu corpo era contorcido. — Você vai tomar a vileza — gritou Gul'dan acima dos gritos atormentados de Mão Negra — e vai ficar mais forte que qualquer orc já foi! E quando a Vileza o tiver refeito, você vai esmagar os dentes-pequenos!

O verde passou por cima e através de Mão Negra. Músculos incharam tanto que sua armadura saltou do corpo. Fiapos parecidos com veias bombeando sangue verde se entrelaçaram nele, até mesmo descendo pelo apêndice metálico parecido com uma garra. Mão Negra levantou a cabeça, os olhos tão brilhantes com a vileza que uma névoa saía deles. Orgrim se virou, nauseado de corpo e espírito. Era tarde demais para Durotan, e era tarde demais para Mão Negra. Mas não era tarde para ele e para os poucos outros obrigados a enxergar com novos olhos, graças ao sacrifício do chefe dos orcs Lobo do Gelo.

Enquanto entrava na floresta, para longe da vileza e de suas falsas promessas, ouviu Gul'dan gritando:

— *Agora... reivindiquem meu novo mundo!*

O Lamaçal Negro, os inimigos e os prisioneiros inocentes esperavam o rei Llane e suas tropas do outro lado do morro seguinte. Junto de Llane cavalgava Garona, que estivera lançando olhares preocupados a ele.

Em silêncio, o pequeno grupo chegou ao topo da última elevação, e o estômago de Llane congelou.

Os orcs Lobo do Gelo vão encontrar vocês no caminho, tinha dito Medivh.

E tinham encontrado mesmo. Membros do clã Lobo do Gelo empalados ladeavam a estrada, um convite obsceno para entrar no vasto acampamento de orcs. O horror fechou a garganta de Llane enquanto ele olhava de um corpo para o outro. Alguns tinham cordões com o símbolo do clã pendurados no pescoço. Outros tinham o estandarte enfiado na boca. Eram tantos que...

Medivh estivera errado. A rebelião fora reprimida. Os supostos aliados tinham sido reduzidos a cadáveres com crostas de sangue, inchando... ou coisa pior.

Llane respirou fundo, longamente. Obrigou-se a olhar para além do espetáculo horrível, para além do mar de tendas de orcs, para as jaulas cheias de prisioneiros. Seu povo — ainda vivo, por enquanto. E, além deles... o Grande Portal. O portal negro, que em pouco tempo daria à luz uma enchente de furiosos guerreiros orcs. A Horda baixaria sobre Azeroth, massacrando seu povo. A vileza usada para torná-los ferozes sugaria a vida de Azeroth, deixando-a seca e vazia como o mundo dos orcs. Isso já estava acontecendo. O Lamaçal Negro tinha sido um pântano, mas na área em volta do portal havia apenas terra ressecada, um agouro sinistro do que estava por vir.

A não ser que, de algum modo, eles fossem impedidos.

— Seremos só nós, então — disse ele. De repente uma chuva de fogo e pedras caiu em cima deles, disparada de catapultas escondidas. Eles haviam caído direto numa armadilha: a isca era a esperança, a mola era o horror, e logo viria a morte para provavelmente todos os membros das três legiões que tinham seguido Llane naquela tolice maldita.

A raiva expulsou o desespero. Raiva e espanto diante da coragem demonstrada por suas tropas. Llane sacou a espada.

— Confiem no treinamento! Confiem nas armas! Cavalguem comigo! Os Lobo do Gelo caíram, mas, com a ajuda do Guardião, ainda podemos destruir o portão e trazer nosso povo para *casa*!

Um grito de afronta soou. Apesar de brotar de um punhado ínfimo de gargantas, era passional e desafiador. O rei de Ventobravo e suas três legiões avançaram, soltando seu grito de batalha. Foram recebidos por um brado de resposta, mais profundo, mais sinistro, e o exército dos orcs os encontrou na metade do caminho.

Gul'dan não gostava de como tinha sido usado. Pressionado a perder as estribeiras pela recusa teimosa do Lobo do Gelo em morrer de uma vez, ele havia revelado, com pouca sensatez, o modo como usava a vileza. Perdera alguns de seus melhores guerreiros, inclusive Orgrim. *Eu deveria saber que não podia confiar num Lobo do Gelo*, pensou com amargura. Mas eles não existiam mais, e logo um número muito maior atravessaria o grande portão. Sua Horda.

Mais de uma vez, nos últimos instantes, o canto de Medivh fora interrompido de algum modo, mas as interrupções não importavam. A cada vez o cântico era retomado. E de sua plataforma, de onde observava a batalha, Gul'dan podia ver que tudo continuava seguindo de acordo com o plano. Mão Negra, inchado pela vileza e tornado imbatível, estava lá embaixo. Como Medivh tinha prometido, apenas três legiões débeis haviam chegado com o rei humano. Portando armas que Gul'dan jamais vira, sim, mas estavam em menor número, mais fracos, e o que importavam as armas quando não havia mãos para usá-las?

E, mais adiante ainda, o portal.

Mais cedo, antes que o ritual tivesse começado de verdade, os orcs podiam andar através dele como se a construção não passasse de um arco comum. Mas agora... agora ele podia ver Draenor. Podia ver formas se movendo. Orcs. Preparados, mais que preparados, para atravessar, para se fartar de vileza, para tomar, devorar e tomar ainda mais.

Era hora. A exultação fluiu por Gul'dan. Aquele era o momento que Medivh tinha prometido. Aquele era o triunfo do chamado Guardião de Azeroth, da vileza... o triunfo de Gul'dan. Marchou até a jaula de humanos aterrorizados, desfrutando do medo deles por alguns segundos antes de abrir a mão com força e começar a sugar sua doce e preciosa energia vital. Os gritos eram música para seus ouvidos, e, rindo, ele levantou a outra mão.

— Venham, meus orcs — disse num tom cheio de afeto, como um pai falando com um filho amado. — Deixem a vileza liberar todo o poder da Horda! — Sua outra mão se estendeu rapidamente na direção do portal distante. Um jorro de energia esmeralda o atravessou e explodiu naquela direção. A energia correu acima do chão, sem se importar com a luta que acontecia embaixo, com as vidas perdidas e o sangue derramado. Acelerada pelo cântico, só queria chegar ao portal, abrir um caminho de modo que mais vileza pudesse entrar, para reivindicar mais vítimas.

E as primeiras figuras pequenas, gritando por sangue e brandindo armas, atravessaram.

A voz de Medivh continuava soando pela boca do homem de barro. O golem estendeu uma perna enorme como um tronco de árvore, descendo para onde Lothar se encontrava, no andar de baixo, e o guerreiro a golpeou loucamente. A espada se cravou fundo na argila pesada, e ele conseguiu cortar o membro na altura do joelho. O golem se sacudiu. Lothar saiu do caminho, mas aquela coisa maldita não caía! Lothar a fitou com fúria, imaginando freneticamente como conseguiria amordaçar a monstruosidade, e viu alguma coisa pendurada no ombro do golem: a ferramenta que Medivh tinha usado para tirar aparas de argila: um pedaço de arame entre dois cabos de madeira.

Amordaçar, não. Melhor ainda: frear.

Abandonou a espada. Escalou pela criatura, enfiando os pés e os dedos na argila até chegar aos ombros. Agarrando o instrumento parecido com um garrote, passou-o por cima da cabeça malformada do golem e o puxou até onde ficava a boca, como um freio de cavalo. O golem se sacudiu imediatamente, girando e tentando acertar aquela coisa incômoda empoleirada nele, usando para isso a enorme mão de obsidiana. Lothar saiu do caminho, e o punho de pedra arrebentou a parede da câmara do Guardião. O golem seguiu o movimento, dobrando-se e tentando sacudir Lothar de suas costas.

Lothar levantou a cabeça a tempo de ver Hadggar no andar de baixo, esparramado de rosto no chão, coberto de entulho. Não se mexia. Mas Lothar não tinha tempo de temer pelo mago. Medivh havia se virado e cravado seu olhar verde e reluzente no velho amigo; estava recuando a mão para um ataque.

Lothar puxou o arame violentamente. O golem foi impelido para trás pelo movimento, bem a tempo de receber o feitiço de ataque do Guardião inteiramente no peito. Tombou, atravessando a janela do andar de baixo. Metade do ser de argila permaneceu dentro, a outra metade — com Anduin Lothar preso — ficou pendurada pela janela. Lothar se agarrou com força ao arame e então percebeu, com horror, que a ferramenta estava fazendo o que fora projetada para fazer: cortava a argila, devagar e inexoravelmente.

Um segundo depois um pedaço enorme da cabeça do golem foi decepado, caiu e passou pela cabeça de Lothar, esparramando-se no chão lá embaixo. O comandante se esforçou para permanecer agarrado, enfiando os pés nas costas ainda macias do golem para se prender. Pendurado de cabeça para baixo, enfiado até os tornozelos na argila, percebeu que o cântico havia parado.

Mas, mesmo com metade da cabeça e uma perna decepada, o golem ainda se movia. Estendeu uma das mãos até a plataforma e se puxou, com seu fardo indesejado, de volta à segurança do andar inferior. Encostou-se na parede e depois tentou se reposicionar. Estava prestes a espremer Lothar entre suas costas e a parede curva da torre. Por um momento Lothar achou que ele teria sucesso. Desamarrou as botas, livrou-se delas, tombou no chão e rolou para fora do caminho enquanto o golem se chocava contra a parede.

Quando a criatura fez a mesma coisa pela segunda vez, Lothar percebeu que ela ainda não tinha percebido que não carregava mais um parasita humano. Xingou ao notar subitamente que o cântico havia recomeçado. Aproveitou a distração do golem para correr até Hadggar, tirando livros e entulho de cima do corpo do Noviço. Para seu alívio, o rapaz parecia abalado, exausto e com hematomas, porém intacto.

— Ei, garoto — disse. — Acorde!

Hadggar não se mexeu. Lothar deu um tapa no rosto dele. Hadggar se sacudiu, os olhos se abrindo, e sua mão agarrou o pulso de Lothar.

— Tudo bem?

Hadggar confirmou com a cabeça, piscando tonto. Olhou para além de Lothar, na direção do golem.

— Boa ideia, cortar a cabeça dele daquele jeito.

— É — respondeu Lothar, sem intenção de corrigir o pensamento do jovem mago. — Exatamente como planejei. — Em seguida, pôs Hadggar de pé — E agora?

— O Guardião precisa entoar pessoalmente o encantamento. Enquanto ele estiver fazendo isso, podemos chegar perto. Distraí-lo. — Hadggar foi com objetividade em direção à criatura de argila.

— E depois? — perguntou Lothar.

— Vamos levar Medivh até a fonte — respondeu Hadggar. Em seguida foi para o golem.

— Só isso? — perguntou Lothar, sarcástico.

Mas, ao mesmo tempo em que dizia as palavras, percebeu que aquele era o momento exato em que confiava totalmente em Hadggar. Começou a subir até o nível da fonte onde Medivh continuava entoando o feitiço horrível que permitiria — talvez já estivesse permitindo — que milhares de orcs sedentos de sangue se derramassem em Azeroth.

Moveu-se devagar, sem pressa, ainda que tudo nele o instigasse a *correr, correr*. Parou, mas o Guardião parecia concentrado demais no encantamento para perceber que Lothar se aproximava por trás. Impulsivamente, Lothar falou, ainda diminuindo com cuidado a distância entre os dois:

— Medivh... se ainda existe alguma coisa sua aí dentro, velho amigo... volte para nós. — Não houve resposta. Medivh parecia completamente insensível à presença de Lothar. Triste, Lothar estendeu uma das mãos para cobrir a boca do Guardião.

Sem ao menos parar com o encantamento, Medivh estendeu a mão rapidamente, agarrou Lothar pela garganta e o levantou. As mãos de Lothar foram até o pescoço, tentando em desespero arrancar os dedos de Medivh energizados pela vileza. Sem esforço, Medivh o moveu até que Lothar pendia bem à sua frente — em cima da fonte verde e doentia.

O aperto em seu pescoço era forte, os dedos se cravando, mas Lothar ainda respirava. Ainda podia falar.

Por quê? Por que não simplesmente esmagar sua traqueia e acabar com tudo?

— Medivh — disse ele, rouco, os olhos implorando.

Medivh o jogou longe. Lothar voou por cima da fonte até cair com força do outro lado.

Lothar ofegou, tentando respirar, como um peixe, os pulmões inicialmente se recusando a cooperar. Trincando os dentes por causa da dor, levantou-se, oscilando feito bêbado. Abaixo, Hadggar tentava criar uma armadilha para o golem manco. Lothar não sabia por quê. Não sabia muita coisa agora, só que precisava — *precisava* — continuar tentando.

— Venha! Me mate. Não me resta nenhum motivo para viver, de qualquer modo — gritou Lothar, assim que conseguiu respirar. Medivh o ignorou. Simplesmente permaneceu de pé, implacável, continuando com o cântico maldito. — Afinal de contas a vida não passa de combustível para você, não é?

Estava tentando induzir aquela coisa feita de vileza a perder o foco, a atacá-lo. Matá-lo se necessário, se isso silenciasse o cântico. Sua voz estava rouca de dor enquanto ele pensava no filho, morrendo de modo tão brutal, rasgado pelas garras do monstro, enquanto o pai era obrigado a olhar.

E então pensou em Llane. Seu amigo. Seu irmão, na verdade, por casamento e no coração.

— Mas Llane — disse Lothar a Medivh do outro lado do poço de vileza. — Llane acreditou em você. Não mate seu rei. Não mate seu amigo.

Medivh fez uma pausa no cântico. Seus olhos mudaram de cor, de um verde doentio para um preto-carvão. Um medo frio torceu as entranhas de Lothar.

— O que quer que você planeje fazer, garoto — gritou Lothar para Hadggar, lá embaixo —, faça agora!

Ao mesmo tempo que falava, Medivh entrou na fonte.

Era exatamente o que Hadggar tinha instruído Lothar a tentar fazer. Lothar afrouxou o corpo, aliviado. Tinham conseguido. Ele havia alcançado Medivh. O Guardião tinha entrado na poderosa fonte de magia, e...

... começou a *crescer*.

21

Ficou mais alto, maior, mais largo — tudo em Medivh aumentou de tamanho. Músculos se acumularam em camadas, pegando seu corpo comum, apesar de em forma, e o transformando em algo que mais parecia um orc que um ser humano, e mais como um demônio que qualquer das duas coisas. Sua pele assumiu um tom verde, e uma névoa da mesma cor começou a jorrar dos olhos. A cada passo, algum novo horror distorcia o velho amigo de Lothar, tornando-o um pesadelo ambulante. Dois pares de chifres brotaram na testa. Lascas serrilhadas do que pareciam adagas de obsidiana se projetaram dos ombros, como se as penas de corvo que enfeitavam a capa de Medivh tivessem se transformado em cristais pretos.

— Agora — disse Lothar, com o horror engolindo as palavras.

A coisa que já fora o Guardião de Azeroth continuou a avançar, continuou a crescer, transformando-se, e seu olhar terrível se fixou em Lothar.

— Agora! — gritou Lothar para Hadggar. — Agora, *agora*!

Houve um brilho de energia azul-clara acima da cabeça de Medivh, e então o enorme golem de argila, com 5,50 metros de altura e quilos incontáveis, despencou em cima da figura demoníaca dentro do poço de vileza.

Era tão lindo quanto Gul'dan poderia ter imaginado. Os orcs vinham a toda velocidade, saindo de um mundo morto para outro verdejante, e a Horda gritou à guisa de boas-vindas. Os humanos se desesperaram e morreram, e Gul'dan ficou feliz. Então seu sorriso foi sumindo.

O brilho verde que envolvia e preenchia o portal tremeluziu. A imagem do resto da Horda de Draenor, esperando para se juntar aos irmãos, foi se esvaindo. Isso já havia acontecido antes, mas seu grande aliado sempre retornava. Por isso, Gul'dan esperou.

Silêncio.

As imagens começaram a se desbotar mais ainda. E o cântico não retornou.

— Não — murmurou Gul'dan. — Não, *não*...!

Um último tremor de luz, uma imagem de silhuetas de orcs que permaneceriam gravadas em sua mente, e então sumiram. Por um longo momento Gul'dan ficou olhando, pasmo, e então gritou até sua voz ficar rouca de fúria. Girou para a jaula mais próxima, atulhada de humanos aos gritos, e agarrou as barras. Olhou para aqueles rostos feios e macios. Depois, com um puxão portentoso, empurrou toda a jaula para fora da plataforma, sentindo apenas um prazer minúsculo em vê-la se desfazer em pedaços de metal e carne lá embaixo.

— Que seja! — rosnou. — Nossa força sozinha vai tomar este mundo!

Hadggar despencou junto ao golem que havia teletransportado, caindo na fonte e parecendo minúsculo ao lado das duas figuras de tamanho espantoso. Ofegou, e Lothar viu com horror que a vileza começava a aplicar sua magia sinistra em Hadggar também.

Uma energia verde estalou em volta do jovem mago enquanto este se virava para Lothar. Ele estendeu a mão para o comandante, os dedos abertos, e Lothar se preparou para ver uma bola de magia vil saltar para ele, drenar sua vida e deixar apenas uma casca contorcida. Em vez disso, o ar em volta de Lothar tremeluziu e formou uma cúpula branco-azulada. Atrás da névoa verde que o cercava, o rapaz sorriu, tranquilizando-o. E Lothar percebeu que, longe de atacá-lo, Hadggar o tinha envolvido com um encantamento de proteção.

O rapaz avançou, ajoelhando-se ao lado da enorme cabeça chifruda de Medivh. Estendeu a mão trêmula e apertou a testa do demônio.

— Você é mais forte que ele — disse Lothar, e percebeu que acreditava em cada palavra. Hadggar não tinha hesitado e não estava hesitando agora. — Livre-se disso, garoto!

Mas Hadggar não estava se livrando daquilo. Estava colhendo-o. A vileza chicoteou ao redor de Hadggar e Medivh, uma tempestade de um verde lívido e doentio. Ele estava sugando-o de Medivh, que permanecia preso embaixo do golem quebrado, berrando enquanto sacudia a cabeça chifruda. Estava arrancando a coisa de dentro da fonte, secando-a. Tudo aquilo se afunilava direto para Hadggar. A energia verde saía de Medivh em ondas. Lothar percebeu que Hadggar, aquele garoto inexperiente, estava se usando como conduto vivo para tirar de Medivh a mancha da vileza.

E estava dando certo.

Enquanto Lothar olhava, fascinado, horrorizado e esperançoso, a forma demoníaca de Medivh começou a encolher, retornando lentamente ao tamanho e à forma originais. A cabeça agitada perdeu os chifres, e o cabelo comprido brotou de novo do crânio. Hadggar o soltou e virou a atenção para a própria fonte, mergulhando as mãos nela, com o rosto totalmente retesado, franzindo a testa em concentração.

Lothar sentiu as próprias paredes de Karazhan gemendo com o esforço.

O rosto tenso do rapaz tinha relaxado. Os olhos verdes se arregalaram, como se vissem algo que não estava ali. Sua boca se abriu num O de espanto silencioso para o que quer que a vileza estivesse lhe mostrando.

Não. Hadggar, não. Não o garoto que tinha invadido o alojamento em busca de respostas, dado o primeiro alerta a respeito da própria substância que agora ameaçava destruí-lo. Lothar tinha visto o que a vileza era capaz de fazer. A ideia de aquilo acontecer com Hadggar, os horrores que o mago poderia infligir ao mundo...

Hadggar fechou os olhos. E, quando os abriu de novo, Lothar viu que eles reluziam não em verde... e sim em *azul*.

— Da luz vem a escuridão — disse Hadggar, com a voz rouca —, e da escuridão... *a luz*...!

Hadggar estendeu os braços e arqueou as costas. Gritou, um som cru, entrecortado, mas decidido, e lançou a vileza para *fora* de si, para *fora* da fonte, para *fora* de Karazhan. O próprio ar foi rasgado por um estrondo horrível quando uma onda de energia verde-amarelada saiu num jorro do rapaz, passando por cima do escudo mágico de Lothar, como água por cima de um recipiente de vidro.

Hadggar se levantou, cambaleando, e despencou, tossindo com ânsias de vômito.

A fonte do Guardião estava vazia.

O escudo em volta de Lothar desapareceu, e ele correu até Hadggar. O rapaz estava apoiado nas mãos, a cabeça baixa, ainda com espasmos, enquanto fiapos de vileza serpenteavam ao seu redor e então sumiam.

Será que Lothar precisaria dar um jeito em Hadggar ou será que o rapaz tinha vencido sua própria batalha?

— Mostre seus olhos — sussurrou com intensidade.

Hadggar respirou fundo e levantou o rosto. Seus olhos estavam límpidos e castanhos. Lothar lhe deu um tapa caloroso nas costas. Relaxou o corpo, aliviado, e, por um instante, os dois simplesmente riram um para o outro, maravilhados por ainda estarem ali. Vivos.

Um grasnido familiar veio de fora. Lothar olhou interrogativamente para Hadggar.

— Mandei que ela viesse para cá, quando vim pegar você — disse Hadggar, ainda ofegando. — Achei que precisaríamos.

— Estava certo — disse Lothar, subitamente sério. Eles podiam ter impedido Medivh, mas estavam longe de terminar a tarefa. — Preciso ir.

Medivh. Lothar olhou para o velho amigo. Ele estava pálido e imóvel. Mas era Medivh outra vez. Hadggar havia lhe concedido isso.

— Sinto orgulho de você — disse Lothar ao jovem mago. Palavras que deveria ter dito a Callan. Era tarde demais para Medivh, tarde demais para seu filho. Mas não para Hadggar. Nem para ele mesmo.

O rapaz se animou em um sorriso, e Lothar desgrenhou seu cabelo. Em seguida, levantou-se, descalço; suas botas continuavam enfiadas no golem. Correu por cima das lascas de pedra afiadas, sem se importar, pegando a espada e indo para uma janela aberta. A fêmea de grifo o viu e voou por baixo enquanto, sem interromper a corrida, ele saltava em suas costas peludas e emplumadas, e partia em socorro do rei.

Hadggar ficou sentado por um momento, recuperando-se. Lamentava profundamente ter sido obrigado a matar o Guardião. Jamais havia desejado isso. Mas estava feliz por ter impedido que Medivh abrisse o portal. Lentamente ficou de pé, torcendo para que Lothar chegasse a tempo de fazer alguma diferença. Balançou a cabeça, tentando se concentrar no que poderia fazer para ajudar, estando ali.

A fonte não serviria para nada. Estava vazia — tanto da magia verdadeira quanto da vil. Ele...

Hadggar piscou. Escutou uma voz baixa, murmurando um encantamento. Medivh estava vivo — e ainda tentando abrir o portal para deixar os orcs...

Não. Não, Hadggar já escutara aquele encantamento se repetindo pelo que parecia uma eternidade. Tinha memorizado as palavras, e estas eram ligeiramente diferentes. E havia uma palavra que fez seu coração saltar.

Llane não tinha nada a perder e tinha tudo a ganhar, e aproveitou ao máximo. Agradecendo à engenhosidade e à generosidade de Magni, cavalgou no meio de seus homens, incentivando-os enquanto eles usavam os paus de fogo contra orcs aparentemente do tamanho de árvores, derrubando-os em plena corrida. Os números contrários eram enormes, mas com aquelas armas, aquelas "maravilhas mecânicas", as chances ficavam menos desiguais a cada disparo que estalava e ecoava.

Os que, como ele, escolhiam armas mais tradicionais cavalgavam ao redor dos orcs feridos, mas ainda representavam ameaça, cravando lanças em peitos largos e verdes, golpeando gargantas expostas, cortando membros com armas que tinham sido afiadas até a perfeição. Estavam abrindo uma fenda na maré de orcs, indo diretamente para o portal e para os prisioneiros humanos que esperavam o resgate — ou um destino que Llane não desejaria para ninguém. Nem mesmo para os orcs.

Quando pudera olhar, Llane tinha visto a imagem do exército no interior do portal ficar clara, e embaçar, e clarear com objetividade terrível. Lembrou-se da discussão com Lothar, sobre a existência de tantos orcs. De como ele havia argumentado a favor da contenção. Agora isso era bobagem. Estivera tão ocupado tentando conter um rio que não tinha avaliado totalmente que um maremoto vinha atrás deste.

Instigou seu cavalo de batalha em direção a uma orc violenta que travava combate com um de seus homens. Llane derrubou a inimiga com um metro de aço, abrindo um talho comprido e sangrento na armadura de couro que ela usava. A fêmea lhe lançou um olhar furioso. Seus dentes se fecharam com ferocidade, e ela se lançou contra ele, as mãos estendidas, e agarrou sua perna para arrancá-lo da montaria. Então a cabeça da orc tombou dos ombros, e Llane encontrou o olhar do homem que o havia salvado. Assentiu, depois se virou para encontrar outro oponente.

Sugando o ar, Llane virou a cabeça para o portal, e seus olhos se arregalaram.

Não havia mais sinal da Horda reunida do outro lado, comprimindo-se ombro a ombro para disputar quem passaria primeiro para Azeroth. Só uma visão do Lamaçal Negro. Então, enquanto sentia a gratidão borbulhar dentro de si, o centro do portal começou a se mover. Só que dessa vez a luz que o delineava não era de um verde doentio, e sim de um azul novo e limpo, e Llane não estava olhando para Draenor.

Estava olhando para Ventobravo.

Uma gargalhada genuína e alegre explodiu nele. Seu velho amigo não os havia abandonado.

— Obrigado, Guardião! — Llane olhou ao redor e viu Karos, com a armadura suja de sangue marrom-escuro. — Karos! — gritou, e, quando o soldado o reconheceu, Llane procurou por Varis, também berrando seu nome.

Varis tinha perdido o elmo em algum momento da batalha. Seu rosto marrom se animou quando ele se virou e viu a imagem reluzente da Catedral de Ventobravo no lugar que até pouco antes só mostrava a feiura de Draenor.

— Avançar! — gritou ele, e suas tropas correram para obedecer, revitalizadas pela visão.

Llane olhou em volta, procurando Garona. Ela havia acabado de passar uma espada de lâmina larga pelo tronco verde e volumoso de um orc. Llane perdera a conta de quantos tinha visto serem mortos por ela.

— Garona! — gritou. — Cavalgue comigo!

Sem hesitar, ela correu para ele e saltou na garupa do cavalo. Partiram num galope louco em direção ao portal, agora um símbolo de esperança, e não de desespero. Lutaram, abrindo caminho, porém era mais fácil do que tinham esperado. Os orcs ficaram em choque quando o portal fora redirecionado, e os soldados ganharam novas forças. Llane e Garona passaram por dezenas de jaulas, algumas das quais já estavam sendo arrombadas.

— Varis! Coloque homens no perímetro. Garona, Karos, peguem o máximo de soldados que pudermos para libertar os prisioneiros. Mandem-nos pelo portal! Vamos sustentar a linha pelo maior tempo possível!

Os olhos de Hadggar se arregalaram. Ele cambaleou até onde jazia o Guardião, o corpo preso e parcialmente esmagado sob o peso enorme do homem de argila. Seus olhos reluziam azuis, cor da magia de mago, e não de bruxo. E, enquanto Hadggar olhava, uma lágrima radiante, azul-celeste, escorreu pelo rosto de Medivh.

Quando Hadggar falou, foi com voz embargada.

— Você está redirecionando o portal para Ventobravo!

Medivh piscou. Os olhos vazios ganharam foco de novo, voltados para o rosto de Hadggar. Ele estendeu uma das mãos debilmente para Hadggar, depois deixou que ela caísse.

— É a solidão que nos enfraquece, Hadggar — disse numa voz tingida de arrependimento. Como Alodi havia dito, lembrou Hadggar. Uma coisa tão simples, tão humana, tinha destruído o Guardião e quase o mundo inteiro. — Desculpe. Desculpe. Eu queria salvar todos nós. Sempre quis.

Seus olhos perderam o foco, e ele ficou imóvel.

22

O oceano de orcs estava se aproximando, mas Llane continuava confiante. Mesmo podendo desejar que o Guardião tivesse redirecionado o portal mais cedo, sentia uma gratidão profunda. Ele e o resto das três legiões haviam aberto caminho até o portal. Enquanto Llane, Garona, Varis e uma linha dos melhores cavaleiros de Ventobravo continuavam a conter as ondas de inimigos do melhor modo possível, Karos e outros tinham libertado os prisioneiros humanos e os protegiam enquanto eles fugiam pelo portal, em direção à segurança.

Mas os orcs continuavam chegando. *Pela Luz*, pensou Llane, ainda quase tonto de alívio com a virada da maré, *não teríamos chance se Gul'dan trouxesse o resto da Horda. A humanidade poderia não ter sobrevivido.*

— Senhor, devemos recuar! — O grito era de Varis. O sujeito era tremendamente corajoso, mas estava certo. Os orcs estavam começando a vencer a luta ali, na base do portal. Mais e mais soldados caíam; mais e mais orcs enormes, de pele marrom ou verde, se empurravam mutuamente, ansiosos para preencher o vazio.

— Devíamos partir — concordou Garona.

— Daqui a pouco — disse Llane. — Só restam algumas jaulas. Antes vamos salvar o máximo dos nossos que pudermos.

— Senhor. — Era Varis de novo. — Não creio...

De trás de Llane veio um grito de horror e medo. Ele girou na sela e sentiu o sangue sumir do rosto.

A luz verde que delineava o centro do portal e a visão de Ventobravo dentro dele estava falhando. Diante do olhar chocado de Llane, a imagem da cidade derreteu feito cera, como se nunca tivesse existido. Tudo que era visível agora no centro do portal era a região seca que já fora o Lamaçal Negro — e o grupo de orcs que tinha dado a volta por trás.

O portal havia se fechado.

Os orcs também tinham visto. E também rugiram, mas com uma sede e uma fome de sangue que logo seriam saciadas. Llane estava perplexo. O que havia acontecido? Por que Medivh tinha parado? Então soube.

— Perdemos o Guardião — murmurou o rei.

Olhou por cima do mar de orcs, depois para os companheiros. Todos tinham as mesmas expressões chocadas e atônitas. Tinham estado tão perto...

Não importava.

— Fizemos o que viemos fazer — disse a eles, fitando um de cada vez. Uma paz estranha baixou sobre ele. — Ninguém poderia fazer mais. Tudo é como a Luz quer, irmãos e irmãs.

Virou-se para olhar Garona e sorriu para ela. Expressões guerreavam no rosto lindo e verde. Ela quisera a vitória, claro. Todos queriam. No fim, uma vitória teria salvado tanto os orcs quanto os humanos, mas nada restava a se fazer, agora.

Ou restava?

Uma ideia maravilhosa e terrível começou a brotar em sua mente. Llane voltou a atenção para o inimigo. A luta ainda continuava nas extremidades das linhas de defesa, mas ali, no centro, as coisas haviam se atenuado estranhamente. Agora Llane via por quê.

Mão Negra estava chegando.

Sua cabeça e seus ombros se erguiam acima dos orcs mais altos, a pele de um verde ousado, os músculos se avolumando, poderosos e cheios de veias. Seria sangue o que corria nas veias dele, pensou Llane, ou fogo verde? Não importava. Mão Negra vinha, empurrando de lado orcs e humanos que bloqueavam seu caminho, e vinha na direção de Llane.

— Garona — disse Llane, surpreso ao ver como soava calmo, seguro —, estamos em menor número. Não podemos recuar. Vamos cair. Mas *você* não precisa. Nada de bom resultará se nós dois morrermos.

Lentamente, com mãos trêmulas, ele tirou o elmo e o deixou cair no chão. O sopro de ar frio no rosto e no cabelo suado provocou uma sensação agradável.

O maxilar dela se firmou.

— Vou morrer com o senhor. Escolhi meu lado.

— Você não entende. — Llane voltou toda a atenção para ela, os olhos escuros encarando-a com intensidade. — Você me matar é a única esperança de paz que temos. Uma vez você disse a lady Taria que matá-la iria lhe trazer honra. Me matar tornaria você uma heroína.

Os olhos dela se arregalaram, compreendendo.

— Não! — exclamou ela, rispidamente.

A simples ideia dessa traição a feria. Llane viu. Mas teria pedido o mesmo favor a Lothar se a posição fosse a mesma. Até a Taria.

— Você era escrava — continuou ele, implacável. — Poderia ser uma líder. Não vou sair daqui vivo, Garona. Aquela *coisa* vai me matar. Mas, se você fizer isso primeiro, se puder dizer que matou o *chefe guerreiro* humano... Você nos conhece, Garona. Você nos *conhece*... e gosta de nós.

Segurou a mão dela, onde estava a pequena adaga dada por Taria, e lhe apertou o pulso.

— Sobreviva. Traga a paz entre orcs e humanos. — Ele fez uma pausa. — Não posso salvar meu povo. Não agora. Mas *você* pode.

— Matando meu rei, meu amigo. — Ela estava com raiva; sentia-se insultada... ferida.

— Você precisa.

Era duro, porém verdadeiro, e da parte dele era uma postura de orc. Llane sabia disso; sabia que, se ela havia aprendido a enxergar o bem nos humanos, ele e outros tinham aprendido a ver o bem nos orcs. Mas Lothar, Hadggar... Taria... não saberiam, a princípio, sobre essa barganha pavorosa. Sobre um possível futuro para a humanidade comprado com o sangue de um rei. Garona também sabia disso. Estaria jogando fora a verdadeira aceitação em troca da honra falsa.

Llane viu nos olhos de Garona que ela não poderia fazer isso. Sentiu um jorro de desespero e se virou. A batalha continuava feroz. Seu povo continuava morrendo. E a coisa monstruosa que já fora um orc vinha inexoravelmente em sua direção, os olhos reluzindo verdes com a energia da vileza.

Ele não queria morrer. Queria viver, ficar com a mulher e os filhos, comemorar casamentos, nascimentos, beber uma cerveja com Lothar e Medivh, ver harmonia em seu reino. Descobrir como sua Taria ficaria linda com rugas de riso, os cabelos brancos da sabedoria.

Mas a Morte vinha, e ele iria recebê-la com coragem. Era tudo que lhe restava. Desembainhou a espada e ficou diante do orc que chamavam de Mão Negra.

Foi então que sentiu o toque contra a garganta nua. Dedos frios, leves como plumas, os calos de anos roçando gentilmente sua pele. Quase com ternura, aqueles dedos passaram sob seu queixo e inclinaram sua cabeça para trás.

Sim.

Llane soltou um suspiro de alívio e gratidão, fechou os olhos e cedeu a esse toque, oferecendo voluntariamente a garganta à mulher que estava atrás. Se matar já fora um ato de amor, ele sabia que daquela vez era. Garona faria o que ele havia pedido, mesmo Llane sabendo que isso lhe partia o coração. Seu único pesar era pelo ódio que ela seria obrigada a suportar até a hora de consertar as coisas.

Sua morte não seria em vão — nem o tormento de Garona, rezou à Luz.

Estava pensando em Taria, em seus olhos grandes e suaves, no sorriso doce e secreto que ela lhe reservava, enquanto a adaga de sua rainha, na mão da amiga mais fiel, encerrava sua vida.

Enquanto a fêmea de grifo mergulhava, com o corpo reagindo à urgência que podia sentir no humano sobre ela, Lothar viu uma cena de loucura. Ali estava o portal, agora fechado, graças aos seus esforços e, mais importante, aos de Hadggar. A maioria das jaulas estava aberta e sem prisioneiros.

Mas no panorama abaixo, feito de corpos em movimento e do brilho laranja de fogos, viu muito poucos brilhos de armaduras de Ventobravo num mar de pele verde e marrom. Examinou freneticamente a cena em busca do estandarte do rei, mas não o viu. O que restava de três legiões era um punhado patético de soldados e cavalos, formando uma defesa final e impossível na base do portal que agora se abria para nada.

Onde estava Llane? Onde estava seu rei?

O grifo mergulhou feito uma pedra. Lothar apertou a espada com a mão direita e com a outra se agarrou furiosamente. Seu olhar varreu a cena, procurando o melhor ponto de ataque.

Ali.

Mão Negra era o nome do chefe guerreiro. Aquele cuja mão Lothar havia tirado — e o que, em troca, havia tirado o filho de Lothar. Estava ainda mais abominável que antes, gigantesco, deformado, balançando sua arma quase despreocupadamente. Os poucos que restavam dos melhores soldados de Ventobravo caíam diante dele numa velocidade que seria cômica se não fosse tão aterrorizante.

Houve um vislumbre de cor quando Mão Negra levantou um soldado caído. O cavaleiro foi passado de um orc para outro como um odre de vinho numa festa, os orcs gargalhando e sacudindo-o. Lothar viu um clarão de azul e amarelo, de uma armadura enfeitada e moldada de modo elaborado...

O vermelho cobriu a visão de Lothar. Ele deve ter gritado, porque sua garganta de repente doía, e houve um som terrível em seus ouvidos, acima do ruído da batalha.

O grifo pousou direto em cima de um orc de pele verde e começou a retalhá-lo com o bico, as garras e as patas traseiras. Lothar saltou das costas do animal, cravou a espada num orc chocado demais para reagir a tempo e agarrou a maça do inimigo de pele verde que caía.

Llane. Llane.

Tinham-no largado, seu rei, seu irmão, para se virar e lutar contra a morte estranha que havia aparecido tão inesperadamente no céu. Sem se preocupar com os ferimentos da luta com Medivh, na verdade sem se preocupar com nada além dos golpes de sua espada e com o amigo caído no chão duro e seco, Lothar abriu caminho até a figura embolada.

Llane...

Ele estava esparramado no chão, de rosto para baixo, mas a armadura era inconfundível. Não usava elmo, e o corpo de Lothar virou gelo ao ver a adaga se projetando da garganta dele.

Tinha encomendado essa adaga quando sua irmã fizera 13 anos. Conhecia cada linha dela. E sabia a quem Taria tinha optado por dá-la, como um gesto de confiança.

Lothar continuou a se ajoelhar, a olhar, a questionar a prova diante de seus olhos. Estranhamente, nesse momento medonho de perda e fracasso, de traição, corações partidos e devastação, só conseguia pensar em *por que você tirou o elmo, Llane? Por que tirou o elmo?*

Lentamente, enquanto seu coração traiçoeiro continuava a bater em vez de parar e lançá-lo à morte com o irmão, Lothar se conscientizou de novo do ambiente ao redor. A poucos metros dali o grifo estava guinchando, defendendo-o enquanto ele se agachava, chocado quase além da razão, sobre o corpo de seu senhor assassinado.

Ele poderia lutar. Também poderia morrer, levando ali um bom número de inimigos. Mas tudo que Lothar queria era levar Llane para casa. Não iria deixá-lo, para ser jogado de um lado para o outro por orcs gargalhantes, para ser o centro de alguma demonstração bárbara de triunfo. Llane ia para casa. Lothar não tinha conseguido salvá-lo. Devia a ele pelo menos isso.

Pôs o corpo de Llane, com armadura e tudo, em cima do ombro, cambaleando só um pouco antes de marchar na direção do grifo que ainda combatia. Os orcs nas proximidades estavam tão atônitos com seu comportamento que não o desafiaram.

— Ventobravo! — gritou para a fêmea de grifo, enquanto colocava um dos pés no estribo e se jogava na sela. Com a facilidade de um animal que fora treinado exatamente para esse tipo de exigência, o grifo se abaixou e torceu o corpo, impelindo Lothar e sua carga preciosa em segurança nas costas.

Saltou para cima e de repente parou com um espasmo violento. Lothar se virou e viu o rosto medonho de Mão Negra rindo para ele. A mão natural que restava havia segurado com firmeza o jarrete do grifo, e, ainda que as asas dela batessem freneticamente, o chefe guerreiro a puxou de volta para o chão.

Lothar devia ter caído, porque a próxima coisa que soube foi que estava de costas, olhando um círculo de rostos feios que o espiavam. Lentamente, dolorosamente, virou a cabeça a tempo de ver a espada de Llane girando na sua direção. Ela se cravou na terra a 60 centímetros de sua cabeça, brilhando ao sol numa claridade insuportável.

Ficou surpreso por não ter sido esmagado por orcs berrando sedentos por seu sangue. Enquanto se levantava devagar, ouviu-os murmurar uma única palavra: *Mak'gora.*

Todos tinham recuado, deixando a área limpa para dois oponentes: seu chefe guerreiro e Anduin Lothar. Um dos orcs estava segurando a cabeça do grifo embaixo do braço. Outro prendia seu tronco que se retorcia. Eles não iriam machucá-la; ela era útil para eles. O corpo de Llane havia caído e jazia num ângulo estranho na poeira.

Essa visão reacendeu a fúria de Lothar. Ele se levantou, firmando-se, olhando para a multidão de orcs silenciosos e cheios de expectativa, depois para Mão Negra, que andava de um lado para o outro a poucos metros dali.

Mão Negra não segurava nenhuma arma na mão boa. Estava armado somente com a garra metálica; as cinco lâminas com que tinha estripado Callan. Lothar forçou a névoa rubra da sede de sangue a se dissipar. Não morreria obscurecido por ela.

Lentamente pegou a espada do irmão, jamais afastando o olhar dos olhos verdes e reluzentes de Mão Negra. O orc estava imóvel como uma estátua, a não ser pela respiração que levantava e baixava seu peito verde de um tamanho obsceno. Lothar se lembrou da promessa silenciosa que fizera a Mão Negra: de que tiraria a vida dele. Não importando o que custasse.

Fosse lá o que fizesse naquele momento, Lothar era carne morta. Garona tinha falado orgulhosamente sobre a "honra" dos orcs; honra que, pelo jeito, permitia que traíssem quem havia confiado neles e cravassem uma faca no pescoço de um dos melhores homens que Lothar já havia conhecido. Eles não tinham honra. Tinham apenas sede de sangue, de conquista e de morte.

Ainda assim, os orcs não atacaram.

Lothar ajeitou os dedos no cabo da espada, lembrando-se da frequência com que a tinha visto nas mãos de Llane enquanto treinavam ou lutavam de verdade. Contra trolls. Contra insurreições.

Mas ela havia caído da mão dele contra os orcs.

Mesmo assim. Fique firme.

E então Mão Negra atacou.

Movia-se com velocidade, para um monstro parecido com uma montanha. Levantando a garra enorme, com a vileza se entrelaçando nela como se fossem cobras, soltou seu grito de vitória enquanto caía sobre o humano, muito menor e armado com uma mera espada.

Lothar se entregou ao seu treinamento, à confiança do espírito do irmão para guiar sua mão. Não havia justiça que ele pudesse comprar ali, naquele dia. Mas pelo menos o matador de seu filho poderia cair, poderia não ameaçar outros pais com a perda de sua amada criança. Isso, ao menos, ele poderia ter.

Ficou parado, esperando, então correu direto para o inimigo. No último instante, abaixou-se deslizando por baixo do orc na corrida, os pés descalços rasgados pela terra pedregosa enquanto golpeava para cima, usando o ímpeto de Mão Negra contra ele próprio.

O orc gritou de dor e parou cambaleando. Permaneceu de pé por um instante, depois tombou de joelhos. Lothar veio por trás e, usando toda a força do corpo, cravou a espada fundo no tronco de Mão Negra.

— Pelo meu filho — disse baixinho. Em seguida, chutou o chefe guerreiro, e Mão Negra tombou para a frente. O sangue verde empoçou embaixo. Ele não se levantou.

Houve um silêncio atônito. Lothar baixou a espada, olhando para a multidão ao redor. A distância, ouviu um rugido de fúria e ordens gritadas numa voz áspera e furiosa. Cabeças se viraram para aquele som, depois de volta para Lothar. Sem dúvida tinham recebido a ordem de matá-lo.

Apertou a espada com mais força, pronto para levar junto o maior número de inimigos possível. Mas eles permaneceram onde estavam, encarando-o, os olhos pequenos e estranhamente inteligentes em um estado ilegível. Um orc começou a se mover adiante, levantando um machado, mas a mão de outro se estendeu e tocou o peito dele, impedindo-o. O primeiro orc franziu a testa, mas baixou a arma.

Seu chefe quisera um duelo. Lothar tinha concordado, e os orcs honrariam as regras.

Lothar desejou que não honrassem.

Seu olhar foi até o corpo caído do rei. Os orcs no campo de batalha permaneceram imóveis. E então um grito terrível rasgou o ar. Lothar se virou e viu duas das coisas mais feias que já vira aproximando-se. Um era um orc corcunda, de um verde luminoso, com barba grisalha e comprida. Seus olhos reluziam com a vileza — tão brilhante como estiveram os de Medivh. Ele marchou, apoiando-se no cajado, com chifres se eriçando através da capa que lhe cobria as costas.

Só podia ser Gul'dan.

A orc que estava ao lado dele já fora considerada linda por Lothar. Mas agora, para ele, Garona era mais abominável que a criatura deturpada pela vileza que estava ao seu lado. O olhar dos dois se encontrou.

Garona precisou usar cada grama de sua força de vontade para não desmoronar em lágrimas quando Lothar a encarou. Não sabia como não tinha feito isso ainda, mas precisava ser mais forte que nunca. Os olhos de Lothar brilhavam como os de uma criatura selvagem. Ela podia ver neles o coração partido pela morte de Llane, por sua traição. Ele parecia disposto a aceitar a própria morte. Mas Garona não aceitaria.

— Matem-no! — ordenou Gul'dan, espumando pelos lábios verdes e murchos e apontando um dedo com a unha afiada contra Lothar.

O humano fitou o bruxo orc por um momento, depois levantou o corpo do rei morto sobre os ombros — com armadura e tudo. Seus joelhos se dobraram, mas apenas ligeiramente, e então Lothar deu as costas para o inimigo, andando com firmeza para o grifo. Para a segurança.

— *Matem-no!* — berrou Gul'dan, espumando pelos lábios verdes e murchos.

Os outros orcs se remexeram, mas continuaram sem se mover. Lothar não diminuiu o passo. Agora os inimigos estavam inquietos com o líder, ainda que antes o tivessem seguido com um sentimento que parecera adoração. Algo havia mudado, algo mais que o simples fracasso do portal. Anduin Lothar tinha derrotado o guerreiro mais poderoso que a Horda já conhecera num mak'gora justo e honrado. Os orcs não iriam se voltar contra ele agora.

— O mak'gora é sagrado, e o humano venceu o duelo — disse Garona ao seu ex-senhor. Seu coração disparava no peito, mas ela manteve a voz calma. Não revelaria nada a Gul'dan ou a Lothar.

Indicou o corpo gigantesco de Mão Negra. — Deixe que eles prestem respeito ao chefe guerreiro morto. Deixe que seus guerreiros sigam a tradição.

Mas o bruxo não dava o braço a torcer. Afastou a atenção do humano que se afastava e se virou para sua Horda.

— O que estão esperando? — perguntou ele. — Eu salvo suas vidas miseráveis, e vocês me agradecem assim? Façam o que mando!

Suas palavras não surtiam o efeito pretendido. De fato, percebeu Garona, elas causavam exatamente o efeito contrário. Orcs que tinham parecido inquietos um instante atrás, agora estavam com as mandíbulas trincadas. Gul'dan também viu.

— Traidores! — cuspiu ele. — Obedeçam a minhas ordens!

Um deles, pressionado demais pelo insulto de Gul'dan, gritou de volta em desafio:

— Você não estaria vivo para *dar* ordens se tivesse lutado de modo justo com Durotan!

Garona achou que Gul'dan mataria o orc insolente. Mas, apesar de parecer enlouquecido de fúria, o bruxo ainda não era tão idiota. Deu um riso de zombaria, depois se virou para Lothar, que havia quase chegado ao grifo... e à segurança.

— Saiam de meu caminho — disse à Horda rebelde. — Eu mesmo farei isso!

Então o nobre Durotan também havia morrido. A notícia era esperada, mas mesmo assim Garona sofreu. Não tanto, porém, quanto diante das últimas palavras de Gul'dan. Lothar podia ter sido capaz de derrotar Mão Negra, por mais que o orc estivesse inchado de vileza. Mas não poderia suportar todo o poder vil de Gul'dan. Ele morreria.

Garona sabia que deveria deixar que isso acontecesse. A Horda já estava insatisfeita com o líder. Se Gul'dan matasse Lothar agora, havia uma chance muito boa de os orcs se voltarem contra ele. E, se se tornasse a líder, ela poderia conseguir a paz.

Mas Lothar morreria. E Garona não podia suportar. Talvez uma paz viesse. Mas não seria naquele dia. Não houve hesitação em seu coração nem em seu corpo quando ela saltou à frente, posicionando-se entre o homem que amava, e que acreditava que ela era uma traidora, e o líder da Horda, que acreditava em sua fidelidade.

Que Gul'dan ainda pense assim, pensou ela, então falou, colocando a raiva e a fúria em palavras duras:

— Quem irá obedecer se você entrar em guerra contra sua própria espécie?

Ele a encarou com os olhos verdes cheios de veneno, a vida dela nas mãos. Calculadamente, Garona deixou a voz se acalmar em tons razoáveis. Mais cedo, Gul'dan lhe dera um título com o qual ela havia sonhado durante toda a vida: orc. Garona tinha honra aos olhos da Horda, exatamente como Llane havia previsto. O feiticeiro não poderia atacá-la diretamente, mas suas palavras precisavam ser exatas. Caso contrário, ela e Lothar morreriam.

— Você nos salvou, Gul'dan. Nos trouxe a este mundo novo. Mas não podemos abandonar nossos costumes. Se você fizer isso, vai perder a Horda. Você é nosso chefe. Já sabemos que você é forte com a vileza. Agora é hora de nos mostrar um tipo diferente de poder. Um chefe coloca as necessidades de seu povo em primeiro lugar.

Sem rédeas, indesejada, a lembrança voltou num jorro. De quando estivera com Taria, falando de Durotan. *Ele me libertou... e é amado por seu clã. Ele coloca a necessidade do clã em primeiro lugar. Sempre. É um chefe forte.*

Chefes fortes precisam merecer a confiança do clã.

Taria dando a Garona sua adaga, que Garona devolvera cravada no pescoço de Llane.

Com fúria, Garona afastou a imagem da rainha viúva, concentrando-se apenas em Gul'dan. Ela estava com o poder da verdade, e ele sabia. Seu olhar foi ao orc que havia falado, depois de volta para ela. Garona se obrigou a dar um riso de desprezo, como se estivesse ansiosa, enquanto acrescentava:

— Haverá outros dias para matar humanos.

Perdi coisas demais hoje. Llane. Varis e Karos. A confiança de pessoas boas. Você não vai levar Lothar, também. Terá de passar por cima de mim, para fazer isso.

Lothar havia parado, rigidamente, quando Garona se colocou entre ele e Gul'dan. Por um instante horrível e maravilhoso pensou que ela explicaria o que havia acontecido, que não era traidora. Mas não. Ela argumentou a favor de sua vida, deu para notar. Mas por motivos próprios.

Os orcs que seguravam a fêmea de grifo soltaram-na. Ele colocou o amigo nas costas da criatura e, subitamente sentindo todos os ferimentos, montou atrás dele.

O grifo alçou voo com cuidado, como se entendesse o que estava carregando. Enquanto subia para o céu, Lothar, incapaz de se conter, olhou uma última vez para Garona.

O olhar dos dois se encontrou. Lothar não conseguiu decifrar a expressão dela. Então, misericordiosamente, o grifo se inclinou contra o vento e suas asas fortes o carregaram para longe do campo de batalha, para longe da Horda, para longe da mulher de pele verde que ele tivera nos braços e pensara ser leal.

23

Hadggar se inclinou para fora da janela da estalagem, olhando para a paisagem de Ventobravo, que se desdobrava abaixo. Tinha passado muitas horas naquele quarto, mas seu olhar estivera fixado em outros lugares: em livros, em enigmas. Tinha lido mais à luz de vela que à luz do dia. Agora seu olhar percorria os telhados azuis, a linda catedral de pedra branca, e se demorou na estátua do Guardião de Azeroth.

Um posto que podia ter sido seu se as coisas tivessem sido diferentes.

— Tudo bem — disse uma voz. Hadggar pulou ligeiramente e levantou a cabeça, vendo Anduin Lothar encostado no batente da porta. O soldado riu. — Você seria um péssimo Guardião.

Hadggar riu um pouco.

— Salvar o mundo não é serviço para um homem só. Nunca foi.

— Eu teria ajudado — disse Lothar com gentileza inusitada. Em seguida fechou a porta e tirou algo de baixo da camisa, jogando-o na mesa. Era uma pequena adaga, de aparência exótica, com o punho cheio de joias brilhando.

Hadggar ficou sem fôlego.

— A adaga de Garona.

— Tirei-a do pescoço de Llane.

Não era possível. Garona não faria isso. Não *podia* ter feito. Hadggar olhou a arma, depois olhou para Lothar e declarou com firmeza:

— Tem de haver uma explicação.

— É. Ela fez sua escolha. — Os olhos azuis de Lothar estavam duros como lascas de gelo, mas havia uma tensão nas bordas que revelava mais dor que raiva.

Não. Hadggar não tinha ideia de como sabia, mas sabia.

— Não acredito nisso.

Não se encolheu diante do exame de Lothar. Por fim, o comandante disse apenas:

— Talvez você e eu não a conhecêssemos tanto quanto achávamos. — Lothar assentiu na direção da adaga. — Só achei que você merecia saber.

E saiu. Hadggar ficou olhando para a arma, dada por uma rainha a alguém em quem ela havia confiado, mas que de algum modo fora parar no pescoço de seu marido.

Ficou olhando por longo tempo.

Taria tinha se vestido com grande cuidado. O cabelo fora arrumado, a coroa repousava acima deste. Cosméticos lhe davam cor artificial, mas não escondiam a dor nos olhos nem a exaustão que fazia suas bochechas parecerem fundas. E era melhor assim.

Tinha se vestido com o mesmo cuidado no dia do casamento, quando entrara formalmente na vida e no mundo do marido. Na ocasião o fizera com júbilo, querendo compartilhar esse júbilo com seu povo, como a realeza devia fazer. Agora, como alguém da realeza, estaria se despedindo da presença do marido em sua vida e faria isso em público. Esse também era um dever da realeza.

A notícia a havia devastado — especialmente quando os detalhes angustiantes de como seu marido tinha morrido lhe foram revelados. Lothar não queria contar, mas sabia, e Taria também, que, como rainha e regente do futuro rei, ela precisava conhecer a verdade esmagadora.

Lágrimas escorreram de baixo das pálpebras, mas ela as afastou, piscando. Sim, todos estavam sofrendo, e ela mais que eles. Mas naquele dia o povo de Ventobravo precisava de sua força, e Taria lhe daria isso.

Eram milhares de pessoas reunidas, um grande mar de rostos levantados, estendendo-se até o porto. Não gritaram, comemorando, quando ela foi ao seu encontro. Ela não esperava isso.

Llane estava no centro, numa pira funerária elevada. Homens eram enterrados. Reis eram queimados. Diante dele estavam sua espada e o escudo amassado.

Taria estava ereta feito as varetas que os anões usavam em seus fuzis. Caminhou sem hesitar até o corpo do marido. Os sacerdotes da Luz tinham banhado o corpo dele com cuidado, tinham-no vestido com roupas finas e, por cima, com uma armadura meticulosamente polida. Haviam lavado e remendado a capa magnífica que tinha sido suja e rasgada na batalha; cortada por espadas e manchada no ponto em que fora presa com um broche junto ao...

Ela engoliu em seco, inclinou-se e beijou o rosto pálido. Olhando a multidão triste, viu muitos tipos de rostos diferentes. Donos de lojas e refugiados. Humanos que tinham vindo de Lordaeron e Kul Tiraz. Mantos roxos do Kirin Tor. E os que não eram humanos, que tinham vindo prestar seus respeitos: os elfos, os anões, até pequenos rostos de gnomos espiavam com tristeza nos olhos.

Taria não tinha preparado nenhum discurso. Falaria com o coração, como Llane sempre fizera. Fitando o mar de rostos, decidiu abruptamente o que desejava dizer. O que Llane desejaria.

— Não existe maior bênção para uma cidade que um rei capaz de se sacrificar pelo povo — começou. Houve alguns soluços na multidão, e sua garganta estava apertada. — Mas um sacrifício assim precisa ser merecido. Nós precisamos merecê-lo! Vocês todos estão aqui hoje unidos com um objetivo único. Honrar a memória de um grande homem. Mas, se apenas demonstrarmos união para lamentar a morte de um homem bom, o que isso diz sobre nós?

Isso não era esperado, e algumas pessoas pareceram decididamente pouco à vontade. *Ótimo*, pensou Taria. *A guerra* deveria *nos deixar pouco à vontade. Refugiados, violência, medo. Tudo isso deveria nos deixar assim.*

Continuou:

— O rei Llane estava errado em acreditar em vocês?

A resposta foi rápida — uma voz solitária gritando:

— Não!

Essa voz única foi ecoada por outras. Mais e mais se juntaram, com paixão e lágrimas nos rostos. *Não*, garantiram aquelas pessoas. *Seu Llane não estava errado.*

Lágrimas brotaram em seus olhos, mas eram lágrimas de orgulho e felicidade.

Agora vinham os gritos de incentivo. Eles estavam prontos. Hadggar, que tinha merecido o lugar de honra ali, ao lado da realeza e dos comandantes, foi até a pira de Llane. Com respeito, pegou a grande espada, carregando-a horizontalmente nas mãos. Foi até onde estava Anduin Lothar com um braço no ombro de cada um dos órfãos — sua sobrinha e seu sobrinho — e estendeu a espada para o Leão de Azeroth: o irmão dela, melhor amigo de seu marido. Sabia que ele a havia tomado quando ela caíra das mãos de Llane e a usara para matar o chefe guerreiro da Horda. Era justo que agora a arma pertencesse a ele. De todos que estavam reunidos ali, somente o sofrimento dele chegara perto de se equiparar ao dela. Ele era o único que restava de uma irmandade de três.

Um havia se sacrificado, o outro, caído nas trevas e se recuperado. Só que... não exatamente a tempo.

— Vamos vingá-lo, senhora! — Soou um grito.

— Comande-nos contra os orcs, Lothar! — Outros ecoaram esse grito, com as vozes fortes. Os gritos se tornaram uniformes, entoando uma única palavra:

— Lothar! Lothar! Lothar!

Lothar olhou a espada por um longo momento, tão longo que Taria achou que ele poderia recusá-la e dar as costas à tarefa de servir ao reino de seu velho amigo. Não precisaria ter se preocupado. Lothar segurou o cabo da espada e foi até ela, pronto para ficar ao seu lado agora e no futuro, diante de qualquer coisa que viesse. Olhou para a multidão e levantou a espada, como se fosse cravá-la no próprio céu para proteger Ventobravo.

Não. Não somente Ventobravo. Não mais.

— Por Azeroth! — gritou Anduin Lothar. — Por Azeroth. E pela Aliança!

A multidão repetiu o grito, e, enquanto todos os soldados presentes levantavam as espadas saudando o comandante, as próprias pedras pareciam ecoar as palavras: *Por Azeroth. E pela Aliança!*

Teria sido apenas alguns dias atrás que ele havia se esgueirado na sala do trono para brincar com eles?, pensou Varian Wrynn, olhando para seus soldados de brinquedo espalhados. Parecia uma eternidade. Como as batalhas de brinquedo podiam ter parecido importantes, agora que sua vida fora tão irrevogavelmente alterada pelas verdadeiras? Seus olhos escuros se viraram para uma figura em particular, tombada de lado: um rei minúsculo esculpido em cima de seu corcel, com uma cabeça de leão no lugar do elmo, e uma linda espada de metal pintada à mão.

Mãos se enfiaram sob seus braços e o levantaram, colocando-o no trono de Ventobravo, na pele macia e branca que bloqueava o frio do mármore. Mesmo assim, Varian tremeu. O sofrimento era novo, e ele nunca havia sentido uma coisa tão sufocante, tão avassaladora, tão poderosa em toda a sua breve vida. Seu peito pequeno estremecia a cada inalação. Antes havia chorado bastante. Ninguém lhe dissera que não deveria chorar.

Olhou para Hadggar com a visão oscilando. O jovem mago sorriu, triste, mas sincero.

— Um dia você será rei — disse ele. — Este vai ser seu trono quando tiver idade. Mas jamais pense que estará sozinho. Você tem seu tio Lothar, sua mãe, eu e toda a Aliança ao lado. — O mago fez uma pausa e acrescentou: — Seu pai fez isso por você.

Varian engoliu em seco. O sofrimento continuava, mas as palavras do mago tinham trazido algum alívio. Suas pernas pendiam longe do chão. Pensou em como seu pai havia se sentado ali, distribuindo a justiça, argumentando sobre estratégias. As lágrimas ameaçaram brotar de novo.

Hadggar viu isso e recuou, estendendo a mão.

— Venha — disse. — Já é tarde, e sua mãe deve estar se perguntando onde você está.

Varian pegou a mão de Hadggar, escorregando do assento grande demais e passando pelos leões dourados agachados. Estava na metade do caminho para a porta quando parou e olhou para trás. Correu abruptamente de volta para a pilha de soldados de brinquedo e procurou até encontrar o que desejava.

Gentilmente, respeitosamente, o príncipe Varian Wrynn, futuro rei de Ventobravo, pegou a figura do rei Llane e a pousou de novo com cuidado. Dessa vez não caído, e sim de pé e nobre.

Como seu pai sempre havia sido.

Guerra.

Não uma batalha ou uma série de escaramuças; não uma única missão ou campanha. Guerra, suja, longa, brutal e cruel.

Mas dessa vez os humanos de Ventobravo não estavam sozinhos. Não mais somente um punhado de legiões, e sim um exército, ungido com o sangue do sacrifício de um herói, unido pelas histórias que os sobreviventes contavam sobre os horrores testemunhados. Os reinos humanos — os assediados Ventobravo, Kul Tiraz e Lordaeron — podiam usar uniformes diferentes, mas marchavam sob o mesmo estandarte. Havia nobres e recrutas, homens idosos e alguns que mal tinham idade para lutar. Homens marchavam ao lado de mulheres. Junto dos humanos estavam anões sérios e decididos, trazendo suas armas e sua teimosia para a refrega. Outros rostos eram pequenos e aparentemente infantis; outros ainda eram de um tom claro fantasmagórico e esculturais.

Mas todos os rostos estavam empoeirados, suados e com expressões determinadas.

O exército parou.

Diante deles estava uma fortaleza. Não tinha linhas limpas e fortes, como uma construção humana, nem era útil e estável, como algo feito por anões; não tinha volutas elegantes nem falsa delicadeza disfarçando a construção magistral, como uma fortaleza de elfos. Essa era toda de osso e ferro, aço e ângulos feios que serviam a um propósito e refletia quem a havia construído.

Era uma fortaleza dos orcs.

O que era conhecido como Gul'dan supervisionava tudo. Monstruoso e verde, ele se apoiava em seu cajado. Abaixo havia um mar de peles marrons e verdes, de armas, de raiva fervilhante e sede de sangue.

Ao lado do orc que era seu líder, se não seu mestre, estava Garona Meiorcen. Embora vestisse armadura e carregasse uma lança, apenas ela na Horda não clamava por sangue, nem cuspia em direção ao inimigo; seus olhos não estavam no exército que se aproximava. Em vez disso, ela afastou o olhar, o foco distante, os pensamentos não no presente, mas no passado... e num futuro que poderia ainda existir.

EPÍLOGO

O rio fluía suave, constante. Muitas coisas tinham sido trazidas pela correnteza no passar dos séculos. Pétalas de flores lançadas por jovens amantes. Folhas abandonadas por árvores lamentando o fim do verão. Galhos, panos, sangue e corpos. Tudo fora levado pelo movimento indiferente do rio.

E naquele dia, naquela hora, naquele minuto, um cesto. O rio já havia carregado outros antes, mas jamais com um conteúdo assim.

O vento suspirou, ajudando a impelir o barquinho estranho, e podia ter sussurrado se houvesse alguém com a capacidade — e a sabedoria — para escutá-lo.

Você vai viajar até longe, meu pequeno Go'el, sussurrou o vento que não era vento. *Meu mundo pode estar perdido, mas agora este é o seu. Pegue o que precisar nele. Faça um lar para os orcs e não deixe ninguém ficar no seu caminho. Você é filho de Durotan e Draka — uma linhagem ininterrupta de chefes.*

E agora seu povo precisa de um líder... mais que nunca.

A criança aninhada no cesto, de pele verde e envolta em pano azul e branco, era única naquele mundo. Em qualquer mundo. Era minúscula e impotente, como todas as crianças, e tinha necessidades e desejos às quais o rio, por mais que a carregasse com cuidado, não poderia atender.

E assim, tendo cumprido com a promessa, o rio entregou aquela maravilha pequenina. A corrente levou o cesto para o caminho das linhas de pesca, que ressoavam com notas doces para anunciar sua presença. Passos se aproximaram, esmagando pedras ao chegar à margem.

— Comandante! — Soou uma voz. — O senhor precisa ver isso!

O cesto foi levantado e levado para perto de um rosto que o encarou com atenção. O bebê estava confuso. Não era um rosto que ele conhecesse, nem que fosse ao menos semelhante a algo conhecido. Por isso ele fez o que lhe veio tão instintivamente quanto a respiração.

Armou uma carranca, respirou fundo e verbalizou seu desafio.

AGRADECIMENTOS

Que jornada foi este livro! Preciso agradecer a tantos, e não sei por onde começar.

Primeiro e sempre, a Chris Metzen, que me confiou as prévias encarnações dos heroicos Durotan e Draka, e muitos livros depois; aos atores, que os trouxeram, e a outros tantos personagens maravilhosos, à vibrante vida; ao diretor Duncan Jones, que é um fã tanto quanto o restante de nós, e, finalmente, a todos que tiveram o cuidado de me fazer saber o quanto apreciam meu trabalho neste mundo.

Obrigado a todos vocês por sua fé em mim. Que suas lâminas jamais percam o gume!

Por Azeroth!

Este livro foi composto na tipologia Minion Pro,
em corpo 12/17, e impresso em papel off-white,
no Sistema Cameron da Divisão Gráfica
da Distribuidora Record.